"十一五"国家重点图书出版规划项目

中国京剧流派剧目集成

启功题签

《中国京剧流派剧目集成》编委会 编

顾 问 郭汉城 刘曾复 朱家溍 吴小如 王金璐

迟金声 钮 骠 刘连群 陈绍武

主 编 黄 克

副主编 常立胜 吴春礼 赵晓东 蔡景凤 杨凌云

第肆集

學苑出版社

图书在版编目（CIP）数据

中国京剧流派剧目集成·肆/《中国京剧流派剧目集成》编委会编.
-北京：学苑出版社，2006.8（2007.3 重印）
ISBN 978-7-5077-2684-8

Ⅰ.中... Ⅱ.中... Ⅲ.京剧-剧本-作品集-中国 Ⅳ.I232

中国版本图书馆 CIP 数据核字（2007）第 005586 号

出版人：孟　白
责任编辑：潘占伟
责任校对：刘学青
装帧设计：徐道会
出版发行：学苑出版社
社　　址：北京市丰台区南方庄 2 号院 1 号楼　100079
网　　址：www.book001.com
电子信箱：xueyuan@public.bta.net.cn
销售电话：010-67602949　67675512　67678944
印　　刷：高碑店市鑫宏源印刷厂
开本尺寸：889 × 1194　1/16
印　　张：12.5
版　　次：2006 年 8 月北京第 1 版
印　　次：2007 年 3 月北京第 2 次印刷
印　　数：501—4000 册
定　　价：62.00 元（平装）

序言

◎黄克

京剧向称国粹艺术，内容博大精深，剧目十分丰富，人们常以“汉唐三千宋明八百”形容其浩瀚。其中流派剧目又以演员表演的鲜明个性使剧目显得更为多彩多姿，充满魅力，既被专业人员钻研承继，也为广大戏迷喜闻乐见，遂成为京剧舞台上一大亮点。

流派

举凡表演艺术，原本就无不带有表演者的个人色彩。京剧表演艺术因其唱念做打诸多方面功夫的综合性和繁难性，表演的个性化尤为突出；加以行当的粗分、剧目的雷同，于大致相同的条件下尽显各自的千姿百态、千变万化；一招一式、一腔一韵之中可以体现不同的特色，同样一出戏，甚至同样一个戏中人物也完全可以演出不同的风采，这种充满个性化的表演，遂成为京剧竞技场上最是为人乐道而又情趣无穷的审美内涵。倘若这种富于个性化的表演为受众所认可，且代有传人，形为规范，即可自成一家，成为迥异于他人的艺术流派。以“四大名旦”（梅兰芳、程砚秋、荀慧生、尚小云）为例，虽皆工旦行，却又各有千秋。京剧大师王瑶卿就曾这样分析这四位后起之秀的独到之处：“梅兰芳的样儿，程砚秋的唱儿，尚小云的棒儿，荀慧生的浪儿。”所谓“样儿”，指梅的艺术造诣全面，要什么有什么；所谓“唱儿”，指程以行腔之新颖动听为能；所谓“棒儿”，指尚的刀马功底深厚；所谓“浪儿”，指荀的柔媚多姿、风情万种。寸长尺短，一语道破各有专擅的各家流派特点。如此成就固然来自自己的勤学苦练、苦心孤诣，更少不了观众的知音捧场、鼓励有加。因此，一个艺术流派的形成，对于创始人来说，无疑是开拓了审美追求的新境界；对于受众戏迷来讲，则更是得到了多样化审美需求的新满足。梨园行有云：唱戏的是疯子——指其追求的执着，听戏的是傻子——指其享受的痴迷。二者相得益彰、相映成趣，或许正道出京剧流派形成之三昧。

流派剧目

在京剧传承的一二百年间，随着历史的变迁、社会的发展，以及新人辈出、师承转换，荡涤旧物、崇尚新声，传统剧目中的绝大部分早已绝迹于舞台，然而，其精华部分（包括剧目中表现出来的唱念做打等程式体系）还是被完好地保存了下来，并得到长足的发展。其间，流派创始人于剧目的推陈出新做出了不可磨灭的贡献。基于对剧目乃至剧中人物的理解和认识，以及更便于发挥自己技艺特长的需要，流派创始人对浩如烟海的传统剧目进行了严格的筛选，经过了整理加工再创作，使之又焕发出崭新的韵味和光彩；随着这样剧目的增多，最终形成了自己流派所特有的剧目系列。而另外的流派又在另外的剧目系列中发挥着自己的优势，即或剧目相同，不同流派依然可以于演出中表现出自己的独特风格。总之，在其演出的剧目中，无不打上自己表演风格的鲜明烙印。京剧舞台上一度出现的这种百花齐放、争芳斗艳的盛况，实由自丰富多彩的流派剧目，这在京剧发展史上已是不争的事实。

但也应看到，如今京剧流派剧目相对于京剧的鼎盛时期，已是光景不再。个中原因很复杂，就客观因素而言，新兴的艺术形式的多种多样，人们的欣赏习惯和娱乐方式已经有了更广泛的选择余地，因而完全可以去旁骛；此外，就京剧本身而言，演出剧目之贫乏不能不说是观众锐减的重要原因之一。本来演出场所和演出场次就不多，翻来覆去又只是那几出骨子老戏，怎么能吸引观众，特别是年轻观众呢？——连那些老戏迷们也都听腻歪了。

回过头来看，今日演出剧目的贫乏和流派创始人晚年艺术景况也不无关系。他们在艺术的巅峰期——集中在上个世纪二三十年代，创作或改编了一出出新戏，直令观众赏心悦目，目不暇接。当其时，除了富连成科班或游动的散班演出些大路戏外，北京的京剧舞台几乎就是流派剧目的天下。据1932年商务印书馆出版的《五十年来北平戏剧史材》的记载，自民国十二年（1923）至十八年（1929）这六七年间，以梅派剧目为例，只“初演”的剧目——也就是自家独创的新戏或整理改编的传统戏，就有前后本《西施》、《洛神》、《廉锦风》、头二三四本《太真外传》、《俊袭人》、全本《宇宙锋》、《凤还巢》、《春灯谜》等12出戏（其中前后四本《太真外传》这四出戏是在一年多时间里陆续完成的）；同一时间段，马派“初演”的剧目也有《化外奇缘》、全本《玉镯记》、《秋灯泪》、《战宛城》、全本《火牛阵》、《鸿门宴》、全部《临江馆（“馆”应作“关”）》、全部《浣纱溪》、《范仲禹》、全本《清风亭》、头二三四本《大红袍》、全本《天启传》、《许田射鹿》、全本《十道本》等15出戏（其中《大红袍》分头二和三四本两次演出），当然，其中还不包括“初演”以外的经常性的大量的传统戏演出。试问，这些曾经轰动一时的流派创始人编创的新剧目于今又有多少出传承下来了呢？个中主要原因就在于流派创始人到了晚年一些唱做吃重的剧目已难胜任，只有将其已臻于炉火纯青的技艺凝炼到少数剧目之中，或演出或教习也只拘囿于这少数几个剧目了。而其传人也就将这几出戏奉为圭臬，全不知其鼎盛时期的所谓“文武双全”、所谓“昆乱不挡”为何事，致使一些当年的热门戏几近失传，这不能不说是梨园一件憾事。记得梅兰芳先生曾撰文论述学艺过程中的“少、多、少”，大意是初学时会的戏（包括技艺）自然是少的。随着所学剧目的增多，技艺的增长，激发起拓宽其艺术驰骋领域的热情，兼收并蓄，从而极大地丰富了自己。进而又随着审美取向的定型，艺术见识的提高，势必要对自己所学所用下一番去芜存精的工夫，扬长避短，使自己的独特技艺集中在少数几个代表剧目之中。表面看来演出的剧目是少了，但炉火纯青，在艺术创新上却达到了新境界。从少到多，从多而少，贯穿着的是继承与发展的艺术成熟的过程，也闯出了一条攀升艺术高峰的必由之路。后学者以为，学会了几出流派代表剧目便可以薪尽火传，得到了真经，孰不料缺少广博的根基，既影响个人的发展，也造成了剧目越传越少的现实。这难道不是应该汲取的教训吗？

有道是“礼失求诸野”。由于流派剧目的独特韵味及其所富有的艺术魅力，由于京剧作为自娱自乐的审美取向已深入人心，更由于迷恋传统演唱艺术者的大有人在，京剧传统剧目——包括一些已经消失于舞台的流派剧目，至今仍在京剧爱好者中间传唱不息。我们不妨到公园里看一看那一圈圈围着的戏迷，他们来自四面八方，或许彼此并不相识，只凭一把胡琴就将大家凝聚在一起，有滋有味地互相欣赏着一段段流派唱腔。更不用说那遍布全国各地乃至国外华人聚居区的票房，他们还时不时地粉墨登场，过一把戏瘾呢！这种自拉自唱、自娱自乐的红火场面，充分显示了京剧流派剧目的深厚群众基础和顽强的生命力，对于相对落寞的京剧舞台不啻一种发人深省的挑战。然而，这又何尝不是对京剧振兴的潜在的呼唤和有力的支持呢！

流派剧目集成

正鉴于其强大的生命力和深厚的群众基础，“振兴京剧”作为文化建设的国策的提出可谓正得其时。而振兴之务，首要的是挖掘和继承优秀传统剧目，以之作为发展和创新的基础和借鉴。我们编纂《中国京剧流派剧目集成》的初衷正在于此：将流派剧目演出的精彩瞬间记录于永恒，将构成流派剧目的诸多元素一一记录在案。诸如每剧的剧情本事、创始人表演特点的提要，剧中人物行当归属、服装扮相，剧本曲文、唱腔谱、伴奏谱、锣鼓经，以及身段谱等得以再现流派表演风格的内容，都力图完整地记录整理出来，为流派艺术的教学和研究提供文字的基础资料。持此，内行自可作为表演的参考，京剧爱好者也可以作为演习的蓝本。

这一工作，对于京剧剧目的基本建设虽然可谓之善举，但具体做起来却困难多多。首当其冲的就是剧目的选定。京剧剧目虽称汗牛充栋，但保存下来的资料却十分有限。京剧形成初期，以“老生三杰”又称“前三鼎甲”的程长庚、余三胜、张二奎为代表的一代固然没有留下什么音像文字资料；即或以“老生新三杰”又称“后三鼎甲”的谭鑫培、孙菊仙、汪桂芬为代表的一代除了少量的唱片外也没有完整的剧目传下来，所以我们的剧目整理工作只能从民国初年以降的“四大须生”、“四大名旦”开始。他们受熏陶于前辈艺术家，可谓传统的集大成而又能创新的一代，整理剧目以他们为重点自然最合适不过。遗憾的是这些艺术大师大都已经作古，得到他们指点和首肯已不可能，为此，我们只能通过其亲传或再传弟子来进行流派剧目的整理工作。从中我们更深地体会到抢救要及时，当初未能抢救下来现在也不要嫌晚而不为，抢救一点是一点，否则能够保存下来的精华越来越少，越加难向历史向后人交代了。

更难的则是遴选整理者。剧目的全面整理需要全面的人才。我们在组织稿件的过程中却发现这样的人手颇不易得。如果流派创始人或其传人曾在戏校任教，且有较为完整的教案保存下来，今日稍加整理即可选用，自然不是难事。不过这样的情况并不多，大量的剧目尚需要对当年的演出本进行追忆记录，加工整理。曾经受业于流派创始人或其传人的京剧工作者虽然是整理演出本的合适人选，但是他们大都是单位的骨干，忙于演出，忙于剧务，或居于领导职位，很难分出身来。即或肯于应承下一两出戏，也常有如下的情况：能演不能说，能说不能写，能写又不能打谱。因此，完成一个剧目经常需由记录者、整理者和打谱人联袂而行，倘再加上剧目的传授者和提要的撰写人，则非四五人鼎力不可。《中国京剧流派剧目集成》收入二百多出戏，每出戏即使平均两三人参加，也要组织四五百人次。其繁难可以想见，其壮观亦可以想见。当然，这还仅就整理者的数量而言，更为难能可贵的还在于参与者的无私奉献。试想，跟演一出戏或教一出戏相比，以文字整理出一出戏，不仅费时而且费力，无疑是一桩一般人不肯为也不屑为的苦差事，而我们的整理者却能甘之如饴，乐此不疲，没有为京剧事业的传承而不计个人得失的宝贵情操，是难有这种积极性的。不仅如此，随着岁月流逝，整理流派剧日益困难，更需要求助一些老专家，他们或是资深艺员、教师，或是资深票友、戏迷，而今已是硕果仅存的京剧艺术的专家、流派历史的见证人。在他们身上洋溢着一种传承京剧流派的使命感，和对振兴京剧的期待。他们热情地参加到这项工作中来，或亲自动手，为我们整理剧目；或答惑解疑，给我们工作以指导。使我们在受教于他们的同时，油然而生一种深深的敬意。

克服了上述困难，《中国京剧流派剧目集成》终于呈现在读者面前。书中，除了囊括主要流派的主要代表剧目，试图反映京剧鼎盛时期的大致面貌而外，尚有可说道者。

首先是挖掘整理出一批流派剧目，其中不乏已近失传的流派艺术精品。其中共收流派五十余家、剧目二百多出，不仅是从装扮到曲谱俱全，而且半数以上不曾整理出版过，可算是京剧剧目建设的一个不小的工程。下列剧目可为佐证。如王（瑶卿）派名剧《南天门》（今能见到的只剩下王和老谭合拍的剧照）、余（叔岩）派名剧《太平桥》（据说是老谭给余说的开蒙戏）、马派名剧《白蟒台》（写王莽被俘后向旧臣一一乞命事，老生扮演反面人物堪称奇特）、麒派名剧《斩经堂》（其中吴汉的悲剧性格曾引起过热烈争论）、荀派名剧《鱼藻宫》（写吕后残害戚姬事，乃荀派悲剧剧目之一），以及汪（笑侬）派名剧《哭祖庙》、龚（云甫）派名剧《徐母骂曹》、徐（碧云）派名剧《绿珠坠楼》、裘（盛戎）派名剧《打銮驾》等，都是难得一见的流派剧目之珍品。而以“关外唐”名世的唐（韵笙）派名剧经其家人和传人的努力竟整理出其代表作《驱车战将》、《闹朝击犬》、《好鹤失政》、《绝龙岭》、《未央宫斩韩信》、《刀劈三关》等七出之多，堪称流派剧目建设的新收获。除此之外，《中国京剧流派剧目集成》还特别着力于武戏的挖掘整理。较之文戏，武戏更难整理，需要将演员在台上的动作招式一一准确地反映出来，没有深入的钻研领会、亲身体验，很难下笔。众所周知，杨小楼作为一代武生宗师，其“武戏文唱”乃武生的不二法门，也是令人神往的一种表演境界，在武戏剧目整理中理应得到体现。资深票友朱家溍先生得其真传，整理了杨派名剧《麒麟阁》，并详细记述了前后六次观剧的心得，惜乎不及将其用工尺谱记下的昆曲吹腔翻为简谱便溘然而逝了。另一出杨派名剧《镇潭州》则是根据京剧耆儒刘曾复先生的讲授整理出来的，其中杨再兴上场的“蝴蝶霸”、和岳飞对打的“枪架子”，皆独得杨派之秘，给人以再闻《广陵散》般的惊喜。此外，高盛麟的《长坂坡》、《走麦城》，王金璐的《落马湖》、《八蜡庙》也都走的杨派的路子，有的就是直接跟杨宗师学的。南派大武生盖叫天武功盖世，他的剧目身后却乏人整理，多亏移居上海的原中国戏校武功教师赵雅枫先生以耄耋之年勉力整出《一箭仇》，也算保存了盖派一脉。还值得一提的是收获了一批武丑戏。叶盛章当年是以武丑戏挂头牌演大轴的第一人，勇于创新，能戏甚伙，现将其创作的名剧《酒丐》、《祥梅寺》、《打瓜园》、《徐良出世》、《三盗九龙杯》、《铜网阵》等七出代表作一并推出，既再现了叶氏当年神勇，也为乏人承继的武丑行当提供一些演习之本。尤为可喜的是我们也挖掘整理出富连成科班总教习、文丑“萧派”创始人萧长华老先生的《选元戎》、《荡湖船》、《变羊记》等已近绝迹舞台的拿手剧目。凡此，整理者挖掘流派剧目的辛勤劳作成果，均为我们编纂“集成”增添了光彩。

为了方便读者翻检使用，本书采取四五出戏合编一册的形式，这样全书约有五十册之多，并拟分三批推出。第一批为老生行的余派，以及号称“南麒、北马、关外唐”的三派，和武丑行的叶（盛章）派，计五家八册。第二批则以旦行“梅、尚、程、荀”为代表，包括老旦、刀马旦等流派。第三批是老生、小生、武生、净、丑等其他流派。

预期一两年内出齐。倘若其中有重要疏漏，又得人整理，亦可考虑编辑出版“集外集”，以满足读者的需求，也使这部“集成”更为名副其实。

当然，《中国京剧流派剧目集成》的编纂，其目的只在提供流派剧目作为研究家和后学者的参考借鉴。而流派、流派，意重在“流”。所谓流，指流行和流变。流派艺术正是在流行、流变中最终形成的，即或在最终形成之后，也还是靠流行、流变而发展的，倘若泥古不化，抱残守缺，就会失掉其鲜活的生命力，艺苑奇葩也会枯萎，这已为京剧发展史所证明。不过，流派艺术发展也需要有个前提，那就是首先要掌握渗透在表演程式唱念做打、手眼身发步中的艺术个性，而流派剧目就是其艺术个性展现的载体。继承流派艺术，不能只满足于模拟外在的“体”，更要在剧目演练中去体味其艺术个性的“魂”，这样才能促使京剧流派艺术从剧目建设到表演个性都得到发扬光大。此乃传承流派剧目的题内之义，自毋庸赘言。

目录

周信芳

卫明 整理

乌龙院

周信芳演出本

《乌龙院》这出戏，讲的是宋江和他的外室阎惜姣的一场纠葛。在解放以前，南边北边的演员，都经常演出。周信芳也常演这出戏。后来他感到这戏里的宋江像是个嫖客，戏里也有许多不健康的成分，需要研究一下。于是有一段时间，他暂停了这出戏的演出。

1953年，整理剧目时，他对这出戏进行了反复思考：宋江是梁山的头领之一，后来的结局不去说他，至少在前一个阶段，他是行侠仗义的。乌龙院里的这一段故事，虽说并不光彩，但宋江毕竟还是宋江。关键是突出一封信，梁山晁盖的一封信，从对这信的态度，区别了戏里人物的正与邪。改动不大，却是点石成金，把一出表演上很有特色的剧目保留下来了。此外，周信芳还有一些技术性的修改、加工，如“刘唐下书”。

从《乌龙院》老本中宋江在“闹院”中的唱词来看：“那一日闲游在大街上，偶遇好汉小刘唐。他把那实言对我讲，请我到梁山去为王”，“刘唐下书”似乎是在“闹院”之前。可是这样的演法从未见过。而且宋江带着梁山的信就去乌龙院“闲散一回”，也似乎说不过去。周信芳看到过海派的先行者冯志奎、潘月樵演“刘唐下书”，是在“闹院”之后，就合理得多了。于是吸取了他们的演法，并进行了加工。

为了加强呼应，加强戏的气势，在开头加了一场晁盖坐寨，派刘唐到郓城县去给宋江下书。这样，戏中间刘唐出场，也就不觉得突兀了。

这出戏在艺术上的特点，就是人物不多，但个个性格鲜明，栩栩如生，而且从中可以看到当时的一些社会风貌，这些绝不是坐在家里闭门造车可以造得出来的。就这么几个人，就这么一点事，却矛盾、纠葛一环扣一环，甚至发展到非常激烈的地步。演员有戏演，观众有戏看，可谓难得。

周信芳在戏里的表演，不同于一般的老生，既有文质彬彬的一面，又有豪爽洒脱的一面，有时又有些不拘小节。更重要的是人物有着激烈的外在和内在的冲突，感情起伏跌宕很大，而这些，都通过强劲有力的麒派表演艺术体现出来，堪称一绝。

可以略举几处精彩的表演。

“闹院”的最后，宋江在门外徘徊，要走，又不甘心走，最后还是决心一走了之。先是怒气不息，接着压制下来，又不甘心，又激动起来，最后还是想开些，走吧！这一段表演连说带做，有张有弛，有收有放，电影名家赵丹对之赞不绝口。

“杀惜”，宋江失落了招文袋，那封性命攸关的梁山的信就在招文袋里，因此他气急败坏地回到乌龙院寻找。一阵慌乱地寻找之后，他渐渐静下来，回忆方才起身、出去的过程、动作：看看窗外的曙光，拿起招文袋，取信抽信，信在，掂掂招文袋，黄金也在，把袋子绕起来，往哪里放呢？插在衣裳里，赶紧用手拍，身上什么也没有，哦，是挟在肋下了。走到房门口，门倒扣着，拉门，一下，两下，三下，两手一用力，肋下挟着的东西肯定掉下了，连忙四下寻找，还是没有。

这一段全是哑剧，动作都是虚拟的，是重复前面做过的事，而且是抓住要紧的地方，加以强调，使观众印象更加深刻，更为戏所吸引，不由得发出会心的赞叹。

这都是非常精彩的表演。

1961年底，周信芳舞台生活六十年纪念活动在北京举行。在大型座谈会上，李少春发言说："《乌龙院》这戏我们也演的，可是宋江唱完'行一步来至在长街上'，我们就站住了，等着听里面'搭架子'。周院长就不这样，他唱完照旧往前走，听到里面提到宋公明，嗯！说到自己身上了，这才停下来。这就比我们演的高得多了！"

周信芳还谈到过一点："闹院"在场上是两个人，宋江和阎惜姣。其实是三个人。还有一个，就是躲在里面的张文远。正因为里头还有一个人，所以阎惜姣才一会儿恼了，一会儿笑了，一会儿这样，一会儿那样。她的目的是为了里面那个人，要把外面这个人——宋江赶走。这是非常精辟的见解。

还有1961年底，在举行周信芳舞台生活六十年纪念活动时，田汉看了《乌龙院》的演出以后，提了一个意见。因为戏的结尾是阎婆去为阎惜姣买棺木，说不认识路，要宋江陪她去，哪知一到了街上，她就大叫："宋江杀人了！"宋江忙去拦她，两人拉扯着下场。田汉认为这样结束不好，因为那封信还在身上，这样一叫，势必到官府，那封信就会坏事。而且《水浒传》原著也不是这样处理的。周信芳说："过去一直是这样的。老戏就是这样。"田汉说："老戏、过去一直这样演，不等于就是对的、好的。"周信芳当时没有多说，回到宾馆，就酝酿修改。他觉得田汉提得有道理，立即进行修改。

他是这样改的：宋江杀惜以后，找到了那封信，就起身要走，要去烧掉它。正巧在这时，阎婆听到了楼上的声响，上楼来了。宋江推开她径自急急走了。闭二道幕，再拉开，宋江在寓所的蜡台上焚烧书信。起〔尾声〕，剧终。

改动不大，却把田汉提出的问题解决了。而且没有一句台词，反而比原来的要干净些，用的是电影手法，但不生硬。田汉听说以后，大为赞叹，认为周信芳这样的大家，能够闻过即改，是很难得的。因此接下来在政协礼堂演出时，他不但自己去看，还动员了文艺界、新闻界好多人去看。演完以后，他和李维汉一起上台去向周信芳祝贺。

那天演出时还有一个小插曲：宋江要走了，可是演阎婆的演员因为修改、演出比较匆忙，吃不准上场的时间，上来晚了。周信芳就在场上急急地走8字形。一直到阎婆进来，才演下去。事后他对我说：宋江走来走去，是在想："怎么办？"正因为这样，所以演出找不出破绽。

在这以前，《下书、杀惜》已在上海拍了彩色电影，基本上完成了，只待后期制作。周信芳回到上海以后，要对电影的结尾加以修改。由于已基本上拍完了，再制一堂寓所的景没有可能，就利用现成的院外的外景，宋江念两句"下场对"作结束。他亲自拟了几个"下场对"，问我哪个好？我建议他用了这一个："不堪逼迫杀婆惜，回家焚书灭痕迹。"

这一次对《乌龙院》记录、整理，依据的是：

一、多次看他演出的综合所得；

二、1962年9月17日演出实况录音；

三、我记录、整理的《〈乌龙院〉表演艺术》。曾向周信芳之子周少麟，以及得到周信芳亲授、演过此剧的张信忠请教过，特此致谢。

这次记录、整理的几个剧目，由于量相当大，大多是挤时间赶出来的，不能仔细回忆、推敲，疏漏、谬误之处，在所难免，望乞不吝赐教、指正，先致谢忱。

卫 明

人物行当

宋 江	老生	晁 盖	净
阎惜姣	花旦	吴 用	老生
张文远	丑	酒 保	丑
阎 婆	老旦	四梁山兵	杂
刘 唐	净		

服装扮相

宋 江 俊扮。黑缎高方巾、黑三，蓝褶子、黑褶子、黄鸾带，黑彩裤，厚底。（“下书”时加圈起来的黑耳毛子，“杀惜”时再撒开，脸上抹油彩，眉加深）

阎惜姣 俊扮。珠子翠花头面、大发，浅色缎子绣花袄、裙、绣花腰巾、素褶子、绣花大坎肩，粉红彩裤，彩鞋。（“闹院”穿裙，“杀惜”穿袄）

张文远 勾丑角腰子型粉脸。蓝缎花荷叶巾，缎花褶子，红彩裤，朝方靴。

阎 婆 俊扮。鬖发髻、黄绸子，素褶子、腰巾、米色绸裙子、紫色缎花帔、大坎肩，云头鞋。

刘 唐 勾蓝葫芦花三块瓦脸。黑鬃帽、大花、刘唐髯、红耳毛子，绣花抱衣抱裤、大带、黑褶子，薄底。

晁 盖 勾黄色三块瓦脸。草王盔、翎子、狐狸尾、黑扎，红蟒、玉带，红彩裤，厚底。

吴 用 俊扮。蓝高方巾、黑三，蓝色仙鹤氅，黑彩裤，厚底。

酒 保 勾丑角豆腐块粉脸。毡帽，茶衣、白布腰裙，布鞋。

道具

大帐	一份	折扇	二把
桌子	二张	绣鞋	一只
椅子	二把	手帕	一方
包袱	一个	休书	一张
黄金	十锭	招文袋	一个
书信	一封	文房四宝	一份
酒具	一份	红桌围椅披	一份

第一场

〔桌、大帐、“大座”。

〔【冲头】【大锣出场】四梁山兵上，“站门”。晁盖上，近“九龙口”，双抖袖、整冠，捋髯。至中间台口。

<点降唇>

晁　盖　【大锣回头·归位】6 i̇ 5 4 3 5 2 -【小锣二击】2 2
权臣当道，吸尽

1 2 6 i̇ 5 -【小锣三击】5 5 4 3 5 2 -
民膏，根强暴，

【小锣二击】3 1 2 3 5 6 5 -【小锣三击】
聚集英豪

6 i̇ 5 6 i̇ 5 - 2̇ 2̇ i̇ 2̇ 6 i̇ 5 -
搅一个江翻海倒。

〔【回头】【大锣归位】四梁山兵归里，晁盖坐“大座”。

晁　盖　（念）豺狼当道扰万民，
怒劫生辰纲内珍。【小锣二击】
东溪村上风波起，
搭救难忘宋公明。【大锣住头】
某（**嘟仓**）托塔天王晁盖。【大锣住头】只因弟兄七人，打劫生辰纲，不想大事泄漏，官府行文捉拿我等。多亏郓城县宋江宋恩公，仗义送信，才得投奔梁山。【大锣住头】来到山寨，林冲火并王伦，又生擒了黄安，山寨才得初定，是我思念宋恩公救命之恩，有意请他上山，共图大事。不免请出军师，一同商议。来，

梁山兵　有。

晁　盖　有请军师!

梁山兵　有请军师!

〔吴用内白：“嗯哼!”

〔【小锣单上场】吴用上，至“九龙口”。【小锣归位】

吴　用　（念）火并王伦安水泊，
生擒黄安定梁山。

〔【小锣二击】吴用进内。

吴　用　参见大哥。

晁　盖　军师少礼，请坐。

吴　用　谢坐。

〔【小锣二击】梁山兵摆侧座在“下场门”一边，吴用坐下。

吴　用　宣小弟进帐，有何军情议论？

晁　盖　是我思念宋江宋恩公救命之恩，有意请他上山，共图大事，特请先生一同商议。

吴　用　啊大哥，此事不可冒昧。就请大哥修书一封，备黄金百两，遣人送往郓城，一则酬谢相救之恩，再则打探公明哥哥意向，如有来意，再作道理。

晁　盖　来，取黄金百两，（一梁山兵取包裹上，晁盖置于案上）待我修书！

〔奏唢呐曲牌＜急三枪＞，牌子声中晁盖修书。

晁　盖　但不知差何人前去？

吴　用　待小弟问来。（起身到台口）下面听者！

〔内应：“啊！”

吴　用　如今晁大哥意欲命人去往郓城，与宋公明哥哥下书，谁人愿往？

〔刘唐内白：“刘唐愿往。”

吴　用　刘唐进帐！（归原座）

〔刘唐内白：“来也！”

〔【四击头】刘唐上。【回头】刘唐到“九龙口”。【大锣归位】

刘　唐　（念）平生胆气豪，

　　交友密投醪。

　　善恶最分明，

　　生死等鸿毛。

〔【大锣五击头】刘唐进内。

〔刘唐拱手行礼。

刘　唐　刘唐参见大哥、军师。

晁　盖
吴　用　贤弟少礼。

刘　唐　谢大哥！

〔【大锣住头】刘唐上步转身站右侧。

晁　盖　贤弟莫非愿往郓城县，与宋江大哥下书么？

刘　唐　正是。

晁　盖　只怕你去不得。

刘　唐　怎么？

晁　盖　想你前番醉卧灵官殿，郓城衙役俱都认识于你，如今你我弟兄，又做了这样大的事情，郓城县早有准备，故而怕你去不得。

刘　唐　公明大哥是个侠义的汉子，纵然为他而死，又待何妨？

吴　用　只恐事机不密，有误大事。

刘　唐　【大锣叫头】大哥，军师！小弟此去，多加小心谨慎，倘有差错，甘当军令施行！（仓）

晁　盖　好，听我吩咐！

〔西皮摇板〕

【反长锤】(7 6 5 5 5 3 6 5 i 3 2 1 2 6 2 1 2) 1 3
黄 金

3 3 3 3 1 2 3 (4 5 3 2 1 2 3 1 6 5 5 5
百 两 一 书 柬,

3 6 5 i 3 2 1 2 6 2 1 2) 1 2 3 2 3 2 1 6
见 了 恩 兄 多 问

1 (3 2 1 7 2 1) 1 2 1 3 2 2. 1 1 3
安。 梁 山 弟 兄 翘 首(哇)

2 - (大. 大大大 乙大大大 仓)(7 6 5 5 5 3 6 5 i 3 2 1 2
盼,

6 2 1) サ 1 3 2 1 2 (3 2 1 6 1 2) 2 1 1 - 7 1 - ‖
问 他 可 愿 上 梁 山。

刘 唐 (接过书信、包裹)得令!

〔【反长锤】将书信、包裹系在腰间。

〔西皮摇板〕

(过门同前) 1 5 3 3 3 (4 3 2 1 2 3 0) 3. 2 1 2 3 (4
奉 命 去 往 郓 城 县,

3 2 1 2 3 6 6 5 5 5 3 6 5 i 3 2 1 2 6 2 1

3 1 2 1 2 3 1 (3 2 1 7 2 1) 1 2
山 寨 之 事 对 他 言, 黄 金

4 3 - 2 (3 2 1 6 1 2) 3 - 2 1 1 - 3 ³⁄₂2
百 两 一 书 (呀) 柬,

【反长锤】(刘唐行礼,出门,到“下场门”台口)(过门同前) 2 5 3 2 1 2
顺 说 恩 兄

(3 2 1 6 1 2) 1 2 - 1 2 1 6 ˅ 6 1 6 16 1 - ‖
(大 大)上 梁 山。(转身“下场门”下)

〔西皮摇板〕
晁 盖 【反长锤】(过门同前) 4 3 3 1 2 (3 5 2 1 6 1 2) 3 2 1 1 3 2 - ‖【反长锤】
(起身) 风云聚会 倘如愿,
(下位)

〔西皮摇板〕
吴 用 (过门同前) 2 5 3 2 1 1 2 - (3 2 1 6 1 2) 3
共 为 黎 民 解

2 1 1 1 2 3 5 2 - 2 3 2 3 2. 1 6 1 1 - ‖
倒 悬。

〔【大锣回头】晁盖、吴用、梁山兵下场。
〔二道幕闭。

第 二 场

〔二道幕拉开、空场。
〔接上场【冲头】转【撤锣】
〔张文远内白:“哽哼!”
〔【小锣五击】张文远上,抖袖。

张文远 (念数板)

(多 多 | 一个罗 | 多) | x | x | x | x | x |
0 娇 0 滴 滴, 0 脆 0 滴

x | x | x | x | x | x | x | x |
滴, 一 心 思 想那 阎 婆 惜, 今 日 去 到那 乌 龙

x | x | x | x | x | x | x 【小锣住头】
院, 牛 郎 织 女 会 佳 期 会 0 佳 期。

学生张文远,师父宋公明。我与阎惜姣暗地来往。今日闲暇,不免去往乌龙院中走走!

〔四平调〕
2/4 (扎 多 乙 6 | 1 2 3 6 | 5 6 5 0 3 | 2 5 3 2 7 6 |

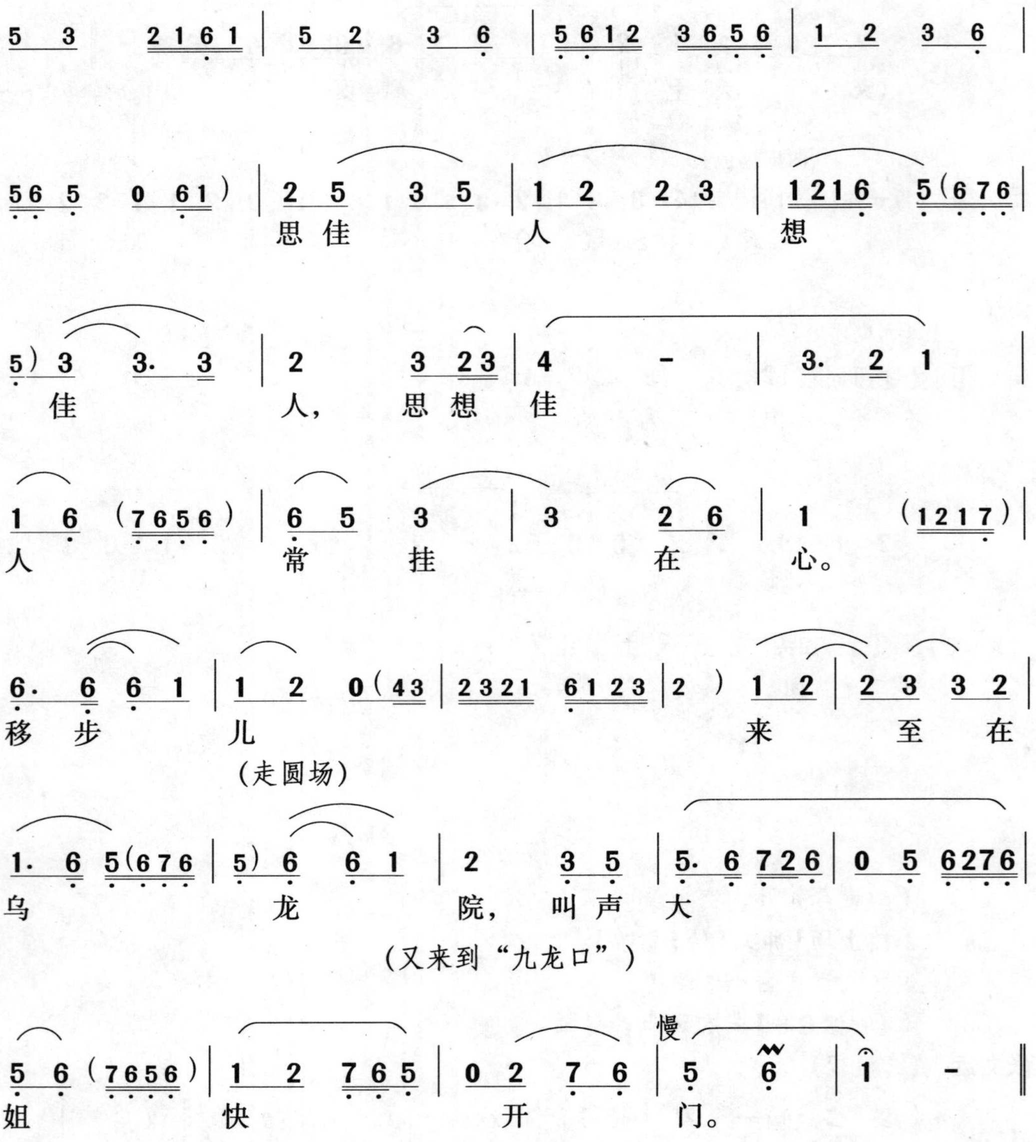

〔阎惜姣内白：“来了！”
〔【小锣夺头】阎惜姣上。

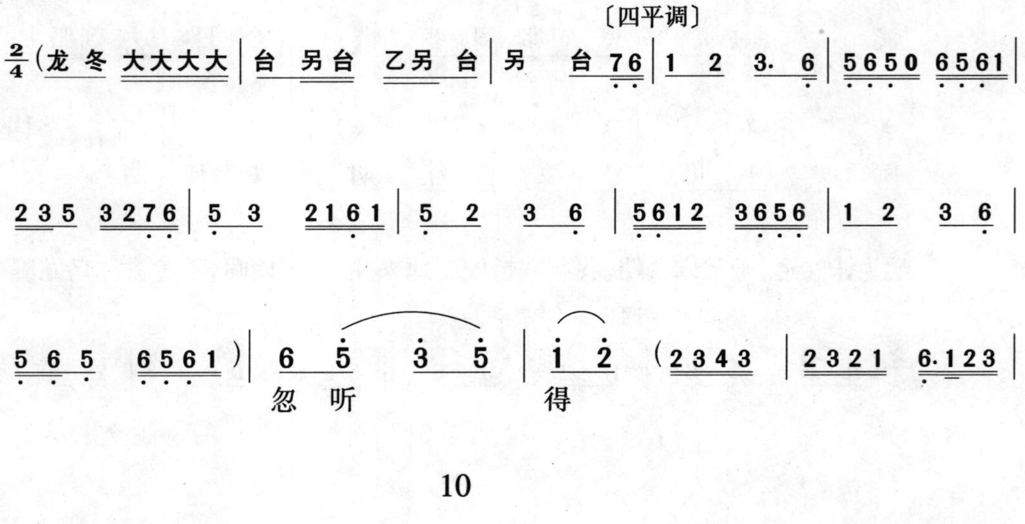

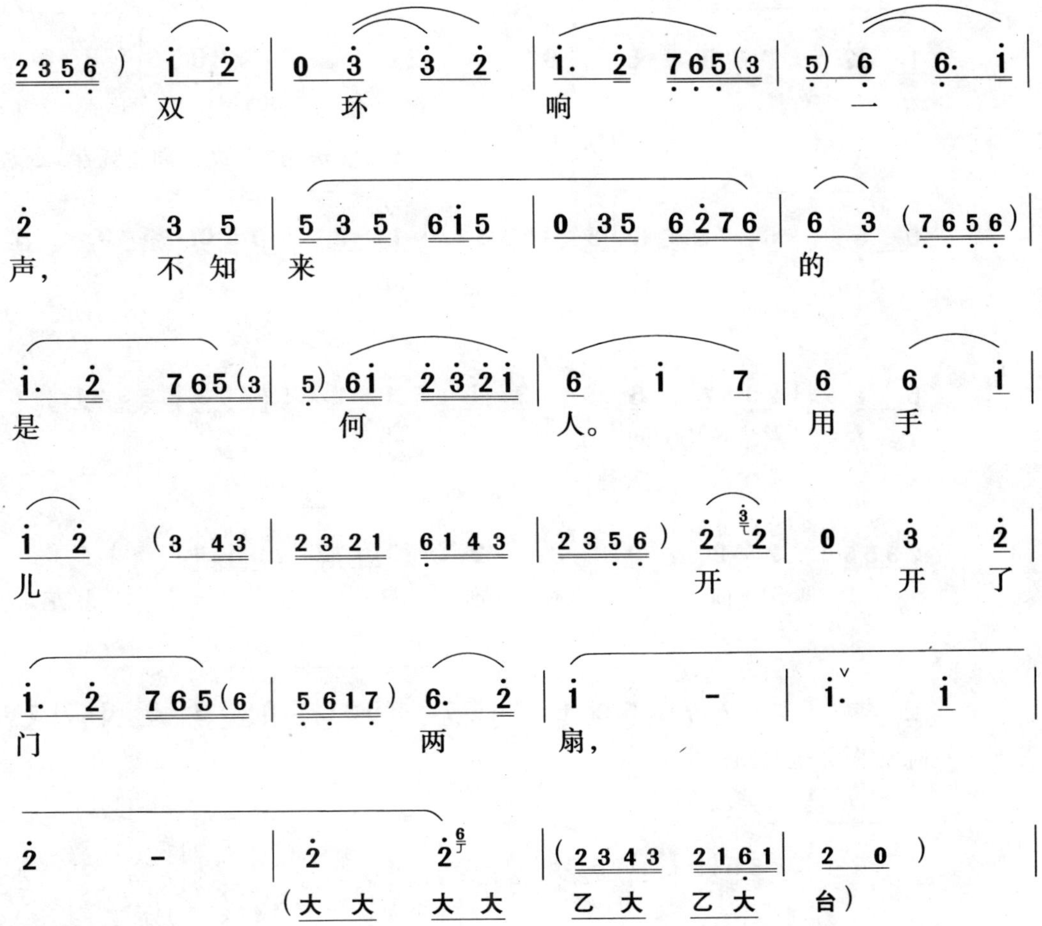

阎惜姣 三郎！

张文远 大姐！

阎惜姣 你来呀！

张文远 （抬左腿，抖双肩）来了！（进门）

〔四平调〕

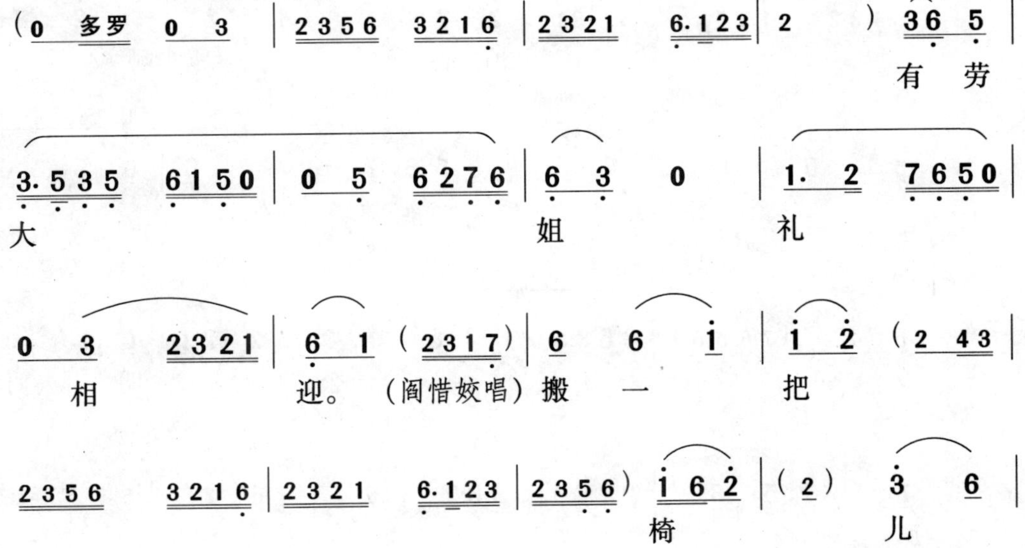

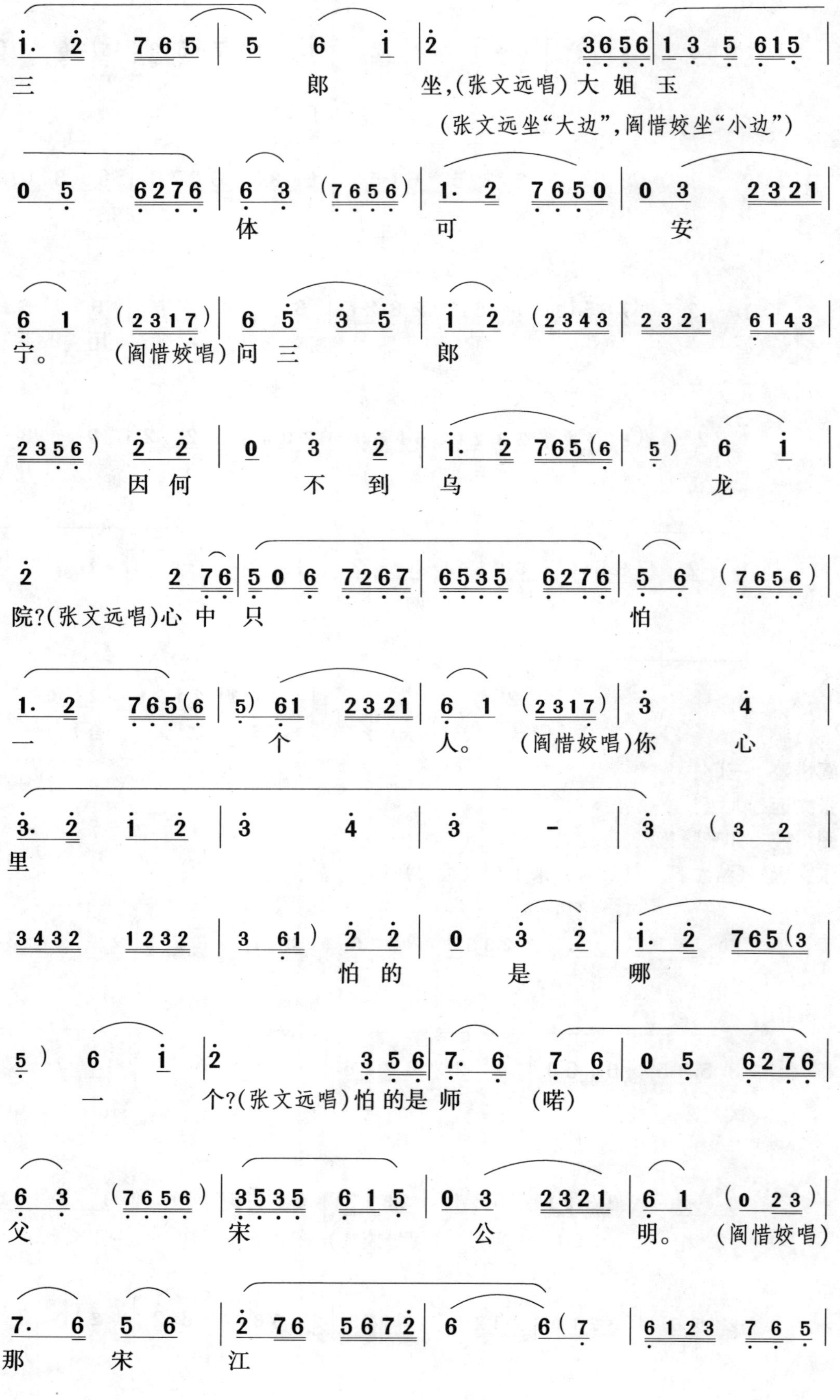

三 郎 坐,(张文远唱)大 姐 玉
(张文远坐“大边”,阎惜姣坐“小边”)
体 可 安
宁。(阎惜姣唱)问 三 郎
因 何 不 到 乌 龙
院?(张文远唱)心 中 只 怕
一 个 人。(阎惜姣唱)你 心
里
怕 的 是 哪
一 个?(张文远唱)怕 的是 师 (喏)
父 宋 公 明。(阎惜姣唱)
那 宋 江

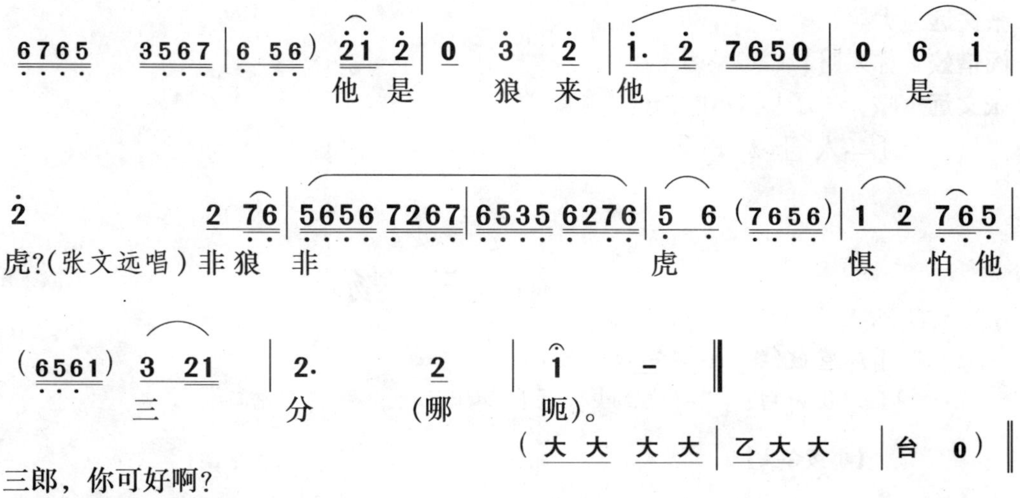

阎惜姣 三郎，你可好啊？

张文远 我好，大姐你可好啊？

阎惜姣 我……也好。啊，三郎！

张文远 大姐！

阎惜姣 这几天怎么不到我这儿来呢？

张文远 这几日衙前有事，没来看望大姐。

阎惜姣 怎么着？衙门里头事情忙啊？

张文远 是啊。

阎惜姣 这也就难怪了。

张文远 哈哈哈！…… （台）啊，大姐，你手拿何物？

阎惜姣 红绣花鞋。

张文远 哎呀呀呀！脚下的鞋儿还未穿坏，为何又做花鞋？

阎惜姣 这是给我妈做的。

张文远 妈妈娘偌大年纪，还穿花鞋么？

阎惜姣 今儿个十四，明儿个十五，是我妈生日，做这双红绣花鞋，给她老人家上寿的。

张文远 哦哟哟哟！不是大姐提起，我倒忘怀了。这样吧！明日我的礼到人不到啊。

阎惜姣 哟！只要你人来，礼来不来的那要什么紧哪！

张文远 如此我的礼到人也到！

阎惜姣 这不结了吗！（笑）

张文远 哈哈哈！…… （台）啊，大姐，这几日衙中事忙，不曾来看望大姐，好像有许多言语，要对你讲啊。

阎惜姣 哦，有那么多话要跟我说啊？

张文远 是啊。

阎惜姣 好吧，你随我到卧房中去讲。

张文远 好，大姐请！

阎惜姣 正是：（扎）

（念）东边日出西边雨，

张文远 （念）道是无情却有情。

阎惜姣 三郎！

张文远 大姐！

阎惜姣 你来呀！

张文远 哦，来了！【小锣下场】

〔二人"下场门"下。

第 三 场

〔起堂鼓(冬 冬 冬冬 台)

〔宋江内白："列位，少陪了！"宋江上，到"九龙口"。

【小锣夺头】 〔四平调〕

宋 江 2/4(龙 冬 大大大 | 台 另台 乙另 台 | 另 台 6 | 1 2 3 6 | 565 0 3 |

2 5 3276 | 5 3 2161 | 5 2 3 6 | 5613 7656 | 1 2 3 6 | 565 0 61) |

6 5 3 2 | 2 2(3 | 2321 6123 | 2356) 2 |
大 老 爷 打

0 3 2 | 1· 6 5(676 | 5) 1 6 3 | 2 0 2 76 |
鼓 退 了 (哇) 堂， 衙 前

5·(6 7267 | 6535 6276) | 5 6 (7656) | 1· 6 5(676 | 1 7) 6161 |
来 了 我 宋

2 2 | 1 - ‖ 【小锣住头】
江。

宋 江 卑人宋公明，在这郓城县，当了一名押司。只因济州有公文前来，命所属府县，严防梁山。是我奉了太爷之命，叠成公案，行文下乡，忙了数日。今日闲暇些，我不免去乌龙院走走。

〔四平调〕

2/4 扎 多 乙 6 | 1 2 3 6 | 56 5 0 61 | 2 5 3276 |

5 3 2161 | 5 2 3 6 | 5612 3656 | 1 2 3 6 |

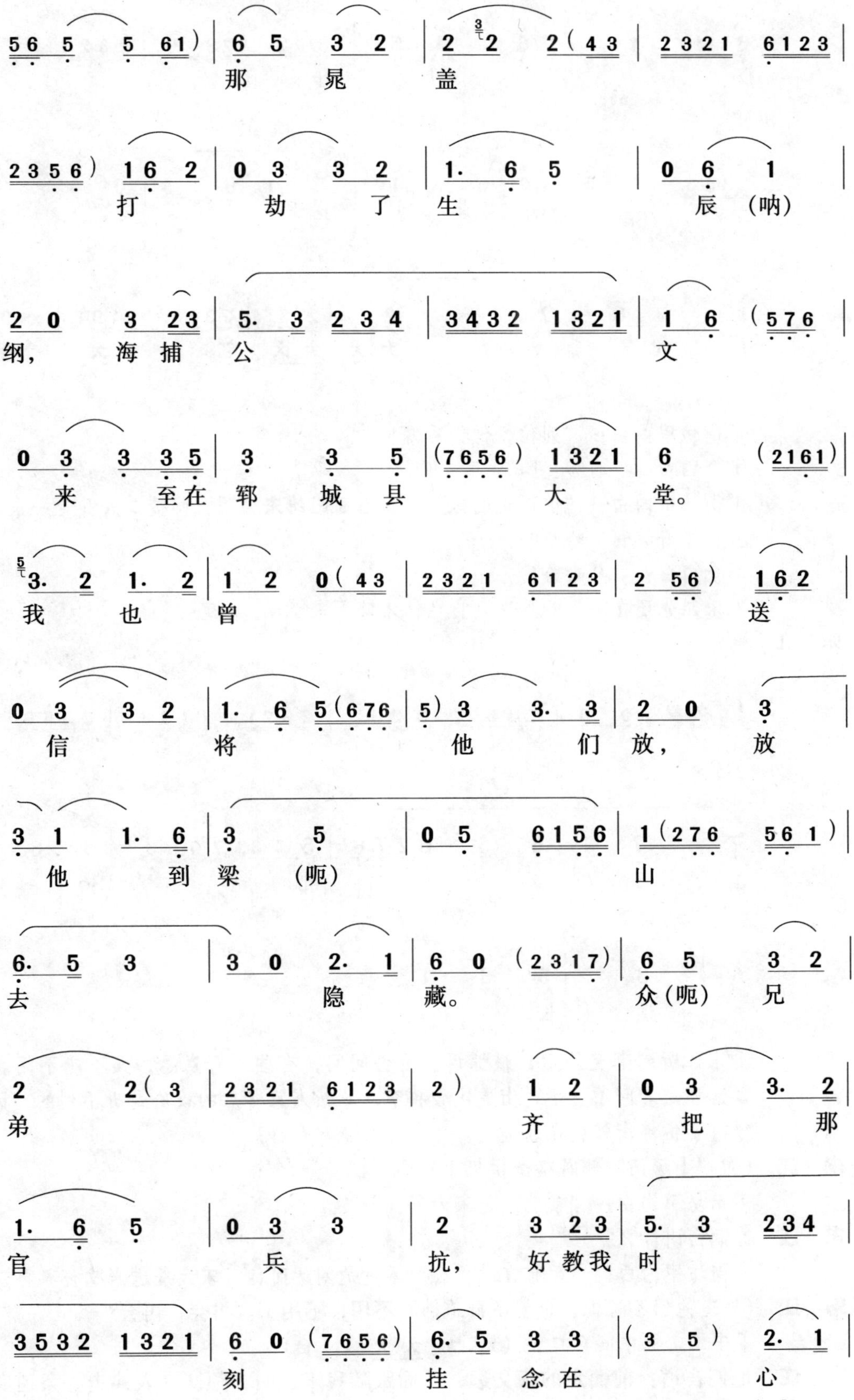
那 晁 盖
打 劫 了 生 辰 (呐)
纲， 海 捕 公 文
来 至在 郓 城 县 大 堂。
我 也 曾 送
信 将 他 们 放， 放
他 到 梁 (呃) 山
去 隐 藏。 众(呃) 兄
弟 齐 把 那
官 兵 抗， 好 教 我 时
刻 挂 念 在 心

6（1 1 7）| 6 1 5 | 3 2（2343 | 2321 6123 |
肠， 行 一 步

2356）3 5 | 0 6 6 1 | 5. 1 653 | 0 3 |
来 至 在 长 街

1 1 6 | 2 － | 2（2 3 | 2343 2161 | 2 0）
上， 大大 大大 乙 大大 台

（走半个圆场）

「街坊甲内白：“列位，你们看哪！”

「众内白：“看哪！”

「街坊甲内白：“前面走的张文远，后面跟随宋公明，师徒二人共走一条道路，倒教我等好笑啊！哈哈哈！……”

「众内白：“哈哈哈！……”

「宋江先还在走，听见说到自己，才停下来。

宋　江　啊？

〔四平调〕

（0多罗 0 3 | 235 321 | 2321 6123 | 2356）3 5 |
又 听

7 7 6 | 0 5 6276 | 5（6 7656）| 1. 6 5（676 |
街 邻 说 短

5）3 | 5. 6 1 | 1 0 ‖
道 长。 （台）

「宋江听到嘲笑的话，很惊讶。要去问问，有些不好意思，又不能不问。稍一犹豫，还是去问了。不过街道比较狭窄，不然人家背后的议论是听不到的，因此打招呼时要仿佛街邻就在近边。

宋　江　（向“上场门”侧幕略微拱拱手）请了！

「街坊甲内白：“哦哦，是宋大爷！”

宋　江　你们言讲什么？

「街坊甲内白：“无有言讲什么，不过是闲话而已，宋大爷进来吃杯茶再走吧！”

宋　江　（知道他们不肯说，也就不再追问）不用，不用了。再会，再会！

「宋江走向中间台口。（大　大　大大　乙　台）

宋　江　他们言道：前面走的张文远，后面跟随我宋公明，师徒二人共走一条道路。（大

乌龙院

大 大大 乙 台）嗳，是非朝朝有，不听自然无！（坦然转身向左走圆场）

「闭二道幕，宋江在幕外。里面摆一桌两椅再拉开，正好宋江圆场走完，第三句唱完。

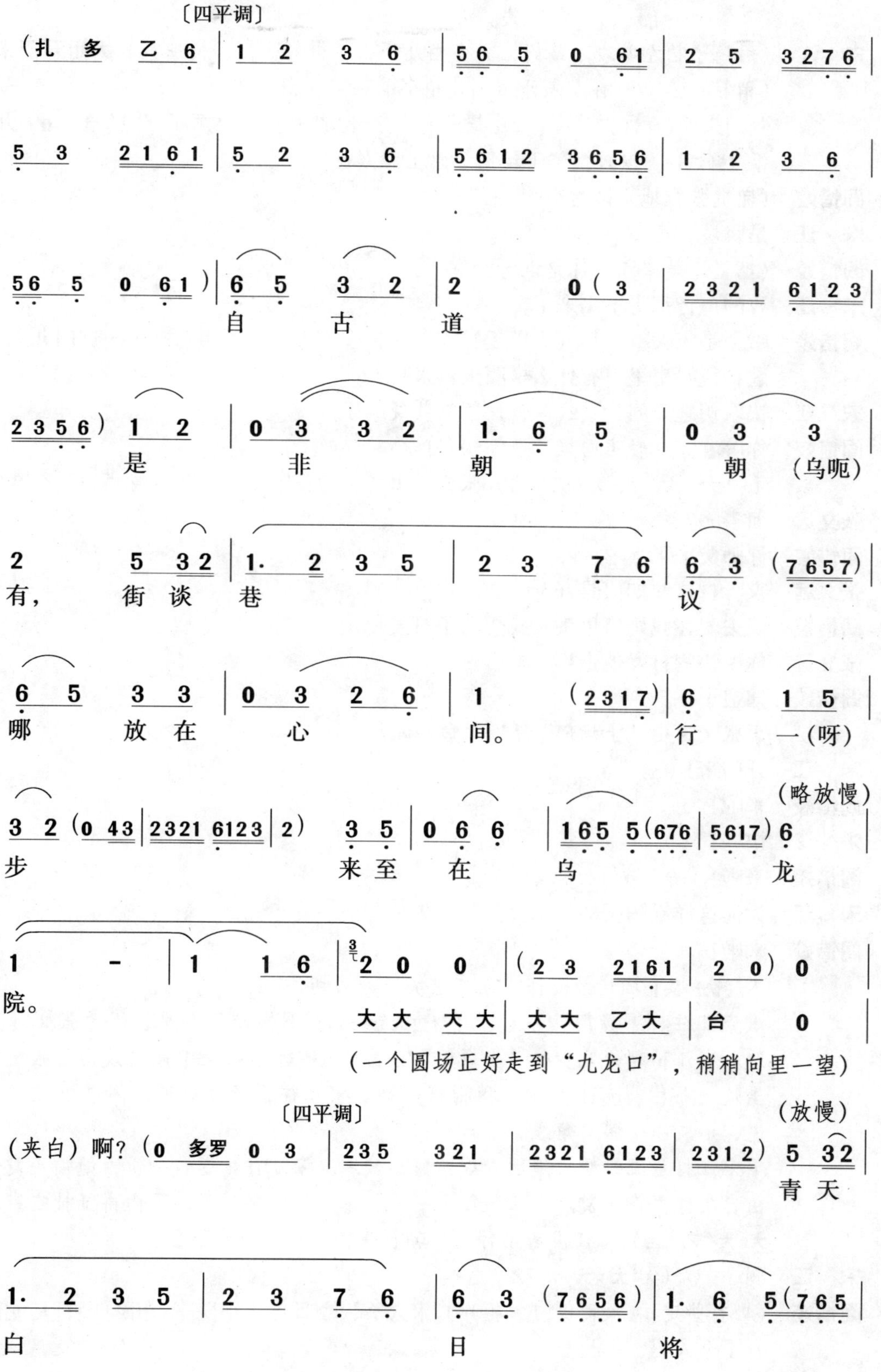

5617) 6·161 | サ2 2 | 1 - | 1 0 ‖
门 关。 (台)

宋　江　(用扇子拍左掌表示敲门，先多拍几下，拍得轻一点，慢一些)大姐开门来！(仓)(稍等一等，没有人来开门，就拍得响一点，急一点，叫门的声音也重一点)大姐开门来？(仓)(再等一等,还是没有人来开门,有些不耐烦了)呔!(仓 0)开门来!

「【撕边】阎惜姣由"下场门"急上。(仓)

阎惜姣　(慌慌张张地)谁呀?

宋　江　是我。

阎惜姣　(巴望不是宋江)你是谁呀?

宋　江　我的声音都听不出来了?

阎惜姣　哦，是宋大爷呀！(更慌了)宋大爷！你今天来的不凑巧，……这门儿上了锁，钥匙在我妈房里，有什么事明天再来吧!

宋　江　快取钥匙开门！(这时他反倒有些疑心了)

阎惜姣　你等着。(轻声向里)三郎快来!

「(大　大　大大　乙　台)张文远由"下场门"上。宋江(背供):"不凑巧哇!"

张文远　何事啊?

阎惜姣　你师父来了!

张文远　哎呀，这便如何是好?

阎惜姣　快去藏在我妈房里头，我想法子打发他走。

张文远　你要快些打发他走!

阎惜姣　知道了。

「张文远由"上场门"下。(仓　0)

宋　江　开门来!(仓　0)

阎惜姣　来啦!

宋　江　快些!

阎惜姣　来啦!(仓　0)

宋　江　为何这样慢腾腾的?待我打了进去!

阎惜姣　来啦!

「【快冲头】阎惜姣开门，宋江进去。冲头切住。

「宋江往"下场门"一看，【撕边大锣一击】阎惜姣不在乎，因为张文远不在那里边。宋江稍稍走几步往"上场门"一看，【撕边大锣一击】阎惜姣由于张文远就藏在里边，不由得走上一步，稍稍挡一挡。宋江往下场台口退，阎惜姣往"上场门"退，形成一个斜对角线。

「宋江打量阎惜姣，她因心虚怕露出破绽。宋江往她鬓边一看，她怕头发乱了，不由自主地摸摸头发。宋江又往下一看，她又怕衣裳绉了，不由得扯扯衣裳。(大　大　大大　乙　台)宋江没看出什么，轻轻哼了一声，借此下台。

宋　江　啊……　(大　大　大大　乙　台)

阎惜姣　(心有些定了,反而倒打一耙)哟,宋大爷！今日你进得院来,东瞧西看,乌龙院中难道有了歹人吗?

宋　江　（只好解释一番）不是哦，往日进得院来，到处收拾得干干净净，今日进得院来，（看见挂画的地方，找着话题了）画也未曾挂，（再看看地下）地也未曾扫，（于是有了由头）幸喜是我一人前来，若是同着朋友前来，成什么样儿？（都是无话找话）

阎惜姣　哦，你说你往日进得院来，地也扫了，画也挂了。今儿个进得院来，地也没扫，画也没挂。我呀，是不知道您来，您要知道，我的心眼儿里，压根儿就没打算尊驾您来！（台）（她自顾自搬椅子在近"上场门"台中坐下）

宋　江　（只好自己解嘲）是啊，她没有打算我来，若是打算我来，早就收拾干净了。（台）（看见她竟自己坐下了）大姐，这就是你的不是了。

阎惜姣　我哪儿那么些不是啊？

宋　江　我进得院来，怎么连个礼让都没有了？你自己先坐下了，这是什么缘故啊？

阎惜姣　哟，力把赶车——翻儿啦！我说宋大爷，这乌龙院乃是您花银钱所置，有的是椅子，有的是凳子，搬过一把不就坐下了吗？哟，你瞧哇！这么大个子，难道说还教我搂着你，抱着你，过来吃口"咂儿"吧！你还小啦，你！（台）

宋　江　是啊，这乌龙院中，有的是椅儿，有的是凳儿，我自己搬把坐坐，也就罢了，难道说还叫她搂着、抱着不成？嘿嘿，这倒是我的不是了。

「（大大大　大大　大　大　大大　乙　台）宋江搬椅子，看了看，在靠近阎惜姣左边（观众看是右边）坐下，他还是善意的。

阎惜姣　宋大爷，你这是干什么呢？

宋　江　我与大姐谈谈心啊。

阎惜姣　我又不是聋子，你说话我听得见。你要知道，我恼的就是这个！

宋　江　哦，不喜欢？不喜欢！（他又吃了个闷气）

「（大　大　大大　乙　台）宋江把椅子搬到近"下场门"台中坐下。

宋　江　（没话找话）大姐，你可好？

阎惜姣　我有吃的、有喝的，怎么不好呢？

宋　江　（又碰了个钉子，更没词了，只好讪讪地说）我也好。

阎惜姣　（回得快）谁问你了？

「又僵住了，宋江本是来闲散的，还是找话说。

宋　江　大姐，你手拿何物？

阎惜姣　（又顶撞他）你的帽子！

宋　江　嗳，分明是鞋儿，怎说是帽儿？

阎惜姣　知道了你还问！

宋　江　你足下花鞋是新的，为何又做花鞋？

阎惜姣　这是给我妈做的。

宋　江　妈妈娘偌大年纪，怎能穿这红绣花鞋？

阎惜姣　哟，真是贵人多忘事啊！今儿个十四，明儿个十五，是我妈生日，做这双花鞋，给她老人家上寿穿的。

宋　江　哎呀，不是大姐提起，我倒忘怀了。呃……也罢，这两天衙中事忙，我恐怕是礼到人不到。

阎惜姣　只要你礼到，人到不到不要紧。

宋　江　（以为她不高兴了）哦，我礼到人也到。
阎惜姣　（并不希望他来）随你的便吧！
宋　江　闻得大姐生得一双巧手，做得一手好针线，今日倒要瞻仰瞻仰。
阎惜姣　粗针大麻线的，有什么好看呢！
宋　江　呃，要看呐！
阎惜姣　一定要看？
宋　江　一定要看。
阎惜姣　（把线头咬断）好，给你看！
宋　江　（伸手接鞋）拿来。（**台**）
阎惜姣　哎哟，好脏的手啊！
宋　江　哦，方才在衙中誊写墨卷，未曾净手，待我擦洗干净。（擦手）
阎惜姣　嗬，好干净！
宋　江　拿来。
阎惜姣　当真要看？
宋　江　要看。
阎惜姣　果然要看？
宋　江　要看。
阎惜姣　那么就给你……
宋　江　（欲接）呃……
阎惜姣　（往地上一扔）看！（**大 大** | **台**　）
宋　江　啊！方才你道鄙人手脏，如今净手已毕，你将鞋儿扔在地下，难道就不腌脏吗？……这还了得！（**台**）
阎惜姣　（先是赶尽杀绝，见他有些火了，又缓和下来）哟，一支筷子吃藕，挑了眼啦！……有道是，洗手净指甲，做鞋泥里踏，它总是要坏的，干吗这么生气呀，你这么看，那么看，你看！你看！（捡起来给他看）（**台**）
宋　江　（听见软话，觉得不能欺负她，但气还未消，有点僵）你讲得有理，洗手净指甲，做鞋泥里踏，它总是要坏的。（最后两字是双关语，说时扇子稍稍向她一指）（**台**）
阎惜姣　你往哪儿指？
宋　江　（假作看鞋）好！……好！
阎惜姣　你还知道好歹吗？
宋　江　为人在世，哪有不知好歹的道理！
阎惜姣　（心想：老娘正要考考你）你看它哪点好？
宋　江　花儿好，瓣儿好，样儿好，好，好，好！
阎惜姣　哟，说得这么好，那么好，难道一点褒贬都没有了吗？
宋　江　呃……呃，有点褒贬。
阎惜姣　什么呀？
宋　江　（借题发挥，又是双关语）颜色不对呀！（**大 大　大大　乙　台**）
阎惜姣　哼！早知颜色不对，你就不该来！（把鞋子抢过去，（**台**）一想，觉得说重了，毕竟自己还是吃他的，穿他的，于是变为假笑，半撒娇地加一句）哟，又颜色不对了！（**台**）

宋　江　（见状也就罢了，好意地问她）大姐，莫非你有心事么？

阎惜姣　（这时把藏在里面的人忘了，还带着撒娇的意味）慢说没有心事，哼，我就是有心事，你也猜不着。（意思是：你不知道我的苦处。而且也料定他猜不着）

宋　江　慢说是你的心事，就是太爷的心事，我说不猜，就不猜。

阎惜姣　要猜呢？

宋　江　八九不离十。

阎惜姣　县太爷的心事好猜，我的心事……

宋　江　啊？

闫惜姣　你猜不着。

宋　江　我一定猜得着。

阎惜姣　（忽然想起里面还藏着个人呢，要是猜下去，宋江不肯走了，那可不行）你别猜！

宋　江　大姐听了！

阎惜姣　（心想跟他多说些什么）真讨厌！

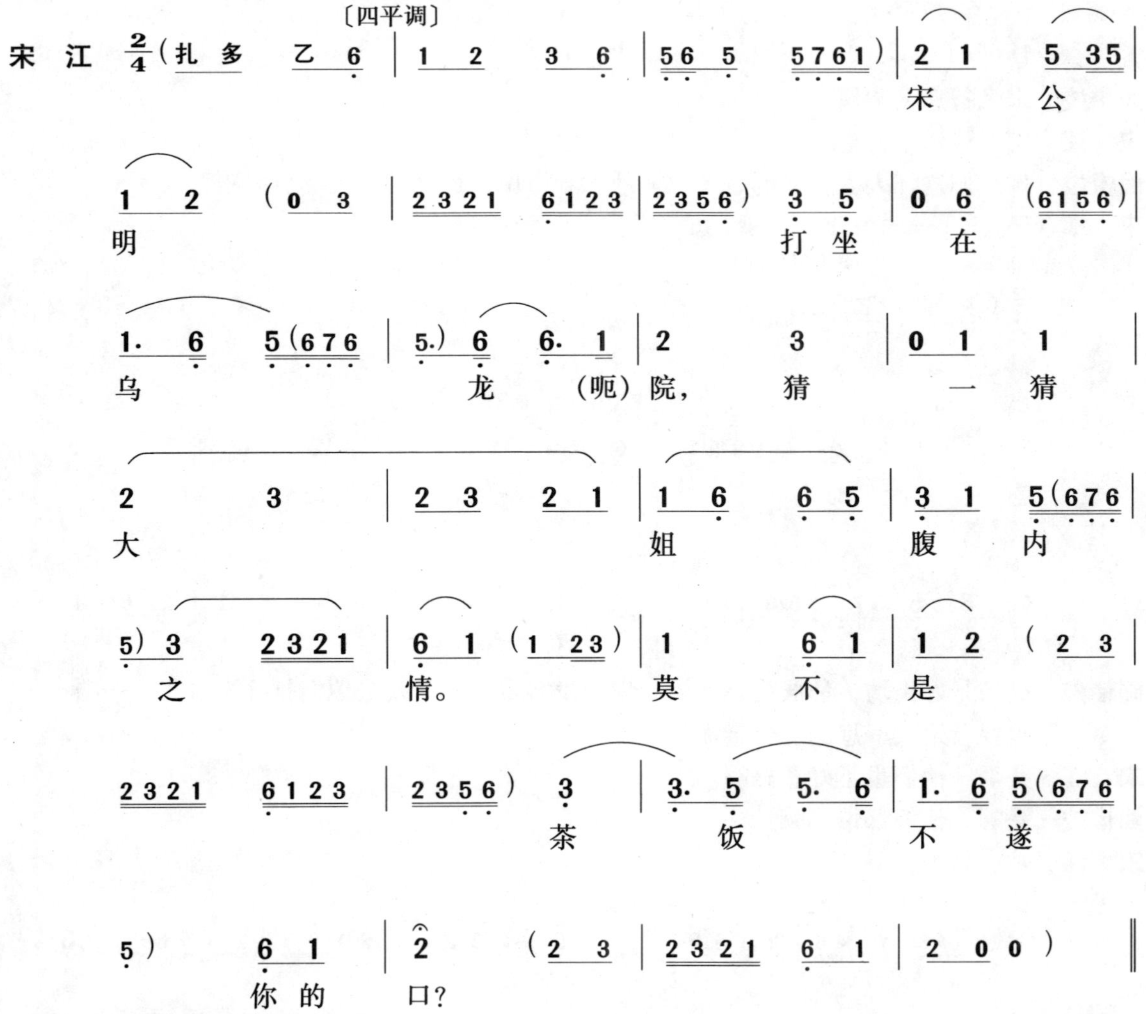

阎惜姣　你这头一猜？

宋　江　猜着了？

阎惜姣　猜错啦。

宋　江　怎么猜错了？
阎惜姣　像咱们这样的人家，吃的是鸡鸭鱼肉，难道说，还吃龙心凤肝不成吗？
宋　江　不是的？
阎惜姣　不是的。
宋　江　哦，是了！

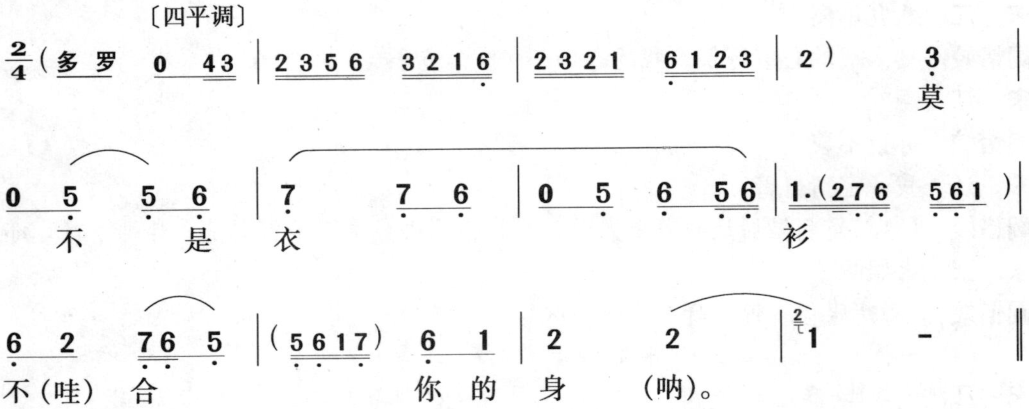

阎惜姣　宋大爷您又猜错了。
宋　江　怎么猜错了？
阎惜姣　像我们这样人家，穿的是绫罗绸缎，难道说，还穿什么描龙绣凤吗？
宋　江　（用扇子一拍左手掌）哦，是了！

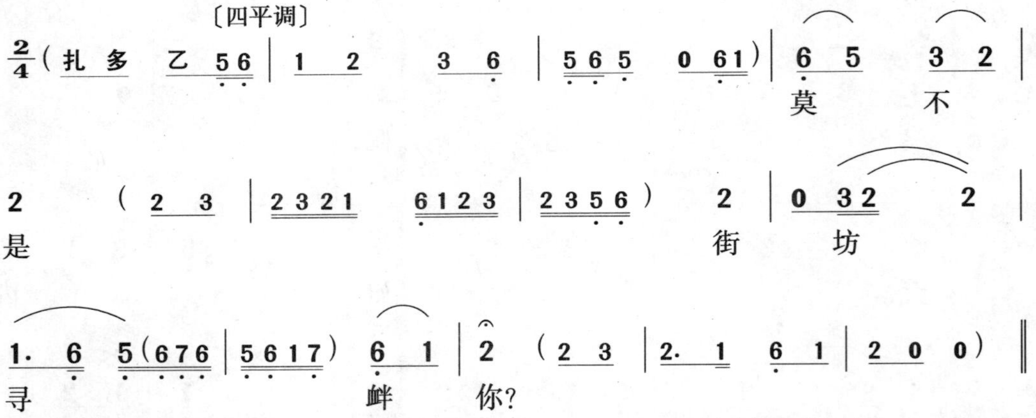

阎惜姣　街坊是好街坊，邻居是好邻居，慢说没有得罪我，就是他们打算得罪我……唔……也要看宋大爷您的三分金面哪！
宋　江　是啊，他们也不好意思啊。
阎惜姣　是啊，他们都怕你嘛！
宋　江　哦，是了！

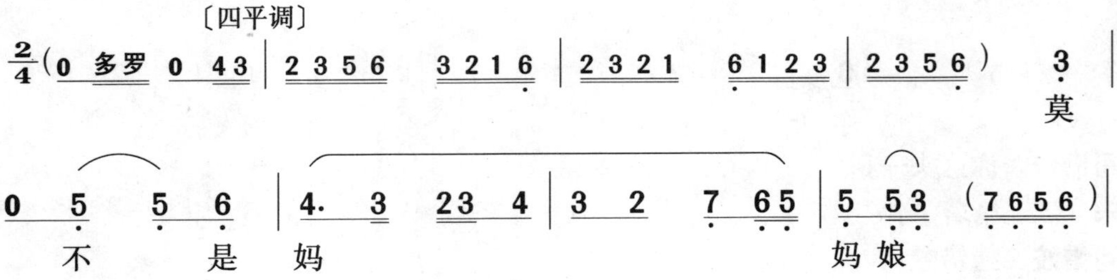

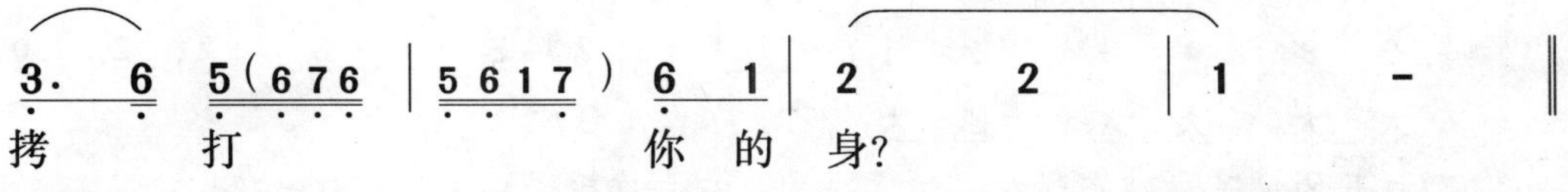

阎惜姣 越猜越不对了！妈妈娘是我的妈，打也打得，骂也骂得，还敢把她老人家……哎，怎么样呢？

宋 江 就是啊！

阎惜姣 猜错啦！

宋 江 （再把扇子一拍左手掌）好难猜也！

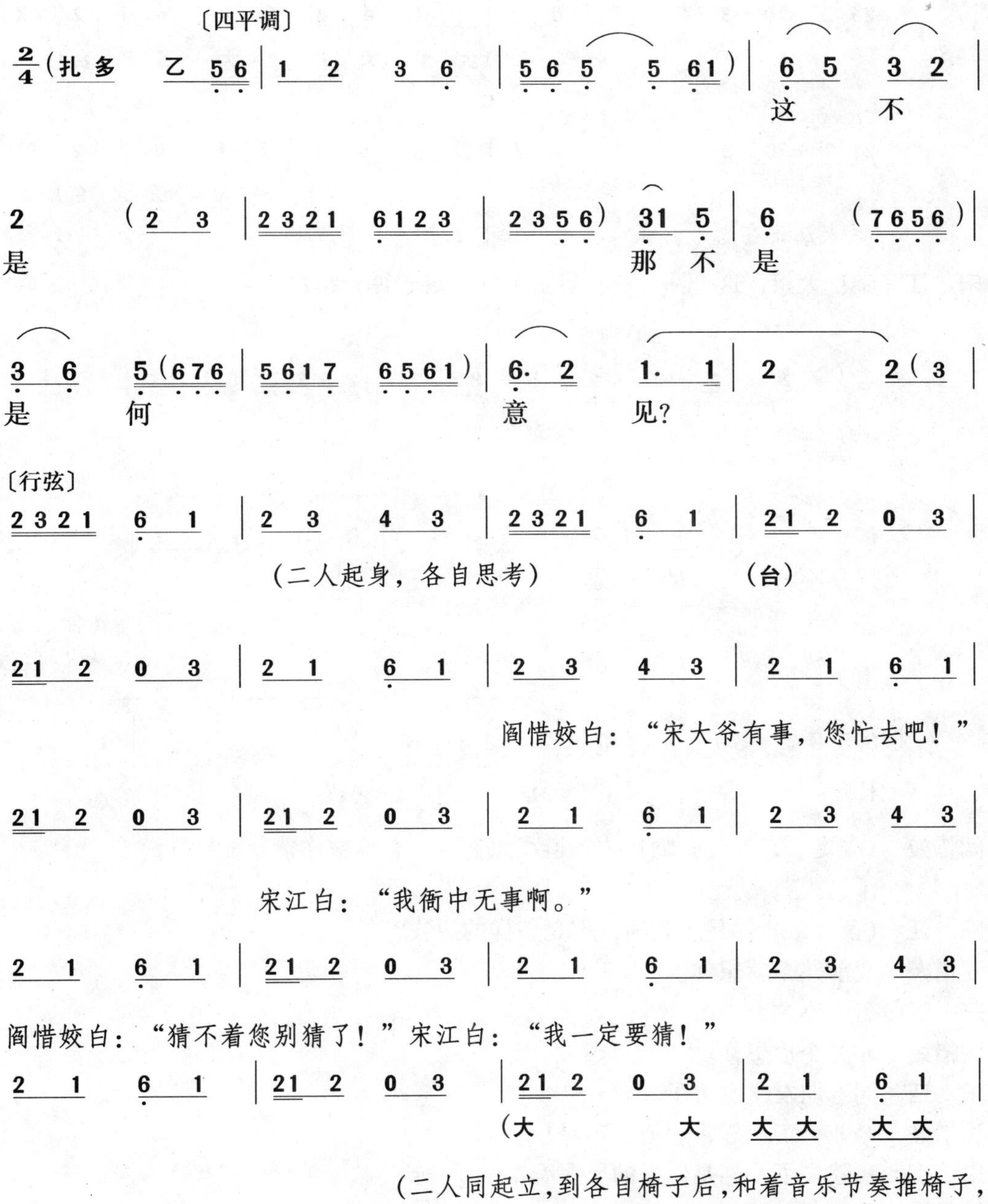

（二人同起立，到各自椅子后，和着音乐节奏推椅子，想事情，宋江走到椅子背后，右后转身，

2 3 4 3 | 2 1 6 1 | 212 0 3 | 21 2 0 3 |
大大 大大 乙大 乙 台)

打开的扇子一翻交到左手往后一背，右手推椅子）（二人走出来）

2 1 6 1 | 2 3 4 3 | 2 1 6 1 | 21 2 0 3 |

（阎惜姣无意中伸出三个手指比了一比，表示：他还不走，三郎怎么办？）

212 0 3 | 2 1 6 1 | 2 3 4 3 | 2 1 6 1 | 21 2 0 3 |
（大大 大大 乙大 乙 台）

212 0 3 | 2 1 6 1 | 2 3 4 3 | 2 1 6 1 | 2 0 0) |
（大大 乙大 台）

（宋江正在思考，误以为她想念自己）

宋　江　哦！大姐，这一回——我猜着了！（扇子再一拍左手掌）

〔四平调〕

2/4（多罗 0 3 | 23 5 32 1 | 2321 6123 | 2 56） 3 |
莫

0 5 5 6 | 7 7 6 | 0 5 6272 | 5 （765)6 |
不 是 思 （喏） 想 我

（伸出三指，惜姣一惊）

3535 61 5 | 0 3 2376 | 5 6 | 1 - ‖
宋 公 明？

阎惜姣　（心定了，假笑）哟！才知道我想你呀？总算被你猜着啦！

〔二人归座。

宋　江　（很快活）你是想我啊？你是怎样的想我？

阎惜姣　我前儿个就想你。

宋　江　衙中事忙。

阎惜姣　昨儿个也想你。

宋　江　同着朋友吃酒去了。

阎惜姣　今儿个正想你，想得厉害呀！

宋　江　我就来了。你是怎样的想我啊？

阎惜姣　我？

宋　江　啊？

阎惜姣 哦，清早起来，头也不梳，脸也不洗，前庭跑到后院，后院跑到厨房，左手拿碗凉水，右手拿着蒜瓣，喝一口凉水，咬一口蒜瓣，我就是这样的想你！

宋　江 这叫做：淡想淡想，想断了肝肠！（大大 大大 乙 台）（反而怀疑了，因她平日并非如此，今日为何说得如此亲热？顺口问她）大姐，你这是想我吗？

阎惜姣 谁想你呀？

宋　江 你想我啊！

阎惜姣 （憋了一肚子气，这时爆发了）你妹子想你，你姐姐想你！

宋　江 呸！（想起了街上听到的风言风语，前因后果联系起来了）

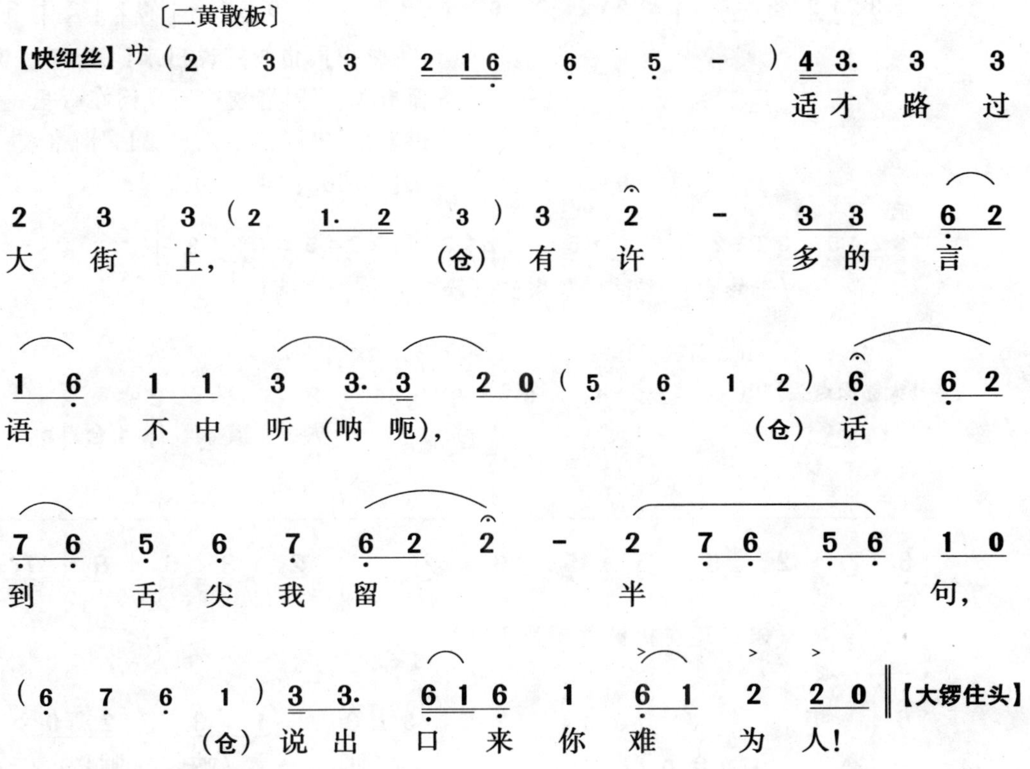

（阎夹白:“你说出来！”）

阎惜姣 什么难为人不难为人的！我们妇道人家，一要行得正，二要走得端，三条大路走中间！

宋　江 好！一？

阎惜姣 一不做贼！

宋　江 二？

阎惜姣 二……

宋　江 啊？

阎惜姣 啊……

宋　江 呃？

阎惜姣 二不偷人家！

宋　江 （轻笑）嘿嘿嘿嘿，三？

阎惜姣 三……

宋　江 三？

阎惜姣 三……

宋　江 三，三，三，三！

阎惜姣 三哪？还他妈的四呢！又三了……！

宋　江 唉哟！你——就坏在这个三上了！

〔二黄散板〕　〔行弦〕

【大锣凤点头】(过门同前)サ4 3 3 3 3 2 0 3 0（嘟 仓大）(0 4|

人 道 你 私 通 那 张……

2/4 3212 3 4 | 3212 3 0 ‖: 3212 | 3 4 | 3212 | 3 0 :‖

(行弦中阎惜姣:"说出来!"宋江:"说出来脸面有关。"阎惜姣:"不说闷在心里是块病，说出来!"宋江:"不说也罢!"阎惜姣:"你说出来!"宋江:"说?")

快

3245 3212 | 3245 3212 | 3245 3212 | 3 －) ‖

阎惜姣白："说！"宋江（跺脚）白："嗨！"

〔二黄散板〕

【大锣凤点头】サ(3 2 1 6 6 5) 3 2 2 1 5

人 道 你（仓 0）私 通

6. 7 2 6 5 5 3 2 1 2 3 5 6 7. 6 6

那

(宋江还在犹豫说还是不说)

6 5 (3 3 3) 3 1 3 2 0

(顷 仓 0) 张 文(呐 呃)(仓 0)

5 － 5 － 5 7 6. 1 2 － 3 － 1 － ‖

远 (呐 呃……)。 (仓 0)

宋　江 张文远！对不对？

阎惜姣 （心虚语塞）不对……

宋　江 （扇子频频拍手掌）你私通了张文远，还要拿这个样儿来待我，唉，你们真正无有良心哪！（大大 大大 大大乙 台）

阎惜姣 （呆了）哟！

〔四平调〕

2/4 (0 多罗 0 3 | 2356 3216 | 2321 6123 | 2 65) 5. 6 |

被 他

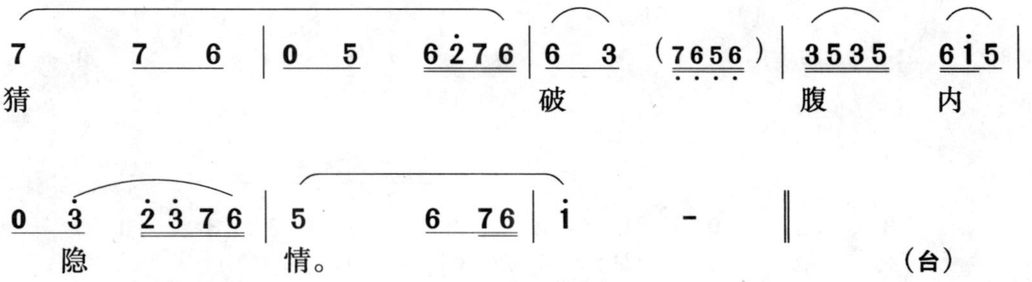

阎惜姣　（做了个小动作，意思是：怎么办？看看阎婆的房门，张文远还在那儿藏着呢！张文远不走她就横不起来，于是改变语气，想把宋江打发走了再说，就用软的办法，绝口不提张文远的事）宋大爷！

宋　江　（不想理她）哼！

阎惜姣　我说宋大爷，我不会吃酒，清早起来，吃了几杯早酒，酒言酒语就把您给得罪啦！我跟您闹着玩儿的，您高高手我们就过去啦！干吗呀？生这么大的气！宋大爷，消消气吧！宋大爷，宋大爷！哎哟！哎哟！我的宋大爷呀！（这话说得软中带硬，特别是“您高高手我们就过去啦”，意思是你是吃衙门饭的，谁敢惹你？与前面说的邻居们“他们都怕你”相呼应）

宋　江　（听了这话，有些动心，向来行侠仗义，不与人为难，听她这么一说，越发不好为难她，也就借此下台阶儿）从今以后，酒要少饮。（但还有些余气未消，默然坐下）

阎惜姣　我一丁点儿也不喝了！（一看他又坐下了，要坐到几时才罢了？再看看里面，决定把平息了的风波再掀起来——戏到这里又是一个转折）刚才你说张……张什么来着？

宋　江　（有意回避）没有什么张。

阎惜姣　我明明听见你说的，张……张什么呀？你说呀！

宋　江　张文远。

阎惜姣　（假装不知道）张文远是谁？

宋　江　是衙中同事，也算是我的徒弟。

阎惜姣　你们忙的时候，晚上也在一处吗？

宋　江　同室而眠。

阎惜姣　你这话可漏啦！

宋　江　怎么？

阎惜姣　（故意歪曲）我看你倒是私通张文远啦！

宋　江　嗳！哪有此事！（一语带过，以免失之粗俗）

阎惜姣　（故意问）你没有私通张文远，那么我呢？

宋　江　（怎么说呢？还想掩盖过去）你也无有。

阎惜姣　（竭力要挑起来）眼前有一个人私通张文远，你就是不敢惹他！

宋　江　（又有点冒火，把扇子一绕往腿上一压。他毕竟是英雄，要带点武气，意味着：是谁我不敢惹？龙我也要扳它一个角！）是哪个？

阎惜姣　（索性撒泼）你的姐姐，你的妹子！

宋　江　呸！（仓　0）

〔西皮小导板〕

【大锣导板头】(5 5 5 5 3 2 2 7 6 2 1 -) サ 4 3
一 言

3 3 0 1 4 3 - 2 3. 3 - 【冲头】
怒 恼 宋 公 明，

「宋江气糊涂了，拿起椅子往外走，正好和阎惜姣撞上了。【冲头】宋江再拿椅子回至原处坐下。

宋　江　阎大姐！（意思是：你真不是个东西！）

阎惜姣　（也不甘示弱）好说，宋大爷！

宋　江　阎惜姣！（语调一句比一句急）

阎惜姣　宋公明！

宋　江　阎婆惜！（语气一句比一句重）

阎惜姣　宋江！宋江！

宋　江　（气极了，才出口伤人）嘿嘿，你好大的胆！我把你这贼淫妇哇！（仓 0）

阎惜姣　你说我是淫妇，那你是王八！

宋　江　呸！

〔西皮原板〕

【大锣夺头】$\frac{2}{4}$ (5.555 321 | 6125 3612 | 1. 6) 611 |
骂 一

123 (3436) | 6 1 3 2 | (2 1 6 12) | 4 3 2 |
(呀) 声 阎 惜 姣 该 死 的

1 7 6 3 | $\frac{3}{4}$ 2. 1 1 (6 | 5643 2162 | 1 5 3561 |
贱 人！ (哪)

阎夹白：“嗳！你嘴里放干净点儿！少骂人。”

5. 5 5532 | 1 35 6535 | 2165 3212 | 6125 3612 |

1 6) 1212 | 2 3 3 (536) | 6. 3 1 2 | (2 1 6 12) |
曾 记 得 那 年

3 2 | 2 2 (3 | 2 1 6121 | 2. 1 1 2 |
遭 荒 旱，

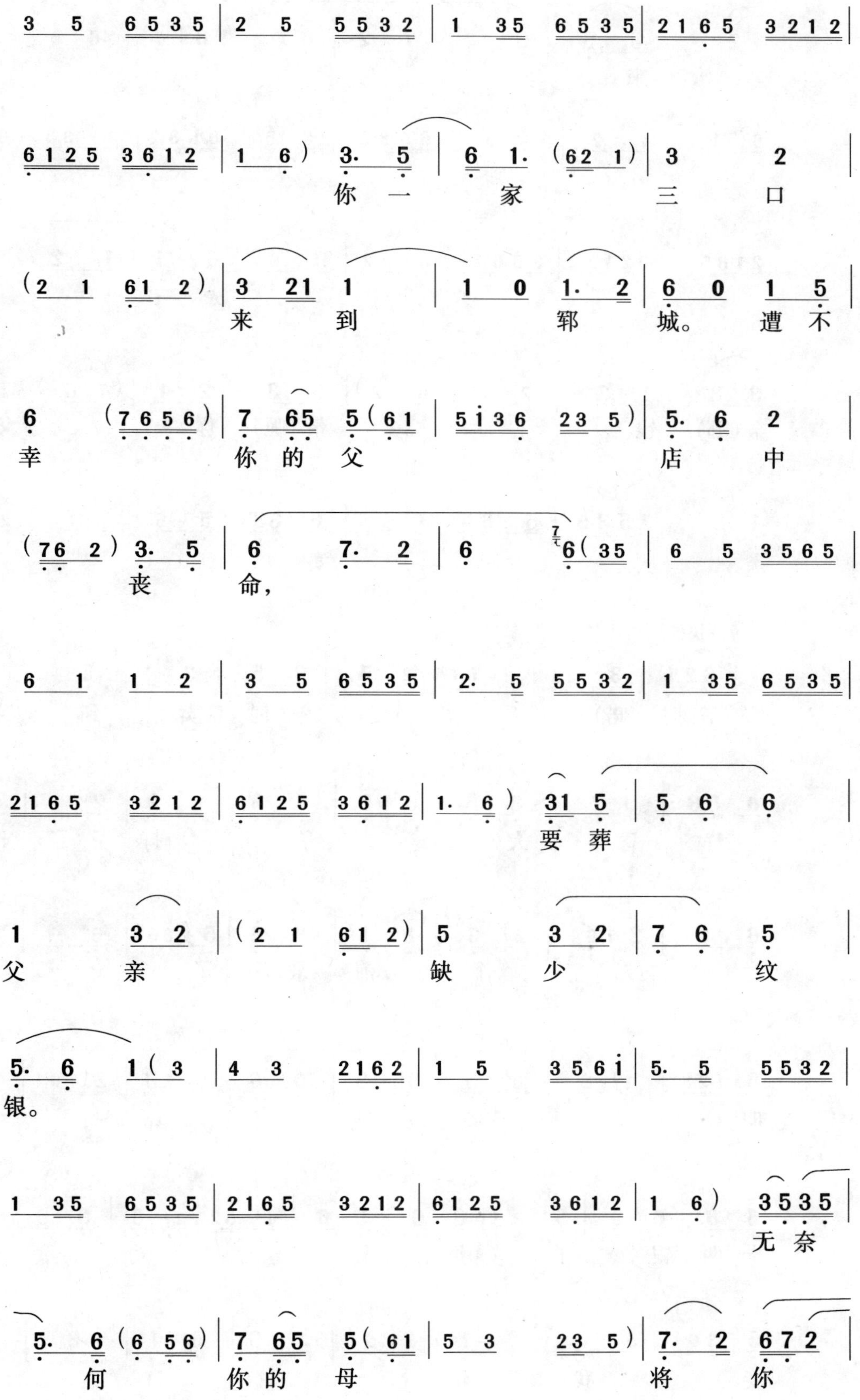
你一家三口
来到郓城。遭不
幸你的父店中
丧命，
要葬
父亲缺少纹
银。
无奈
何你的母将你

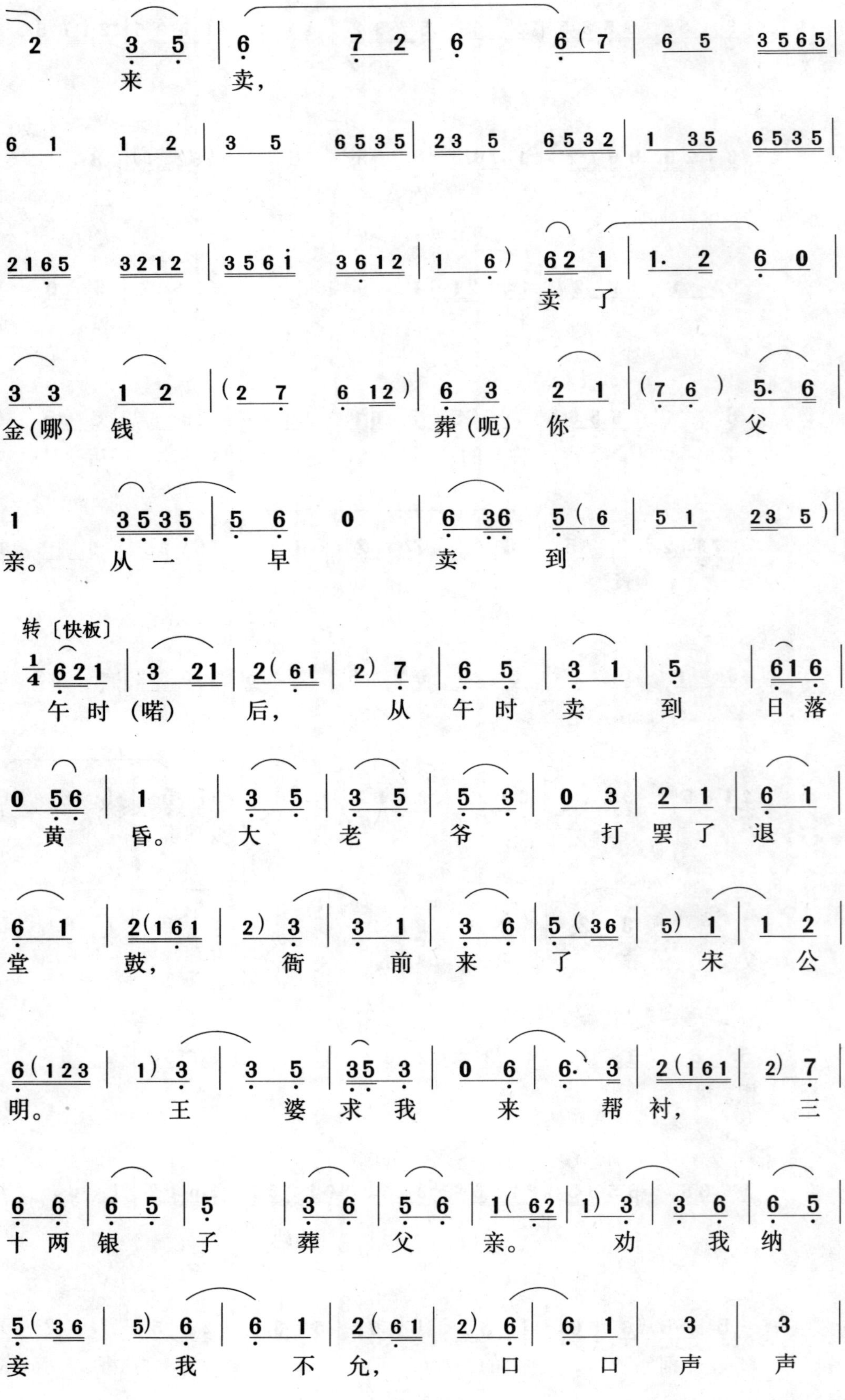
来 卖，
卖 了
金(哪) 钱 葬(呃) 你 父
亲。从一 早 卖 到
转〔快板〕
午 时（喏） 后，从 午 时 卖 到 日落
黄 昏。大 老 爷 打 罢 了 退
堂 鼓， 衙 前 来 了 宋 公
明。王 婆 求 我 来 帮 衬，三
十 两 银 子 葬 父 亲。劝 我 纳
妾 我 不 允，口 口 声 声

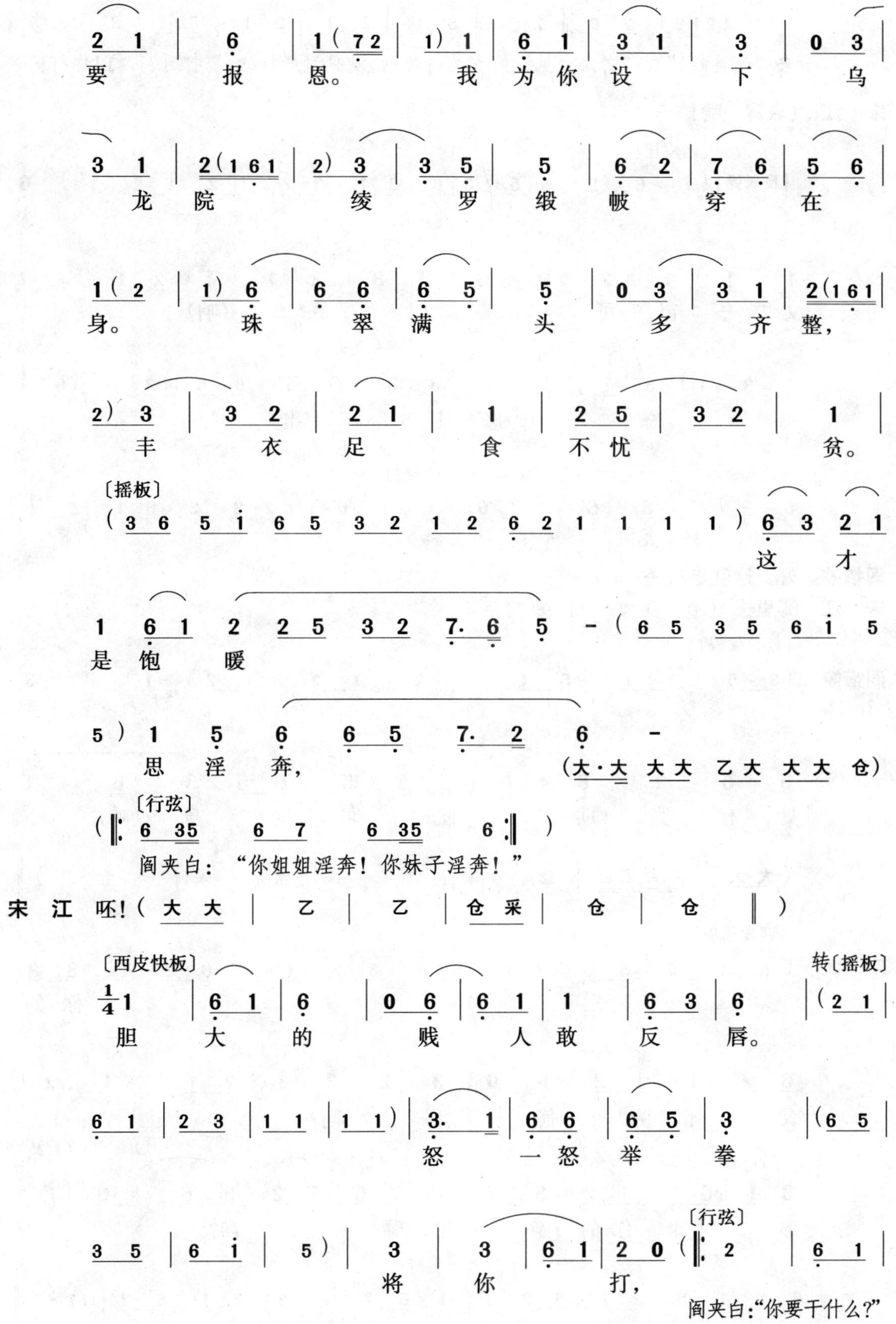
要报恩。我为你设下乌
龙院绫罗缎帔穿在
身。珠翠满头多齐整，
丰衣足食不忧贫。
〔摇板〕
这才
是饱暖
思淫奔，
（大·大 大大 乙大 大大 仓）
〔行弦〕
阎夹白：“你姐姐淫奔！你妹子淫奔！”
宋江 呸！（大大 乙 乙 仓采 仓 仓）
〔西皮快板〕
转〔摇板〕
胆大的贱人敢反唇。
怒一怒举拳
将你打，
〔行弦〕
阎夹白：“你要干什么？”

2 3 | 2161 | 2 0 :‖ 2 | 6 1 | 2 3 | 2 1 | 6 1 | 2 –) ‖

宋:“我要打!”阎:“老太太见过好吃的好喝的,没见过好打的,要打呀?你打!你打!”

宋　江　(跺脚)嗨!

〔西皮摇板〕

【反长锤】(7 6 5 5 5 3 6 5 i 3 2 1 2 6 2 1) 6
大

1 1 1 2 0 3 1 3 2· 1 1 (2 1 6 1
丈夫岂可　欺妇人　(呐)!

2 3 1) 3 1 6 6 6 3 6 5 (6 5 3 5 6 i
怒一怒赶　出

〔行弦〕

5 –) 3 3· 6 1 2 0 (‖: 2 6 1 2 3 2 6 1 2 :‖)
乌龙　院,

阎惜姣　好,这就走!(仓 0)

宋　江　哪里去?(仓 | 采 | 仓)

〔西皮摇板〕

阎惜姣　(3 5 6 i 5 i 3 2 1 2 6 2 1) 3 3
我到

5 5 i 6 0 3 6 5 6 5 6 6 i 5
处有宾朋　便可安身(呐)。

(大大 乙大乙台 | 仓 采 | 仓 采 | 仓 采 | 仓) ‖

〔西皮摇板〕

宋　江　(7 6 5 5 5 3 6 5 i 3 2 1 2 6 2 1) 3 3
你的

6 2 1 1 2 1 0 3 2 2 (3 2 1 6 1 2)
父死为　何　无人问?

〔行弦〕

3 1 5 5 1 2 3 2 2 7 6 7 2 5· 6 1 0 (‖: 1
那时节你的亲朋在哪　里　存?

6 2 1 3 2 1 6 2 1 :‖ 1 6 2 1 3 2 1 6 2 | 1 –) ‖

阎惜姣　你量不就！
宋　江　我量得就！
阎惜姣　量不就！
宋　江　量得就！
阎惜姣　量不就！
宋　江　嗨！

〔西皮散板〕
【快纽丝】サ（6 5 i 3 2 6 2 1 1）3 3 616 3 2. 2 - 2 0 ‖
从今不进乌龙　院，

阎惜姣　再来呢？（仓 0）

〔西皮散板〕
宋　江　3 3. 1 2 3 2 1 2 6 ‖【大锣住头】
我对苍天把　誓　盟。

阎惜姣　我不信！
宋　江　我就对……
阎惜姣　我就跪下啦！（嘟……仓）（跪）
宋　江　些小之事，盟的什么誓啊？啊，大姐，这做什么？
阎惜姣　你不是要起誓吗？
宋　江　我也是吃了酒了，算了吧！起来，起来！
阎惜姣　哦，你也是吃了酒了？
宋　江　是啊。
阎惜姣　哼哼，你把太太我当作是三岁两岁的小孩子，打哭了，又哄笑了，我说宋江，你既是好丈夫，干吗说了不算啊，哥哥儿哎！你给我跪下起誓吧！（拉他跪下）
宋　江　（八 大大 仓 0）嗨！

〔西皮散板〕
【快纽丝】サ（6 5 3 27 6 2 1 1）4 3 3 3 3 2 3（3 2 1 2
双膝跌跪在前　厅，

3）5 5. 621 3 1 2 6（6 7 6 2 1 1）3 3 621 3 3.
（仓）过往神　灵听我云。　（仓）我若再进乌龙

612（2 7 6. 1 2）2 3 5 - 2 5 3 2 2 3 3
院，阎白："怎么样呢？"（仓）身　遭（仓 0）横　死（喏）是我

2 3 4 - 4 5 3 5 2 1 1 0 ‖
宋(呃) 公　明！（八 大大 仓 0）

（起身，阎惜姣开门把他推出门外）

阎惜姣 你走吧！（关上门）

〔【扫头】宋江踉跄几步，想想有气。

宋　江 啊？！（嘟　-　仓 0）我再三的忍耐，她是这样大胆放肆，难道说我宋江是好欺的——不成？（仓 0）（用扇子指着门）你要仔细了！（八 大大 仓 0）你要打点了！（仓 0）（要走，想一想，更气了，又回来）乌龙院无有风吹草动便罢，若有风吹草动，我就是（把扇子由左手交到右手，一举一插，仿佛是把刀）这一刀！（仓 0）结果你的性命！正是：【大锣住头】

任你行来任你为，
看你花开几十回？【小锣二击】
有朝犯在宋江手，
钢刀之下命来追！

不来了！

〔【快冲头】宋江又站住。

宋　江 哎！【大锣住头】（再回来）

（念）难消胸中不平气，
处处忍让反被人欺！

我定要闹它个落花流水！（仓 0）（转念一想）（嘟　-　仓）

（念）若要责人先责己，
到底自己是还非？【大锣住头】

（他责怪起自己来了，自己素来行侠仗义，怎么会一时懵懂，要她的报答。如今闹出许多是非，还该怪自己，自己解释消气）想当初接济他们，乃是一桩慷慨仗义之事，我为什么接受她的报答？却惹出许多事来，再若闹下去，岂不成了仗势欺人，不仁不义！（想起阎惜姣说的“高高手”）算了吧！【大锣归位】

（念）一时糊涂少打算，
失足上了无底船。【大锣二击】
受了许多腌脏气，咻！（跺脚）（仓 0）
花了许多昧心钱！【大锣住头】

她不是我的妻，何必太认真！大丈夫提得起，（仓 0）放得下，（仓 0）说不来，不来了！（走了几步，停住）【快冲头】再也不来了！【大锣住头】（“下场门”下）

阎惜姣 宋大爷！……宋公明！（打开门一看）总算他走啦！（进来关门）三郎快来！

〔（大　大　大 大大　台）张文远上。

张文远 大姐，我师父呢？

阎惜姣 他走啦！

张文远 他走了，我也要告辞了。

阎惜姣 别忙！刚才我跟他吵闹，三郎你都听见了吧？

张文远 我都听见了。

阎惜姣 我问你，你愿意跟我做长久夫妻呢？还是做断头夫妻？

张文远 这长久怎么说？断头怎么讲啊？

阎惜姣 要是断头夫妻，从今往后，你就别上我这儿来啦。

张文远 那如何使得？自然是长久夫妻。

阎惜姣　长久夫妻？
张文远　长久夫妻！
阎惜姣　那除非把宋江害死！
张文远　怎么害呀？
阎惜姣　方才你跟我说：宋江私通梁山，是不是啊？
张文远　只是疑心，尚无真凭实据。
阎惜姣　那好，你在外头访，我在家里头访，访出此事，送官究办，问成死罪，咱们不就成了长久夫妻了吗？
张文远　好，照计而行！
阎惜姣　正是：（**扎**）
（念）二人定计二人知，
张文远　休要走漏这消息。
阎惜姣　但愿害得宋江死，
张文远　大姐，你我二人即刻离！
阎惜姣　嗳，永不离！
张文远　是啊，永不离！我走了！
阎惜姣　让我瞧瞧有人没人。
〔开门两望。（**台**）
阎惜姣　外头没人，三郎你走吧！
张文远　我走了。（出门）
阎惜姣　三郎！
张文远　大姐！
阎惜姣　你可想着来呀！
张文远　我要来的，要来的，要来的呀！（下）**【小锣五击头】**
阎惜姣　我说宋江啊宋江，管教你明枪容易躲，这暗箭——

大大 乙	**台**	**台**	**台**
	最	难	防！（下）**【小锣打下】**

第　四　场

〔**【冲头】【撕边】**刘唐上，快步，右手抄托鸾带至台口亮相。“走边”（略）。**【大锣归位】**

刘　唐　（念）发似朱砂面似鬼，
江湖人称赤发鬼。**【小锣二击】**
弟兄打劫生辰纲，
不杀赃官（**仓 0**）　却杀谁？**【大锣夺头】**

咱，（**仓 0**）刘唐。**【大锣住头】**可恨宋王无道，宠信蔡京、高俅一班奸党。是俺弟兄七人，在黄泥岗打劫了生辰纲，（**仓 0**）官府捉拿我等，多蒙宋公明大哥送信，我等才得逃奔梁山。**【大锣住头】**如今山寨已定，命俺刘唐，带定黄金百两，书信一封，去见宋大哥，略表我等心意。（望）（**嘟　–　仓**）呀！**【大锣五击头】**

看前面已是郓城，待俺甩开大步，走，（仓 0）走（仓 0），走哇！【大锣导板头】

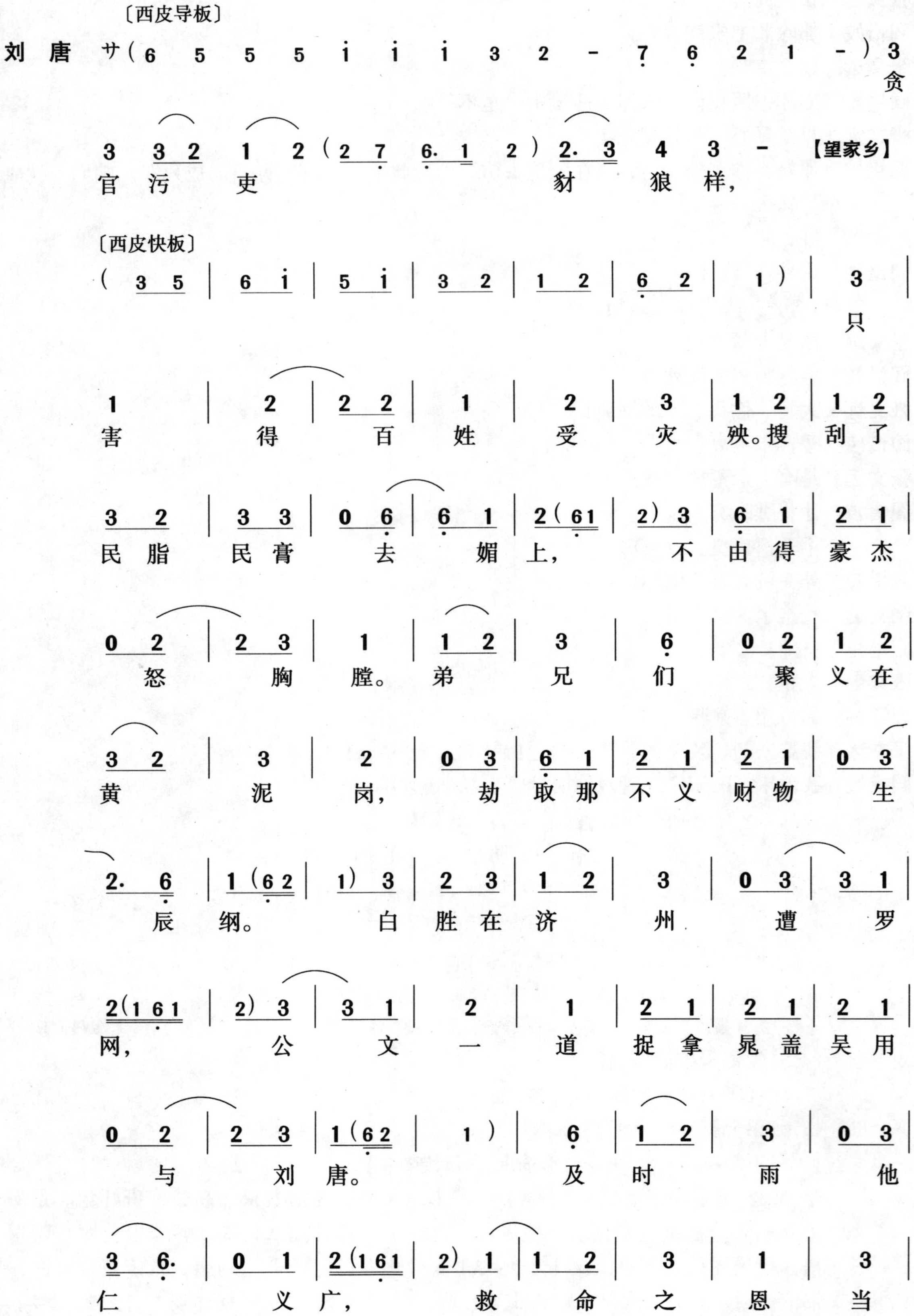

1 2 | 1 5 | 3 2 | 1· 2 | 3 | 2· 3 | 2 3 |
报 偿。甩 开 了 大 步（呐）某 就

2 1 | 6 1 | 2 0 ‖【快长锤】
急 忙 往 前 闯，
（踢抓大带，走向“下场门”再转向台口）

〔西皮摇板〕
（7 6 5 5 5 3 6 5 i 3 2 1 2 6 2 1）2 3
龙 潭

3 21 6（3 5 2 1 6 1 2 0）2 5 3 3 21 1 - 6 5 1 - ‖
虎 穴 去（呀）走 一 （呀）场。

〚【滚头子】刘唐转身亮相。【大锣四击头】【冲头】刘唐“下场门”下。
〚闭二道幕。

第五场

〚接上场【冲头】【撤锣】
〚宋江内白：“嗯哼！”
〚【小锣打上】宋江敞怀，左手提着衣襟，右手执扇，不抖袖，以扇子的撒和收，和着小锣节奏，台步、扇子相配合。要开口念白时，把扇子一收，再撒开来，就势立定，也是给场面的“交代”，收住小锣。

宋 江 （念）不如意事常八九，
能与人言无二三。（台）
只因晁盖等弟兄七人，打劫了生辰纲，济州行文捉拿他们。我连夜送信，他们才得脱离虎口。（刘唐暗上）闻得他们，生擒黄安，杀退官兵，如今济州官府，招兵买马，预备前去搜捕，中书省也牌行附近州郡，合力围剿。晁盖他们倘有疏失，如何是好？唉，偏偏他们又无书信前来，好教我放心不下。
（嘟 -）

刘 唐 （从后面上来拍宋江的肩）宋押司，（仓 0）别来无恙？（仓 0）
〚宋江向“下场门”台口走几步回身，刘唐后退几步近“上场门”台口，刘唐斜向“下场门”台口的宋江，宋江因望“上场门”台口的刘唐，大半身向里，大半背部对着观众。两人是斜对角线。——宋江之所以要上前几步再回身，是为的把两人的距离拉开一些。这时主要是看刘唐的戏，但宋江一定要心里有事，让观众从他背上也能察觉，即所谓“背上有戏”。这也可以衬托刘唐的戏，两人的戏就活了。

宋 江 （心想一定是熟人，回身一看，却不认识，不好意思问，只得随口应声）哦……（心里捉摸这是谁呀？）

刘　唐　（站定，捋捋胡子）押司，你不认得小弟了？

宋　江　（不以为然，心想怎么会不认识）哦哦哦……（可还是叫不出来）

刘　唐　你忘了，我们在东溪村喝过酒的呀！

宋　江　（一听更是熟人了，连忙应声）哦……（再一看，还是不认识）

刘　唐　（想想好笑，你明明不认得我了，还不肯承认，就带些调侃的意味，风趣地说）真是贵人多忘事啊！

宋　江　（赶紧分辩）嗳……（意思是说：快别这么说，我认识你）哦……（哪知还是不认识）

刘　唐　（不再窘他了）待小弟实说了吧！

宋　江　实说的好。

（这一段宋江虽然只是"哦，哦，哦……"，但这里面有高低，有缓急，有问句，有答语，全靠用语调、语气来表达。不能多，也不能少，要恰如其分。和刘唐一定要扣得紧，不能等，等了就散了；也不能快，快了就没神气，要严丝合缝。）

〔刘唐要实说，上前几步，走向近"九龙口"处；宋江要听清，也上前几步，也走向近"九龙口"处，留出右边舞台。

刘　唐　小弟就是赤发鬼……

宋　江　（不等"刘唐"两个字说出来，便知道来人是谁了，赶忙说）禁声！（撒扇子把刘唐一挡）（**仓　0**）（**嘟　-**）（哆嗦着往"下场门"看。刘唐捋胡子，蹲身往"上场门"看，两边看过没有人，二人眼光一合）

宋　江　嘘！

〔宋江趁势用扇子由里往外反挥出去，意思是：别响，跟我来！二人一同斜伸右腿往"下场门"——左面迈步，一步一锣，表示他们蹑足潜踪，提心吊胆地往前走。脚落地时要踹一踹，用舞蹈动作加以美化。方才空出右边的台，也是为的这个。走的时候，宋江撒开的扇子颤抖得像是飞舞的蝴蝶。手的颤抖和脚步、身法都要一致，还要美。前两三步慢一些。后两三步紧一些。

（**仓　0**　**仓　0**　**仓　0**　**仓　0**　**仓　0**　**仓　0**）

〔宋江急转身领刘唐急走圆场。

〔**【快冲头】**二道幕拉开，现出酒楼，正中一桌两椅。

〔圆场走到中间台口，意思是到了酒店门口，宋江用扇子一挡刘唐，刘唐用"跳龙"结合"开口跳"的姿势半蹲身地隐在宋江身后，"冲头"收住。

宋　江　酒保！酒保！

〔**【小锣打上】**酒保上。

酒　保　来啦，来啦！（看见宋江，他们是熟人）宋大爷，您来啦！

宋　江　（不多说）带路上楼！

〔酒保转身带路，宋江反手用扇子一招，意思是告诉刘唐：跟我来！宋江正面上去，刘唐侧着身子，握大带，一面甩一面上楼。也是一步一锣。

（**仓　0**　**仓　0**　**仓　0**　**仓　0**　**仓　0**　**仓　0**）

（**嘟　-　仓**）

「上楼后，酒保在“上场门”这边，宋江也在这边。刘唐转到“下场门”那边，背向观众。这时已是黄昏，楼上未掌灯，所以看不清楚。

宋　江　快取酒饭来！

酒　保　是啦！

「酒保取酒饭摆在桌上。

酒　保　酒饭齐了！

宋　江　酒钱明天再算，下楼去吧！

酒　保　是。

「酒保下楼“下场门”下，宋江到楼口一望，四下没有人。(**嘟　-　仓**)宋江回身过来，刘唐也正好转身出来。

刘　唐　拜见宋大哥！（行礼）（**仓**）

宋　江　哎呀，贤弟！你好大的胆！**【大锣住头】**中书省牌行各州，要搜捕你等，这郓城县防备甚严，谁叫你来的？若有疏失，如何是好？

刘　唐　多承公明哥大恩搭救我等，特地前来相谢，纵然刀山剑树，俺刘唐何惧！

宋　江　好汉子！(**仓**)请坐！

刘　唐　有座。

「**【大锣归位】**宋江坐“小边”，刘唐坐“大边”。

宋　江　（举酒）请！

刘　唐　请！（二人饮酒）（**台**）

宋　江　晁大哥可好？众家哥弟可好？

刘　唐　晁大哥、众家哥弟都好，他们都叫小弟问候大哥金安。

宋　江　多谢了。请！

刘　唐　请！

「再饮。（**台**）

宋　江　贤弟，你不该前来冒险哪。

刘　唐　如今山寨已定，想起大哥救命之恩，特命俺前来下书。书信在此，大哥请看。（拿出书信给宋江）

宋　江　（把扇子插在颈项里，接过信）贤弟，你自斟自饮，愚兄观看书信。

刘　唐　（一边饮酒一边说）好，大哥看书信，我来吃酒。（**台**）山寨之上，晁大哥做了都头领，吴用做了军师，连林冲等，共有十一位头领了。（自己的酒喝完了，把宋江的酒也喝了）

宋　江　（看完信以后，摺一摺，往信封里插，一次、两次插不进，因为心里紧张，手在颤抖）哦，哦，哦，（终于将信插进去了）我知道了。

刘　唐　大哥，你来看！（解下腰间包裹，在桌中打开）(**仓　0**)

宋　江　啊？

刘　唐　这有黄金一百两，略表我弟兄感激之情，请来收下！

宋　江　你们初到山寨，正要金银使用。愚兄尚堪过活，暂且放在山寨，愚兄倘有缺一少二之时，却会来取，请贤弟带回去吧！

刘　唐　大哥不收，叫小弟怎样回山复命？

宋　江　也罢，待我留下一锭，也就是了。（拿了一锭金子放入招文袋中，要让观众看清

楚，因后面有戏）

刘　唐　大哥还是收下的好！

宋　江　愚兄是个直性的汉子，不会作假呀！

刘　唐　晁头领、吴军师令出如山，大哥若是不收，小弟回去必然受责。

宋　江　既是山寨号令严明，愚兄与你写封回书便了。

刘　唐　小弟只好从命。

〔刘唐无话可说，收金子，卷起来，围包袱。

宋　江　贤弟，愚兄不便留你住宿，乘今夜月色明朗，快快回山，不可停留。见了众位头领，代我多多致意，就说我不能亲自前去庆贺了。

（这话是真心的，也是填补刘唐收拾的空档，话说完，刘唐也收拾好了）

刘　唐　大哥，你的书信在哪里写？

宋　江　（正在犹豫：上哪儿写？时间紧迫，写信又会耽误时间，一抬手，碰到了颈项间的扇子，突然想起上有题款，可以作证，就取下来）（台）

宋　江　这柄扇儿，权当回书吧。

刘　唐　（接了扇子，打开一看）（**嘟　－　仓**）（窃笑）你们这些读书人，真有些道道儿！

宋　江　怎么？

刘　唐　你怎么知道小弟要来下书，把回书早就写好了！

宋　江　这不是回书，这是朋友赠的闲文。

刘　唐　闲文？

宋　江　闲文。

刘　唐　（乐了，而且不好意思，拿扇子挡着脸）咋咋咋！**【脆头】**嗨！（仓）咱刘唐，就是吃了这不识字的亏了！（扇子收藏起来）小弟告辞了！

宋　江　贤弟呀！

〔西皮摇板〕

【反长锤】（7̣ 6̣ 5 55 36 5i̇ 32 12 6̣2 1）1 3 3
回 山 致

3（4 32 12 3）3.5 1.2 3（45 32 12 31
意 众 头 领，

6̣5 55 36 5i̇ 32 12 6̣2 1）6̣ 1 1 2 2
代 我 宋 江 问

5 32 1（3 21 6̣2 1）3 3 21 6̣2 1 1
安 宁。 中 书 省 行 文 各

3 2（3 21 6̣2 2）1 2 1 2 32 12 1
州 郡， 募 兵 要 将 水 泊 平。

（3 21 62 1）62 1 62 1 63 21 2（3 21

贤 弟处 处要 谨 慎，

61 2）5 3· 13 2（35 21 61 2）35 2 21 1 -‖

速离 虎 口 莫 久 停（呐）！

刘 唐 大哥！

〔西皮摇板〕

【反长锤】（5 55 36 5i 321）4 3 3 3 32 12

多 蒙 仗 义 救 了

3（4 32 12 3）2 1 2 12 35 21 6 1

命， 我 不 惧 一 死 来 报 恩。

（3 21 62 1）1 2 2 12 35 21 61 2（3

弟 兄 们 叫 我 带 一 信，

21 61 2）2 12 12 32 12 1（3 21 62 1）

要 大 哥 上 山 把 事 成。

1 2 32 2 （3 21 61 2 ）2 21 13 2 -‖

衙 中 差 使 早 辞（喏）退，

告辞！

宋 江 且慢！（仓 0）【快长锤】

〔宋江拦一拦刘唐，自己先去看看楼下有人没人。见没人，宋江先走，刘唐随后，到门口，宋江再看看门外，见没人，一挥手，刘唐出去。

〔西皮摇板〕

刘 唐（7 6 5 55 36 5i 32 12 62 1）25 3 21 2

盼 你 早 早

（3 21 61 2）5 3 1 - 12 23 2·1 61 1 -‖【阴回头】

到 山 林！

宋 江 此事还须从长计议。

刘 唐 大哥！

宋 江 郓城县耳目甚多，下次不可再来冒险，前途珍重，愚兄恕不远送了。（与他拱手）

刘 唐（拱手）告辞了！（走了几步，又回身）大哥！

宋 江 啊？

刘　唐　那封书信呢？

宋　江　（被他提醒，一摸招文袋）哦，在这里！（一再提这封信，表示它的重要，也为了引起观众更多的注意）

「刘唐走向“下场门”。【冲头】站住又回身。【快冲头】接【大锣叫头】

刘　唐　宋大哥！回得衙去【大锣住头】辞了这小小的押司，【大锣住头】早上梁山，我等保你坐这二把交椅！

宋　江　禁声！（崩　登　仓 0）【回头】

「宋江挥手命刘唐快走。

刘　唐　（再拱手）请！（崩　登　仓 0）

「刘唐还是莽汉般由“下场门”下场。

宋　江　【快冲头】（望“下场门”）（嘟　-　仓 0）（再望“上场门”）（嘟　-　仓 0）哎呀，若是被公差们看见，岂不惹出一场大祸！也罢，快快回去将这书信焚烧，以免后患。（再把招文袋掂一掂）

（若《刘唐下书》作为单折戏演出，则下面宋江念四句诗：

正是：

天涯海角有时穷，

人到何处不相逢？【小锣二击】

交友莫交无义汉，

自古英雄识英雄！）

「【回头】打下，闭二道幕。

「若连演《杀惜》，则宋江在二道幕外。阎婆上。

「【大锣水底鱼】宋江一个圆场走过来，正好碰见阎婆，欲回避。

阎　婆　（连忙缠住他）宋大爷！宋大爷！

宋　江　（避不开，只得与她敷衍）我当是谁，原来是妈妈娘，……我要事在身，改日再见吧！（又要走）

阎　婆　（拦住他）慢来，慢来！宋大爷，老身我多次找你，你是贵人多忙，难得见着。只怪我那小妮子不知高低，言语冒犯了宋大爷，我已经再三教训于她，命她与宋大爷赔罪。今晚难得在此相遇，来来来，与老身同到乌龙院中走走！

宋　江　我衙中事忙，实是脱身不开，乌龙院改日再去。（又要走）

阎　婆　（再拦）慢来，慢来！（台）也不知哪一个嚼舌根子的，在宋大爷面前飞言飞语，挑拨了宋大爷，这些日子不到乌龙院中走走。宋大爷，我母、女二人下半辈子的过活，全仗在宋大爷的身上，闲言碎语千万不可轻信哪！我女儿还在乌龙院中苦苦盼你呢！快随我走吧！（去拉宋江）

宋　江　（脱开）嗳！（台）你不要缠我，实在是衙中事忙，分身不开，改日再来。

阎　婆　嗳！（台）我女儿想你，你怎好不去呀？倘若她有个三长两短，那还了得！况且天到这般时候，衙中还有什么事？今晚你若不随老身我去啊，我是死也不放你的！（再去拉）

宋　江　哎呀！（仓 0）你不要这样拉拉扯扯，大街之上，被人看见，成什么样儿?!

阎　婆　只要你宋大爷肯去，我就不拉不扯。

宋　江　（无奈）呃……我随你前去就是。

阎　婆　宋大爷，来哟！

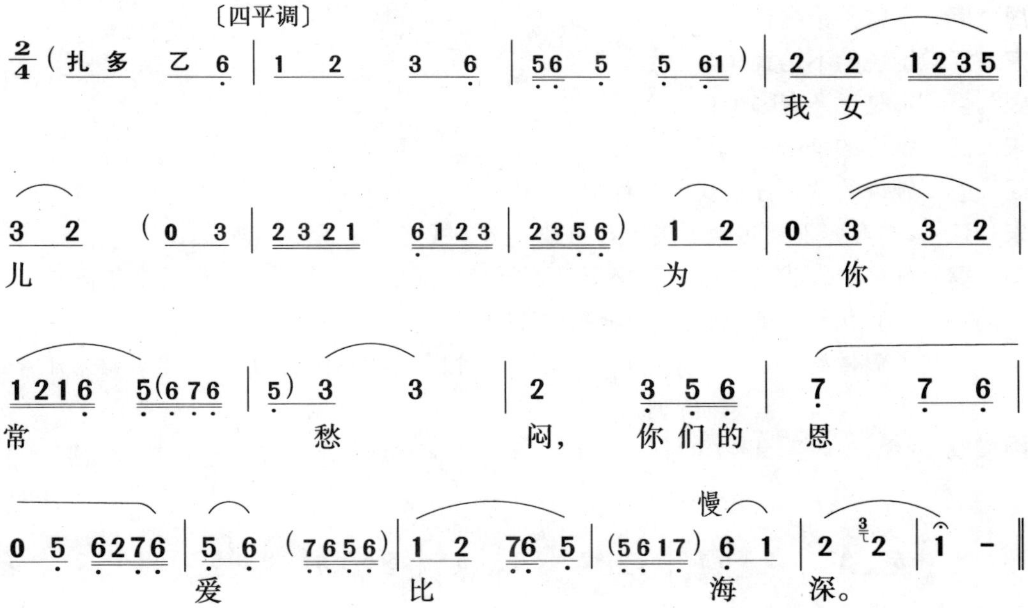

(边唱，边走圆场，但走走停停，不时回身看看，看宋江是否来了，后来干脆看着他，边看边唱边走，唱完来到乌龙院门口。二道幕启，地点摆设同《闹院》)(台)

阎　婆　宋大爷请进哪！

〔宋江只得进去。**【小锣二击】**

阎　婆　宋大爷在此坐坐，我去唤女儿下楼。

宋　江　你不要唤她，我坐坐就走。

阎　婆　好好好，我不唤她，你坐啊！坐啊！

宋　江　呃。(在“大边”坐下)(台)

阎　婆　(转身自言自语)我怎能不唤她下楼，一定要唤她！(向“上场门”内)女儿，下楼来吧！

〔阎惜姣内白：“妈呀，什么事儿啊？”

阎　婆　你那三郎来了！

〔阎惜姣内白：“哪个三郎啊？”

阎　婆　哎呀，我若说是宋三，她定然不肯下楼，这……，有了，我呀，糊里糊涂说上一个，——儿啊，你那心爱的三郎来了！

〔阎惜姣内白：“妈呀，你问问他，这几天为什么不到咱们这儿来？你将他罚跪庭前，待女儿梳洗完毕，再来发放。”(天都黑了，她还梳洗什么？说明张文远不来，她就终日枯睡)

阎　婆　好好好，我知道了！(台)哎呀宋大爷，你听见了无有？

宋　江　听见什么？

阎　婆　我女儿将你怪下来了！

宋　江　她怪我何来？

阎　婆　她叫我问你，这几日为何不到这乌龙院中走走？要我将你罚跪庭前，等她梳洗完毕，下楼发放于你。

宋　江　你弄错了吧？

阎　婆　不曾弄错啊！

宋　江　她说的不是我！

阎　婆　不是你还有哪个！

宋　江　她说的是……

阎　婆　她说的就是你！我即刻唤她下楼！

宋　江　（起身）不要叫她下楼，若叫她下楼，我这就走了！

阎　婆　好好好，我不叫她，你坐下，不要走！（宋江再坐下，她迎过来转向“上场门”台里）儿啊！梳洗好了，快快下楼来吧！

〔阎惜姣内白：“来了！”从“上场门”上【**小锣夺头**】，阎婆走到宋江身边。

〔四平调〕

阎惜姣

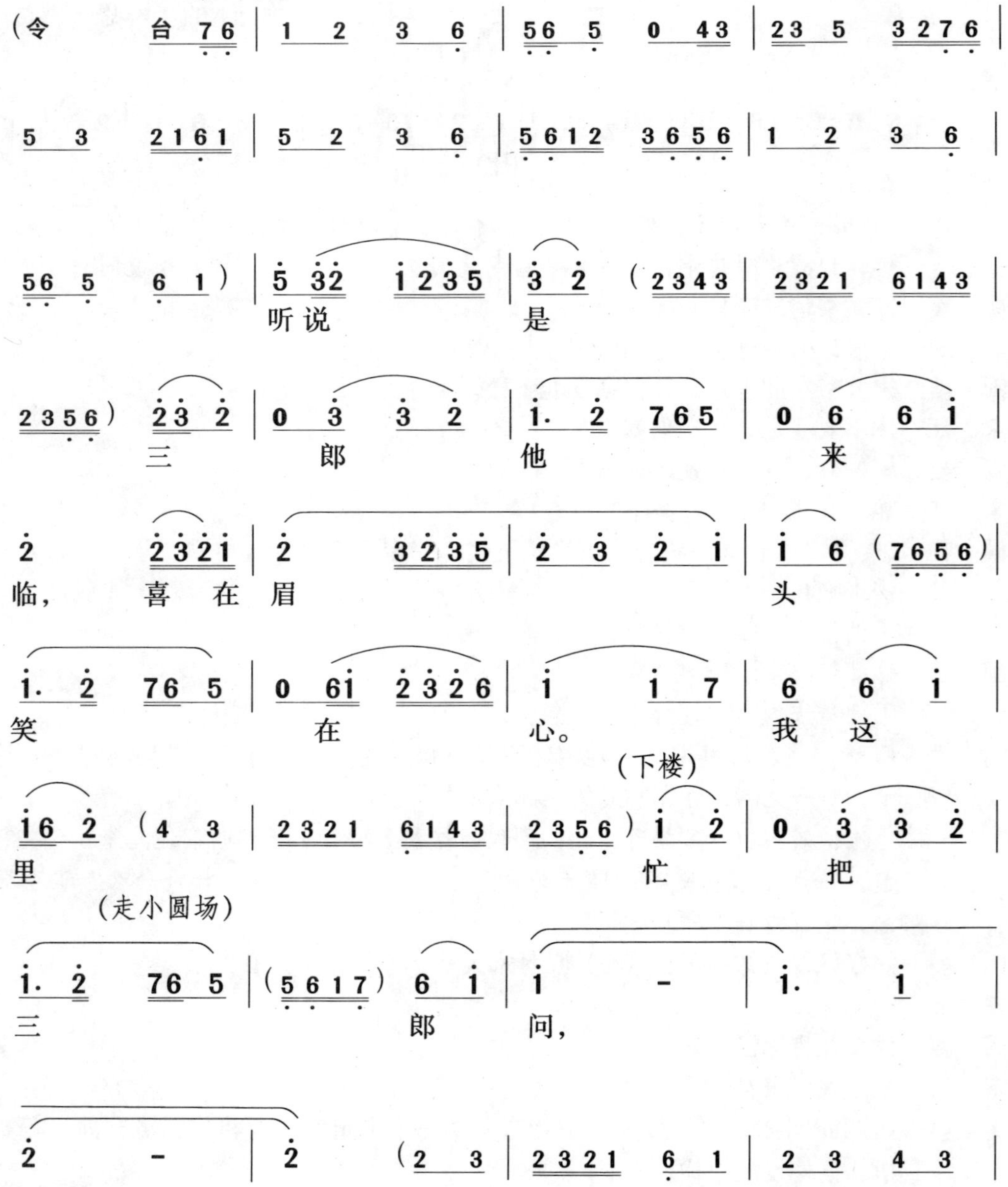

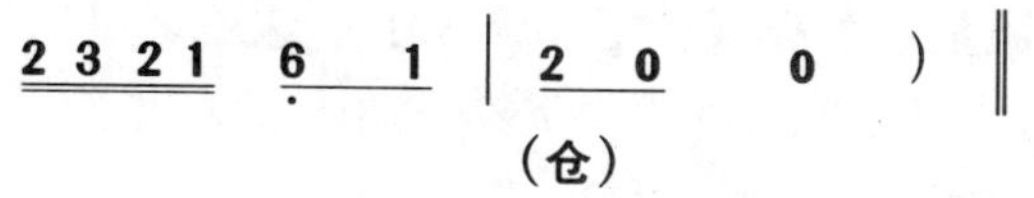

（与宋江对看，失望，气恼）

阎惜姣 呀！

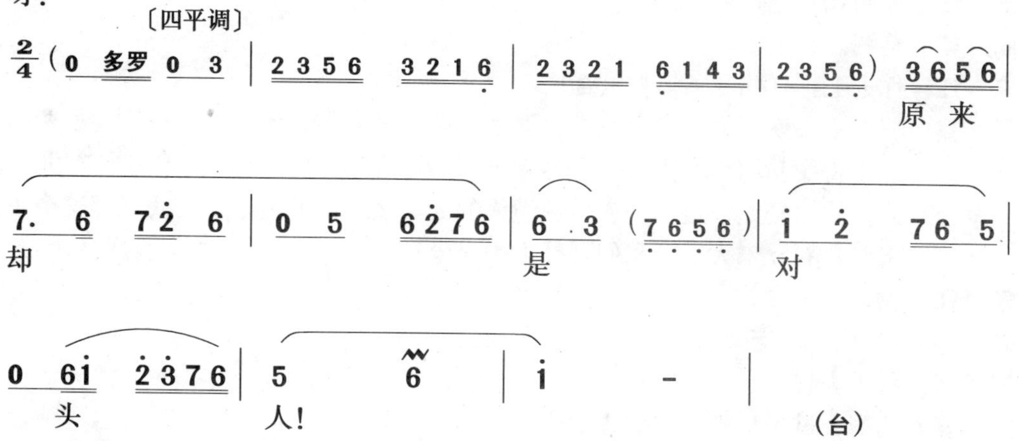

〔惜姣招手叫阎婆出来。

阎惜姣 妈，过来！

阎　婆 （过去）做什么？

阎惜姣 您怎么越老越糊涂了？

阎　婆 我怎么越老越糊涂了？

阎惜姣 宋三就说宋三，张三就说张三，什么心爱的三郎啊！

阎　婆 宋大爷待我们有许多的好处，你就上前说上几句好话，赔个礼儿也就是了！

阎惜姣 哎，娘呀！

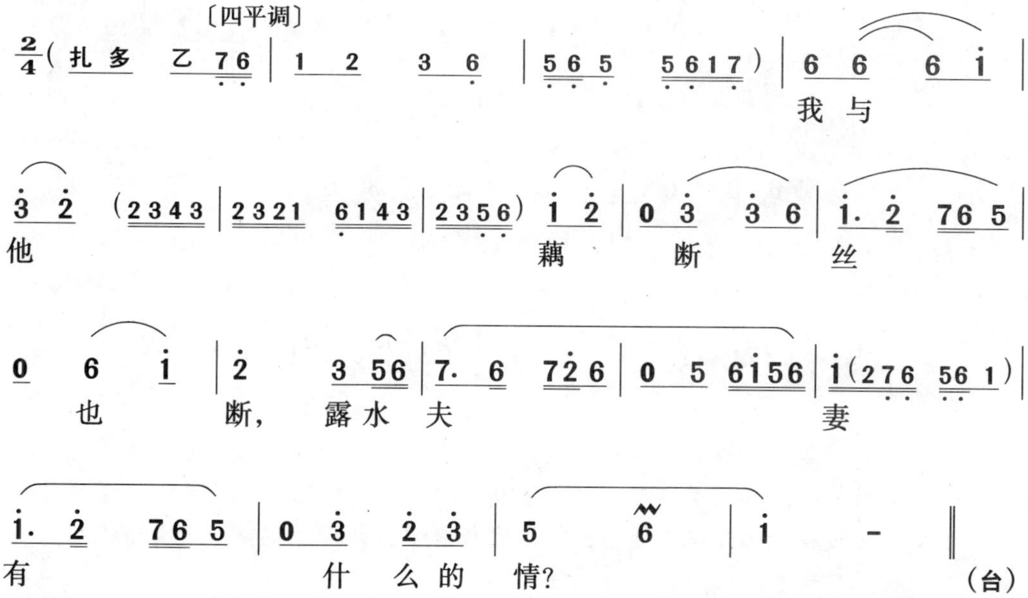

阎　婆 快不要这样讲话！宋大爷是喜欢你的，儿啊！（拉她）上前说上几句好话也就是了。

阎惜姣 照您这么说，是让我给他赔不是啊？

阎　婆 是啊。

阎惜姣 哼，要去你去，我可不去！（推她，转身）（台）

阎　婆　（只得向她发火）回来！坐好！还是这个脾气！把你惯坏了！这还了得！（再给宋江打哈哈）宋大爷，有道是："若要好，大让小"，你大她小，上前说上两句好话，也就完了！

宋　江　你叫我与她赔礼呀？

阎　婆　是啊。

宋　江　你去吧！（推开阎婆）（台）

阎　婆　嗨！不去就不去，这个一推，那个一搡，老身偌大年纪，若有个三长两短，看你们怎生得了！（台）哎呀，我也老糊涂了！有道是："夫妻无有隔夜仇"，将他二人，拉到楼上，过上一夜，这满天的云雾么，也就消散了！我就是这个主意。（对宋江）啊，宋大爷，我们到楼上去坐坐！

宋　江　呃，我不去。

阎　婆　（拉他）一定要去！

宋　江　我不去！

阎　婆　儿啊，过来！随为娘到楼上去！

阎惜姣　嗳！（回身欲走）

阎　婆　回来！

阎惜姣　我还要睡觉去呢！

阎　婆　你们来哟！

〔四平调〕

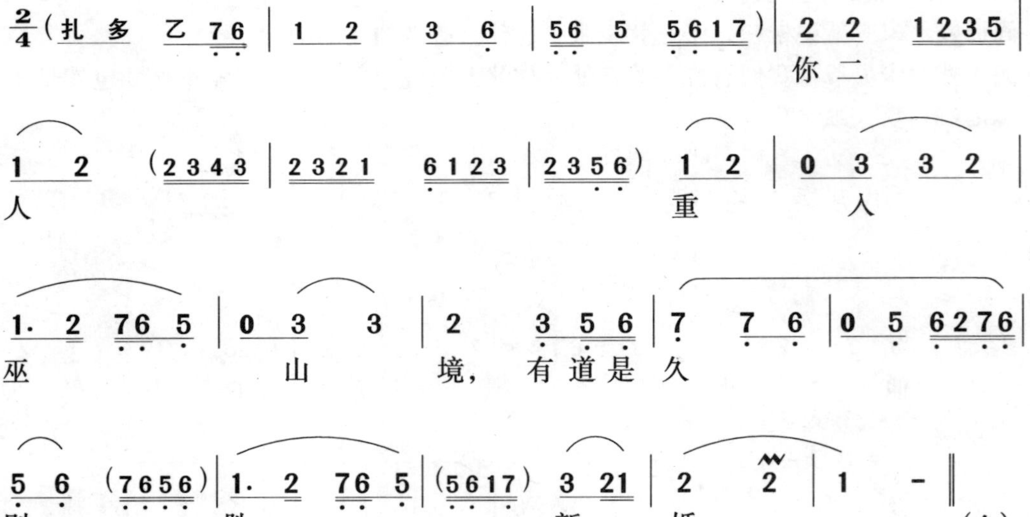

［阎婆边唱，边要他二人上楼，宋江在前，阎惜姣在后，阎婆左手推宋江，右手拖阎惜姣，三人的动作要一致，上楼，拐弯，进门都要有准地方，要成为一个整体。在这过程中闭二幕，换至楼上卧室仍是一桌两椅，但桌上要有灯或蜡台。上楼后再拉开二道幕。

［宋江坐"大边"，阎惜姣坐"小边"。二人一对眼光，阎惜姣流露出不屑的神气，宋江觉得无趣，又想走。阎惜姣还是存心气他。她这次和宋江在一起，一来是被妈妈所逼，二来也有些半推斗就，这也说明她不是正派人。宋江有点钱，她要靠他，可是一看见宋江，又看不顺眼，有气，有气之中还带着一些撒娇。

宋　江　我要走了！（台）

阎惜姣　哟！还怪不错的呢！让你，我走！（台）

阎　婆　不许动！坐下！

宋　江　我要下楼！

阎　婆　你也不要走！你们都与我坐下！（台）宋大爷，你坐坐，我与你打杯茶来用吧！

宋　江　这倒使得。

阎　婆　（出门、关门）待我将门倒扣。（扣门）

宋　江　哎！（台）外面不要落锁！

阎　婆　你们里面不要上闩！（边下楼，边做事，边自言自语）我女儿年轻不懂事，老身吃了一辈子的苦，人也老了！正是：（扎）

（念）老景催人去，
年华似水流。
受尽饥寒苦，
总是为钱愁。

（这里阎婆倒扣门、下楼、上大门闩的许多动作，都要恰好在这几句话的过程中做完。做得太快了，话白还没念完；做得太慢了，话白又不够）

阎　婆　唉，老了哇！（下）

〔【小锣打下】台上“静场”。两人枯坐。

【起更】

〔听见更鼓的声音，两人不约而同地站起来，各不相顾，向前走几步，双方都听到脚步声，这才发觉对方也站起来了。眼一斜，一对看，宋江这时既不是嘻皮笑脸，也不是很凶，既来了，和了也可以，因此看一看阎惜姣，阎惜姣也看一看宋江，却表示愤恨、不屑，两人不能融洽，又深了一层。这是一段哑剧。阎惜姣自管自还是坐下。宋江把气压一压，回脸看见窗户（虚拟的，中间偏向“下场门”），窗户设想是明瓦，单扇的，宋江把小轴一抽，拉开往外看，夜间的寒气侵入，略略打个寒颤，马上把窗关上。想到天色已晚，不能走了，咳，管他呢，睡一宿再说，把衣裳脱下，自己摺好，一绕，扣上，搭在衣架（椅子背）上。椅子预先放好，放得离台口远一点。衣裳搭上衣架时看到招文袋，取下招文袋时，要摸一摸，把信抽出一半看一看，表示还在里面。回头看见桌上有灯，想去烧掉它，一转念头，阎惜姣在这里，别让她疑心，就把信再放回去。然后掂掂金子，表示也在里头。想一想，看看灯，没办法，把招文袋的口扎一扎，塞在椅垫下，藏之前要看看，藏之后要再看看，桌子就算是床，倚桌假寐。这一段是宋江单人的哑剧。宋江收拾好了，看看阎惜姣，她已经睡着了，当然不知是真睡着还是假睡着，想想她的态度还是不好，自己又来干什么？

【初更】

宋　江　（大大 大大 乙 台）（打呵欠）今晚夜宿乌龙院，我好悔也！

〔四平调〕

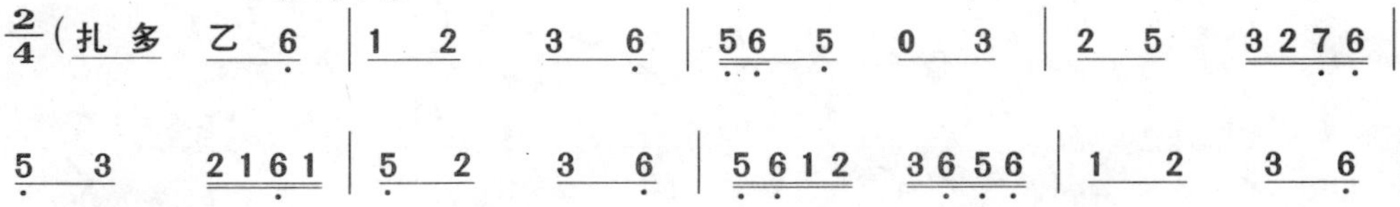

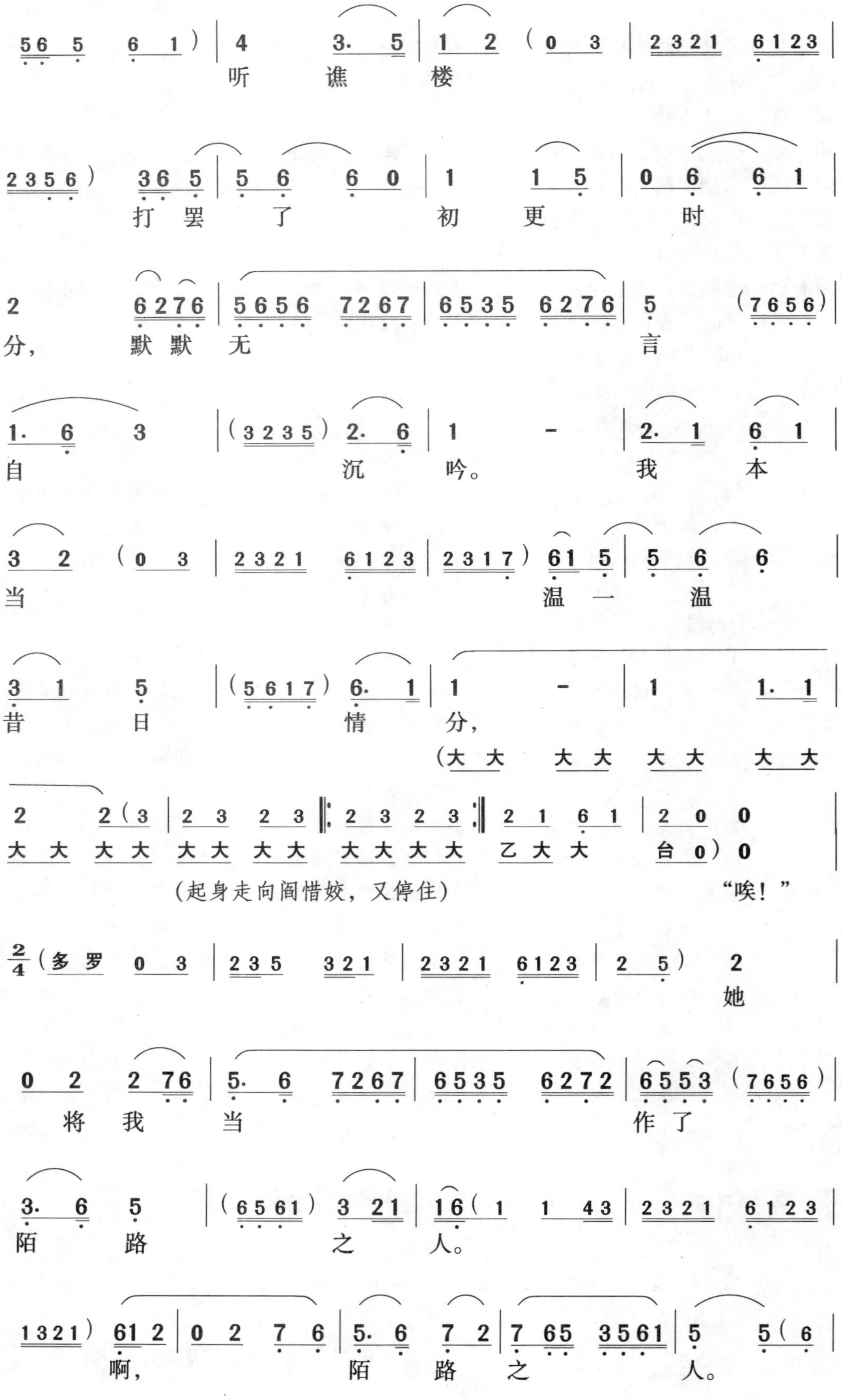
听 谁 楼
打 罢 了 初 更 时
分, 默 默 无 言
自 沉 吟。 我 本
当 温 一 温
昔 日 情 分,
(大大 大大 大大 大大
大大 大大 大大 大大 大大大大 乙大大 台0)0
(起身走向阎惜姣,又停住)
"唉!"
(多 罗
她
将 我 当 作 了
陌 路 之 人。
啊, 陌 路 之 人。

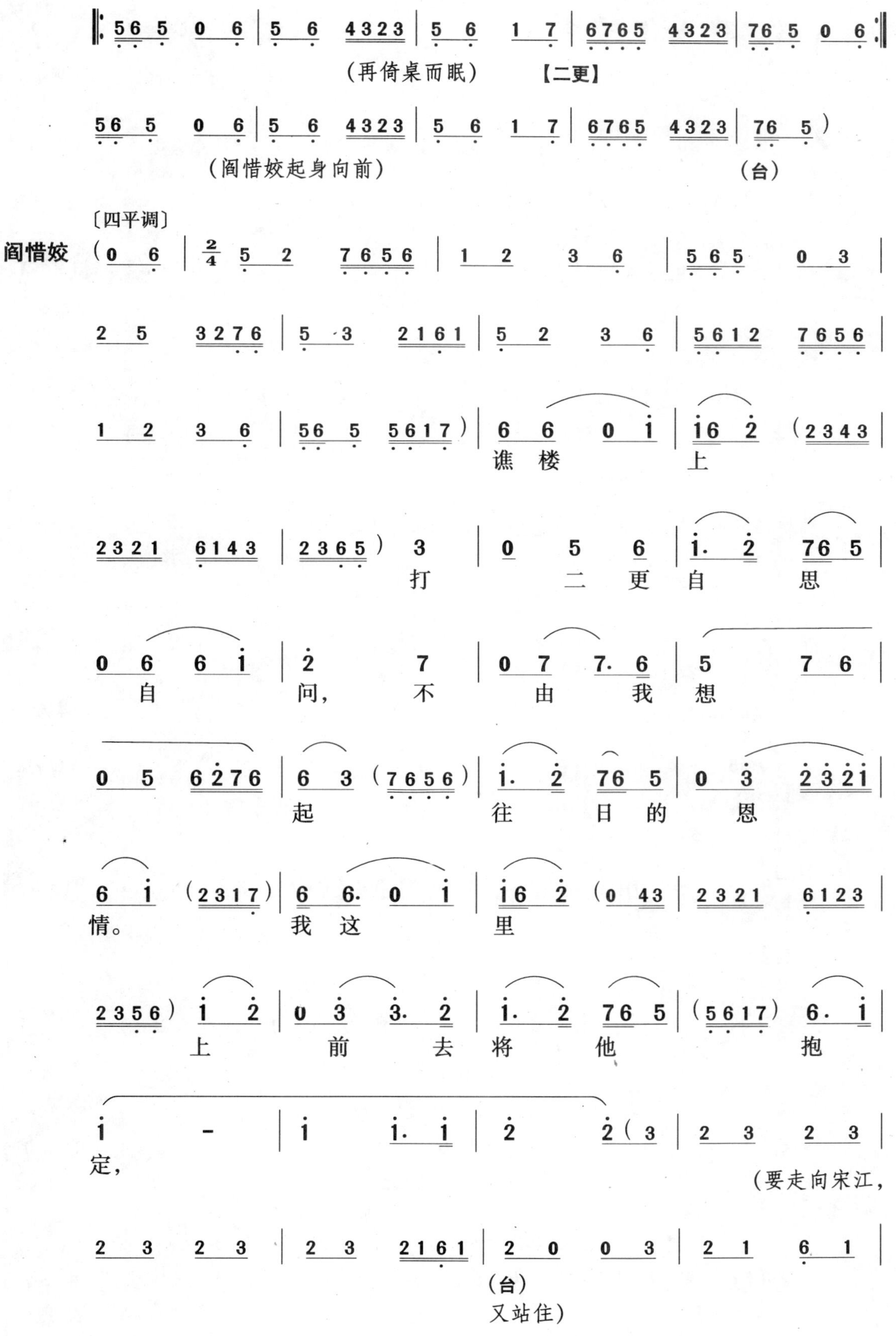
（再倚桌而眠）
【二更】
（阎惜姣起身向前）
（台）
〔四平调〕
阎惜姣
谯楼上打二更自思自问，不由我想起往日的恩情。
我这里上前去将他抱定，
（要走向宋江，
（台）
又站住）

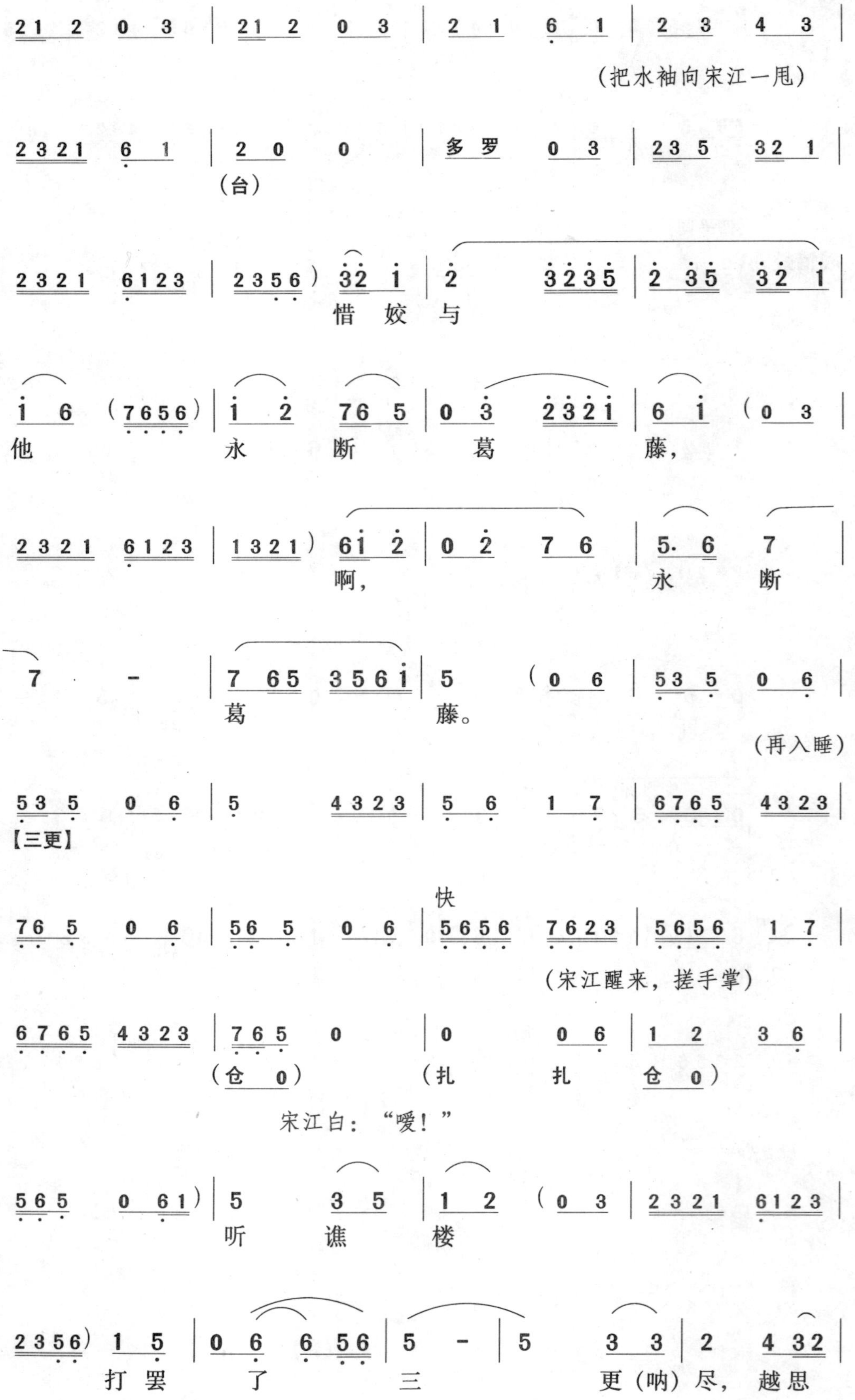
（把水袖向宋江一甩）
（台）
多 罗
惜 姣 与
他 永 断 葛 藤，
啊，永 断
葛 藤。
（再入睡）
【三更】
快
（宋江醒来，搓手掌）
（仓 0）（扎 扎 仓 0）
宋江白："嗳！"
听 谯 楼
打 罢 了 三 更（呐）尽，越思

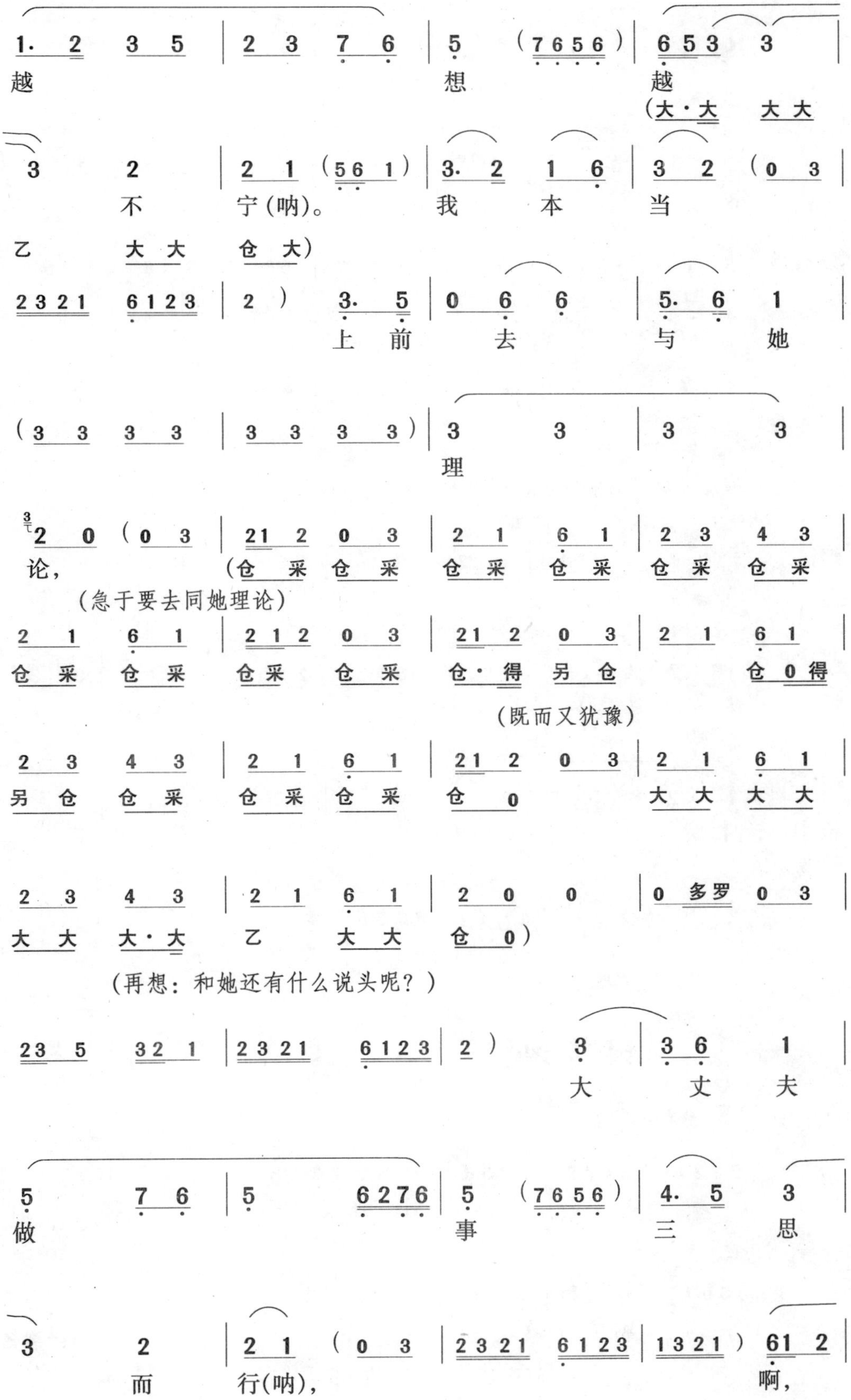
越 想 越
(大·大 大大
不 宁(呐)。我 本 当
乙 大大 仓大)
上 前 去 与 她
理
论，(仓采 仓采 仓采 仓采 仓采 仓采
(急于要去同她理论)
仓采 仓采 仓采 仓采 仓·得 另仓 仓0得
(既而又犹豫)
另仓 仓采 仓采 仓采 仓0 大大 大大
多罗
大大 大·大 乙 大大 仓0)
(再想：和她还有什么说头呢？)
大 丈 夫
做 事 三 思
而 行(呐)，啊，

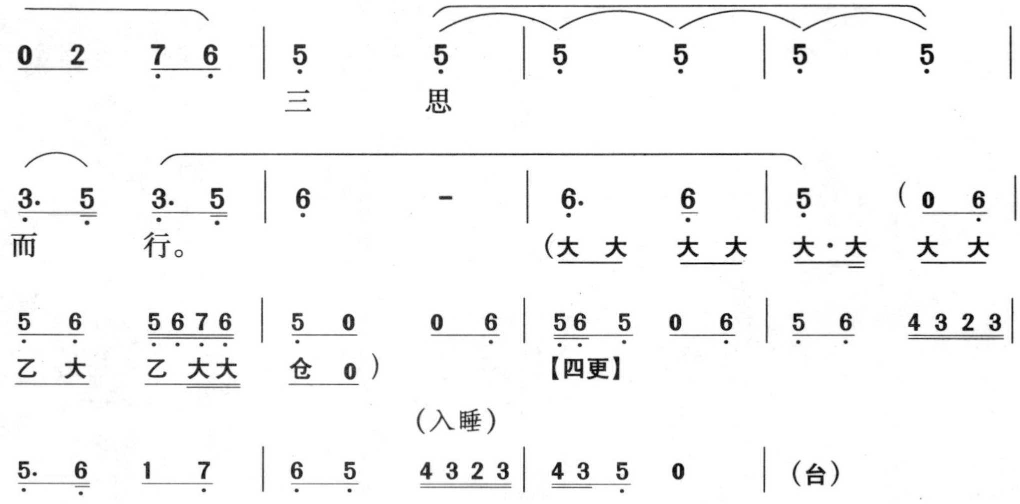

（唱“三思而行”时，左手高举，伸三指，右手颤抖，抬右腿，右脚脖子颤抖，左脚走云步。唱完做罢，再回过去坐下，睡去。）

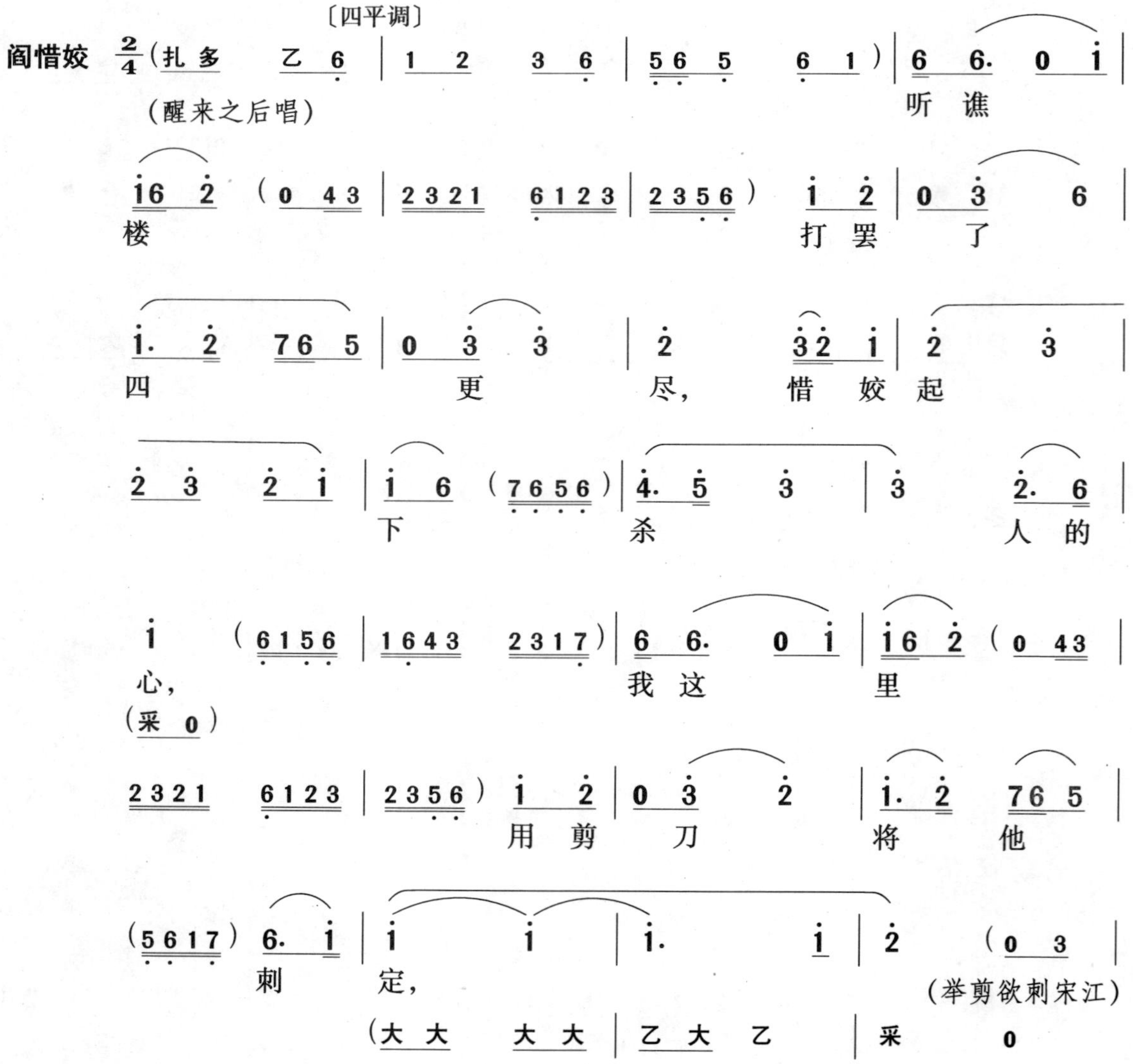

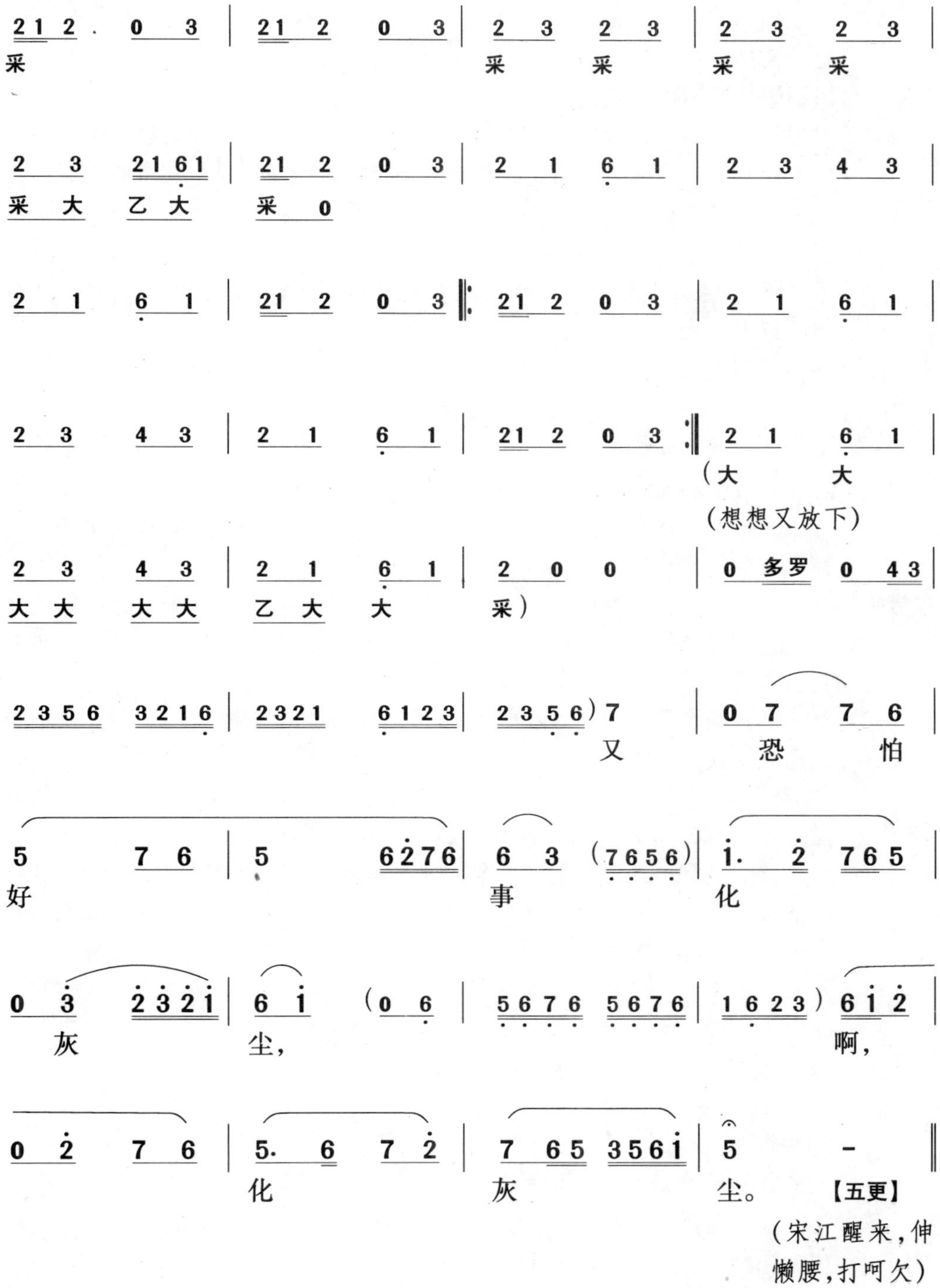

〔宋江一翻身，一夜没有睡好，欠身时看见阎惜姣，又觉得气愤，再看看窗外，已经发出鱼肚色，街上已经有了行人，可以走了。迷迷糊糊，还带着困倦，走到衣架边，先拿招文袋，把带子解开，再抽出信来看一看（仓），掂掂黄金，卷一卷，往怀里一揣，一滑，没有揣好，往鸾带里一插，也没插上，无意中往胁下一挟（仓）。捋捋胡子，又气又困，眼似睁非睁，取下衣裳往肩上一搭，走到房门口，一拉门，门倒扣着。心里埋怨阎婆："真麻烦，你一个劲儿的要我们和好，她不肯，又何必勉强！"

宋　江　妈妈娘！开门哪！天亮了！

〔因为是在楼上，所以一手扶着门，一手抓着衣裳，眼往下看，喊，跺脚，还是没有人应声，一发狠，拉门，一点点的加重。拉不开。晃一晃再拉（**仓**），还是拉不开，再晃，再拉（**仓**），还是拉不开，很用力地拉，拉开了，手一松，挟在胁下的招文袋掉在地下了。（**嘟 – 八 仓 0**）

〔**【冲头】**宋江下楼，到了楼下，慌慌张张，一手抄起门闩，往旁边一扔，把门拉开，迈出门坎，回头向上望望。**【大锣五击头】**

宋　江　嘿嘿，下次再也不来了！

〔**【冲头】**宋江"下场门"下。（**大 大 大大 乙 台**）

〔宋江走时，阎惜姣早醒了，只是假装睡着。宋江在下面开门，阎惜姣在上面听到声音，有个表情，表示：你这可走了！静一下以后，看一看（**台**）心里说："搅得老娘一夜没有睡着。"忽然想到："下头大门还没关"，就准备下楼。走出去时，脚上碰到一样东西（**台**）。

阎惜姣　哟，这是什么？（捡起来一看）敢情是宋江要饭的口袋。嗬，挺沉的，让我瞧瞧！（掏出金子）哟！是一锭金子！留着给我们三郎卖点心吃。（把金子藏进怀里，又搜出书信）还有一封信哪！（再看）拆过了。（抽出信笺）我瞧瞧，（走近窗前，对着光）是谁写来的？（**台**）（读信）"公明大恩兄台下"，哦，原来还受过他的恩惠呢！我再瞧瞧是谁给他写的？（再念）"通家弟兆益顿首拜"，"兆益"？这"兆益"是谁呀？兆益，兆……兆兆……晁……晁盖！（**台**）原来是梁山晁盖呀！怪不得三郎常听人言：宋江和梁山有来往，不想真有此事，我和三郎要做长久夫妻，苦的是拿不到他的把柄，今天撞在老娘手内，岂肯放他过去！（**台**）他丢了这样要紧的东西，必定回来寻找，哼，我等着他！（接着宋江果然又来了。这是在一个场面中表现两个地点。阎惜姣在楼上，宋江在街上。不过过去宋江做戏，那一边阎惜姣干等着。现在把阎惜姣的戏丰富了一些，但也只能帮助宋江演戏，不能搅宋江的戏。宋江上场后，她吹灭桌上的灯，收好，从桌后取出纸笔墨砚放在桌上，用椅披盖好，准备逼他写休书）

〔（**八 大 仓 0**）宋江内白："啊——哈！——"

【乱锤】

〔宋江左手拿着衣裳，右手摊开，一路寻找招文袋，神情惊慌，步履踉跄。到台口，抢前几步。（**八 大八 | 仓 仓 顷 | 仓 0**）（**嘟 –**）（抖胡子）（**格 隆 仓 0**）右手弹胡子**【快冲头】**宋江回走几步。**【大锣叫头】**

宋　江　哎呀且住！

（快）昨晚夜宿乌龙院，失落我的招文袋，内有黄金一锭，书信一封。想这黄金事小，想这书信，若被贱人捡去，我的性命休矣！这这这这，这……**【乱锤】【大锣叫头】**且慢！待我回楼寻找！（**仓 0**）

〔**【大锣水底鱼】**宋江急忙走圆场，到了院门口，方才出来是单手拉门，还留下半扇门虚掩着，一脚踢开。**【快冲头】**阎惜姣也听见了，有个相应的表情，表示：他果然来了。然后再假装睡着了。宋江上楼时把衣裳搭在肩上，一进房门，就到衣架前去翻。

〔【乱锤】宋江再巡视地上，一个小圆场，绕开，成对角线。【四击头】走到椅子跟前，颤抖着坐下，带着点喘。

〔（嘟 － 八 仓 0）宋江慢慢地、稍稍镇定下来，这过程不能太长。静一静，闭闭眼，安安心，双手抱抱头，自己安定自己。然后睁开眼，想。照方才的原样，揉眼，看外面的曙光，然后到衣架前，拿起招文袋，取信抽信，信在，掂掂招文袋，黄金也在，把带子绕起来（这些都是虚拟的）。是不是绕起来了？绕起来了。仿佛是揣在大襟里，想到大襟，心里一急，双手赶紧往身上拍，身上什么也没有。再想，是不是套在颈项上了？一看，也没有。两手一摊，涮眼珠，想起来了，是往胁下一挟，（仓 0）（虚拟的挟的动作比前面真挟的动作要夸大一些）再想：把衣裳搭在肩上，去拉门，门倒扣着，用双手拉：一下（仓），两下（仓），三下（仓），往后一带（嘟 － 仓 0）——这一段说是重复方才的动作，但上一回是真的，这一回是假的，要突出最主要的，加以夸张，不能一字一板地重复，二者有相同，也有不同，有发展——宋江虚拟拉开门后，往下看，哎呀，不在这里！【乱锤】抖袖，捋胡子，四处找，明明已经找不着了，却还在那里来回找，走完圆场，忽然想起，是不是阎惜姣拿去了？双翻袖，背手。【撕边】宋江回身看见阎惜姣（大 仓 0）宋江心想，若是给她拿去可就完了！退几步，撑住（仓 0）心想：拿去了也得要回来！决定去问她。（仓 0）在走向阎惜姣时，同时拍脑袋自责："自不小心！自不小心！"（大大 大大 大大乙 台）

宋　江　（走到阎惜姣身边，由轻而重）大姐醒来！大姐醒来！

〔阎惜姣不理。

宋　江　（忍不住了，使劲一拍桌子）嗨！（仓）醒来！

〔他一拍，她一惊。

阎惜姣　（假装伸懒腰）（大大 大大 大大乙 台）呦，这不是宋大爷吗？

宋　江　是我。

阎惜姣　你不是走了吗？

宋　江　我又回来了。

阎惜姣　回来干什么呢？

宋　江　我掉了一件东西。

阎惜姣　丢了东西了？

宋　江　正是。

阎惜姣　是不是那个要饭的口袋啊？

宋　江　嘿嘿！（八大台 仓 | 仓 | 仓 0）
着，着，着！

正是那个要饭的口袋！把还与我，把还与我！

阎惜姣　看哪，丢了这么点儿的东西，干吗着那么大的急呢！幸亏是遇见我啦，别人要是捡去，还能给你吗？下回小心点！

宋　江　多谢大姐，把还与我！

阎惜姣　是这个吧！（往地上扔）（台）

「宋江把招文袋捡起来。（**大大　大大　乙　台**）

宋　江　（一面解开绕着的带子，一面自言自语）人言阎大姐待我宋江虚情假意，如今看来，嘿嘿！是真情真意，日后我要另眼看待，另眼看…… （手一托，很轻）（**仓**）大姐，这里面有黄金一锭啊？

阎惜姣　黄金哪？老太太下台阶，存啦！

宋　江　嗳！我本来预备送与大姐买花戴的，本来预备送与大姐买花戴的，本来预备……

「宋江不敢用眼看，看着前方，把手伸进袋内去摸。东一把，西一把，从慢到快，后来干脆在袋内揉起来，脸上的肌肉也颤抖起来。配合他的动作：（**大八　大八　嘟　－**）最后兜底翻开，什么也没有。（**格隆　仓 0**）

宋　江　哎呀大姐呀！【大锣五击头】还有书信一封？

阎惜姣　还有一封信哪？

宋　江　正是。

阎惜姣　这么长，这么宽，上头写的黑字是不是？

宋　江　呃，是的，是的！

阎惜姣　没见！（**台**）

宋　江　把还与我吧！

阎惜姣　我问问你，这封信是谁给你来的？

宋　江　朋友所赠哪。

阎惜姣　上头写的是什么呢？

宋　江　平安问候而已。

阎惜姣　哼！

宋　江　啊？

阎惜姣　什么平安问候，分明是你私通那梁……

「宋江忙掩阎惜姣的口（**嘟　－　大大　仓**）。

宋　江　哎呀大姐呀！【大锣五击头】念在夫妻之情，你，你你你把还与我吧？

阎惜姣　想你的意思，是要梁山那封信哪？

宋　江　是啊。

阎惜姣　也成啊。

宋　江　哦？

阎惜姣　你呀，

宋　江　哎。

阎惜姣　得给我一个了断！

宋　江　什么叫做了断啊？

阎惜姣　呦，吃衙门口儿的饭，连了断都不知道吗？

宋　江　我这个吃衙门饭的，就是不懂了断哪。

阎惜姣　好，我告诉你！

宋　江　哦？

阎惜姣　就是你呀，写封休书把我给休了！

宋　江　呀呸！（**仓**）你非我妻，我写的什么休书？

阎惜姣　写不写？

宋　江　不会写！
阎惜姣　哦！不会写呀？
宋　江　不会写呀！
阎惜姣　那好吧，不写就不写，你在这儿歇会儿吧，我少陪了！
宋　江　（拉她）慢来！（仓）你往哪里去呀？
阎惜姣　到我妈房里头睡觉去！（**嘟　－　仓**）
宋　江　好，你不要睡觉去，我与你写也就是了。
阎惜姣　你给我写！（逼）
宋　江　我与你写！（**嘟　－　仓**）
阎惜姣　（再进逼）你给我写！
宋　江　我与你写。（**嘟　－　仓**）
阎惜姣　（再进逼）你给我写！
宋　江　我与你——写！（**嘟　－　八　仓 0**）（一看桌上）写不成了。
阎惜姣　怎么写不成了？
宋　江　这楼上无有纸笔墨砚呐。
阎惜姣　你来看！（走过去把桌上盖着文房四宝的椅披揭开）（**八　仓 0**）这是什么？
宋　江　哈哈！你这贱人早有此心呐？
阎惜姣　唔，早有此心呐！
宋　江　久有此意？
阎惜姣　哼哼，告诉你吧！太太我存心眼儿不是一天儿半天儿的嘞！
宋　江　好，我与你写！
阎惜姣　（进逼）你给我写！（**嘟　－　仓**）
宋　江　我与你写！
阎惜姣　你给我写！（仓）
宋　江　（**嘟　－　崩　登　仓 0**）写！

【九锤半】

〔锣鼓声中，宋江摊纸，磨墨，提笔欲写。阎惜姣拦住他，锣鼓切住。

阎惜姣　我念你写！
宋　江　好，原要你念我写！
阎惜姣　立休书人宋公明，
宋　江　立休书人宋公明，（边念边写）
阎惜姣　休妻阎惜姣。
宋　江　休妾阎惜姣。
阎惜姣　妻！
宋　江　妾。
阎惜姣　妻。
宋　江　妾！
阎惜姣　好好……（含糊其辞地）妾……
宋　江　妾！（写）
阎惜姣　任凭改嫁张……

宋　江　(写)任凭改嫁……(台)啊？张？张什么？弓长张？立早章？哎——呀！——还张呢！

阎惜姣　你瞧呀，这心里头想着谁呀，嘴里头不知不觉的就说出来了！这可怎么办呢？……哎哟,我也糊涂了,有这封信我怕他干什么呢？简直的告诉你吧:任凭改嫁那张文远！

宋　江　呸！(**嘟 － 仓**)都能嫁，不要嫁他！

阎惜姣　我一定要嫁他！

宋　江　颜面有关。

阎惜姣　写不写？

宋　江　不要嫁他！

阎惜姣　好，不许嫁，就不嫁，你在这儿歇一会儿，我……少陪啦！

宋　江　嗳！(**嘟 － 仓**)哪里去呀？

阎惜姣　到我妈房里头睡觉去！

宋　江　好，你不要睡觉，我让你嫁就是了。

阎惜姣　(逼)你给我写！

宋　江　我与你写！(**嘟 － 仓**)

阎惜姣　你给我写！(**崩 登 仓 0**)

宋　江　写！**【快冲头】**(边写边念)任凭改嫁(**八 大 台 | 仓 | 仓 | 仓 0**)
张　文　远！
(给她)拿去！

阎惜姣　哼，宋大爷，这个休书您写了一张啊？

宋　江　哎。

阎惜姣　十张八张，一百张也没有用啊！

宋　江　要怎样算得？

阎惜姣　要打上您的手模足印！

宋　江　且慢！(**仓 0**)　我不卖妻、卖子，我打的什么手模足印啊！

阎惜姣　休书都写了，手模足印算得了什么呢？

宋　江　不能打！

阎惜姣　不打就不打，告辞了！

宋　江　嗳！(**嘟 仓 0**)哼哼，又上你妈房里睡觉去？

阎惜姣　唔，让你猜着了。

宋　江　嘿嘿……好，你不要睡觉，我与你打就是了。

阎惜姣　你给我打！

宋　江　我与你打！(**仓 0**)

阎惜姣　你给我打！

宋　江　我与你打！(**仓 0**)

阎惜姣　你给我(**崩 登 仓 0**)打！

宋　江　(内心的痛苦和愤怒交织在一起，两手紧抓，顿一顿)……打！(意思是：你真狠！)
「**【乱锤】**宋江先虚拟脱靴打足模，然后宋江手指在印合里揉着，同时在想：想不到我宋江竟然落到这种地步！抬起手来实在不愿打，可不打又不行。**【大锣搜场】**不料阎惜姣竟按住他的手往下一揿,手印打了下去。(**崩 登 仓 0**)宋江忽然想到书信还在她手里,因此拿着休书往后一缩,阎惜姣扑了个空。(**嘟 － 格 隆 仓 0**)

宋　江　嗨嗨,你还我的书信哪!

阎惜姣　好快的手啊!

宋　江　哎。

阎惜姣　宋大爷!

宋　江　哎?

阎惜姣　拿来，拿来!

宋　江　还我的书信，两下抵换。

阎惜姣　你小心眼儿嘛!

宋　江　嗳，拿来!

阎惜姣　啊，宋大爷!

宋　江　哎!

阎惜姣　您就是把休书给了我，我还能逃得出您的手掌心吗?……啊?

宋　江　嘿嘿，谅你也逃不出宋大爷的手，拿去!

阎惜姣　(接过，看，自念)立休书人宋公明，休……阎惜姣，任凭改嫁张文远。(把休书藏在怀中衣内)(**大台**)宋大爷，您辛苦啦!

宋　江　不辛苦。

阎惜姣　哎哟……受累啦!

宋　江　还好，还好。

阎惜姣　您在这儿歇会儿吧!

宋　江　啊?

阎惜姣　我……

宋　江　啊?

阎惜姣　少陪了!

宋　江　啊?!(**嘟　仓 0**)大姐，你，你往哪里去呀?

阎惜姣　到我妈房里头睡觉去!

宋　江　大姐，这就是你的不是了!

阎惜姣　我哪儿那么些个不是啊?

宋　江　你要写休书，我就与你写休书；你要嫁张文远，我就让你嫁张文远；你要打手模足印，我就与你打手模足印。三件大事，件件依从。你不还我的书信哪!……哈哈!(**仓 0**)你欺人——忒甚哪!(**仓 0**)

阎惜姣　瞧你这个意思，还是要那封信哪?

宋　江　嗯!

阎惜姣　(快)这封信我这儿不能给你!

宋　江　(快)哪里把我?

阎惜姣　到郓城县堂上才能给你!

宋　江　郓城县他是狼?

阎惜姣　不是狼。

宋　江　是虎?

阎惜姣　也不是虎。

宋　江　吞吃我宋江不成?

阎惜姣 就是啊！

宋　江 啊？

阎惜姣 虽然非比狼虎，你也要怕他三分哪！（仓 0 ）

「宋江一听，吸一口长气，究竟是见官，若见官，牵扯到梁山，自己一定吃亏。【乱锤】宋江再缓一缓【慢叫头】。

宋　江 哎呀大姐啊！你念在往日的情分，你，你把还与我吧？

阎惜姣 走开！（仓）

宋　江 把还与我！

阎惜姣 走开！（仓）

宋　江 把还与我！

「（嘟 － 八 大大 仓） 阎惜姣打宋江一嘴巴。

宋　江 嗨嗨，打起来了！

阎惜姣 （念）【大锣扑灯蛾】

开言骂宋江！

私通那梁……（仓 0 ）梁山上啊！（说到“梁”，宋江再捂她的嘴，她还是喊出来）

今天要你这封信哪！

随我到公堂！（八 大大 仓 0 ）（宋江也打了阎惜姣一耳光）

宋　江 （念）【大锣扑灯蛾】

骂声阎婆惜，把我宋江欺！

你不还我的书信哪！……

阎惜姣 怎么样呢？

（大.大 大大 乙大 大 仓 0 大.大 大大 乙大 大大 ‖: 仓采 仓采 :‖

（二人两边转向外面一对面） 宋江白：“哼哼！”（两人又转向里面一对面）

仓 0 仓 0 ‖: 仓 采 仓 采 :‖ 仓 采 仓 | 仓 0 ）

宋江白：“哼哼！” （宋江不念下句，等于用【扫头】扫去一样，场上又静下来）

阎惜姣 （拍拍胸前）信在这儿呐，就是不给你！（仓 0 ）你敢把太太我，怎么样啊？（仓 0 ）

「宋江在她当胸一拍（仓 0 ）一把把衣领扭住，把她的脸掉过来（仓 0 ……八 仓 0 ）。

宋　江 大姐，把还我的好哇！

阎惜姣 （有点慌了）要是不给你呢？

宋　江 我就要哇……

阎惜姣 你要骂我？

「宋江一手抓着她，提起一条腿，伸手到靴筒去摸裁纸刀，因没杀过人，手颤抖着，摸不着。

宋　江 我骂你做什么？我不，不不不，不骂你！

阎惜姣 你要打我？（以宋江站着的脚为轴心两人原地转圈）

宋　江 我打你做什么？我不，不不不，不打你。

阎惜姣 也不骂我，也不打我，那你还想拿把刀，把我（变了音，急叫）杀……

宋　江 （也激动到极点）哈！……（仓 0 ） 我就杀了你！

「一刀刺过去，阎惜姣额头上见了血——这是旦角用的手法，在脸上抹点红。

「【急急风】阎惜姣想夺门逃走，被宋江踢开，插上门闩。【大锣五击】

「【乱锤】(嘟 - 八大 仓 0)宋江没杀过人，所以双手举刀举过头顶扎下去，一下没扎着，一个“漫头”，两个“漫头”，趁势用脚往后一踹，阎惜姣跌倒了（“屁股坐子”）。终于被宋江杀死。

【大锣三击】(嘟 - 八大 仓 0)

「【乱锤】杀人以后，宋江浑身麻木，眼也花了，手也软了。摸摸刀，有血，说明已将她杀死，要把刀插回靴筒，却颤抖得插不进去。坐在地上，最后总算插进去了。在阎惜姣身上找出休书，撕了，又找出金子，再找出了书信。开门下楼。

「【冲头】阎婆听见响声上来，宋江推开她，下楼出大门而去，下场。

「阎婆见阎惜姣尸体，哭。

「二道幕把阎婆等闭在里面。【冲头】

「再拉开，宋江寓所，他站在桌后，右手在桌上烛火上烧信。

「奏唢呐曲牌<尾声>。

——剧 终

卫　明　　整理

义责王魁

周信芳演出本

《义责王魁》讲的是王魁得中状元后，在相府招赘，抛弃了在患难中救了他的青楼女子敫桂英。老家人王中再三劝他，他非但不听，反而要把在患难中尽全力扶助他的王中也赶走。王中愤然相责，然后与之决裂。

这折戏故事出自川剧《情探》(又名《焚香记》)，但是在川剧《情探》中却没有这一折。原来这是评弹艺术家刘天韵于1958年从《情探》中演绎发展出来的。当时名为《义责》。演出之后，颇为轰动。我们都认为这题材很适合周信芳的戏路，向他推荐，上海市文化局局长徐平羽也向他推荐。周信芳不但是评弹迷，而且对评弹深有研究。他曾对我说：评弹没有灯光、布景、服装，也没有道具，最多是一把扇子、一块惊堂木。但是他们能抓得住观众，这就值得好好向他们学。刘天韵的《义责》，他也早已听过了。听到建议，经过思考，他欣然接受，并同意由吕仲执笔写本子。

这是一出小戏，可是周信芳决不马虎，他找来了《情探》的各种版本，包括最原始的剧本，不但参与了剧本的创作过程，还自任导演。

1959年“五一”节以前，这戏就和观众见面了。周信芳的演出，在评弹的基础上进行了加工、创造，虽是新作，却十分精致、凝练，看过的人都说：不像新编的戏，绝无粗糙之感，而是像一出演过多少年的传统折子戏。一时间，形成了《义责王魁》热，不但公演时少不了这出戏，内部交流、招待演出，周信芳也常演这出戏。1961年底在北京举行“周信芳演剧生活六十年”纪念活动，也演过此剧。北京的专家、观众也认为不像新编的戏，像是经过多年磨炼的精品，看了非常过瘾。

这里可以举一个例子：

张千下场以后，王中唱〔摇板〕：“好一个聪明敫桂英，一双慧眼能识人。……”

我看他演出多次，每次都是这么唱的。

有一天，我在台下看戏。周信芳忽然唱道：“一双慧眼敫桂英。”

我想：坏了！把第二句的“一双慧眼”唱到了第一句，第二句怎么唱?

哪知他不慌不忙地接着唱道：“风尘之中能识人。”

把敫桂英的身份、处境也点出来了，比原词更好。于是，这次就用了这两句。

这戏的演出，我几乎每场都看的。周信芳历来反对艺术刻板化，每次演出，不可能完全一模一样，加之他晚年毕竟记忆力差了，新词不易记住。由于他舞台经验丰富，修养又深，进入了自由的境界，故而有时即兴补上去的词，和原意仍是一致的，有的甚至比原词还要精彩些。因此这次的记录整理稿，是综合了多次看他演出的实况，并不局限于某一次的演出或录音。(还有〔散板〕、〔摇板〕，节奏比较自由，也不必太拘泥)

到底是新戏，而且距今也近四十年了，记忆不准确，甚至记错了，是完全可能的。尤其是限时限刻地赶写，更容易出错。还是热切地希望得到行家和爱好者的指正。

周信芳在这出戏里的唱工比较多，比他过去演的大戏里的唱工还要多一些。这也是由于他感到自己年纪已经大了，在做工方面不可能再像年轻时那样发挥，所以在唱工上就加强了。接下来排演的新戏《海瑞上疏》唱段也相当多。建国以后，梅先生的嗓子提高了一个调门。周信芳的嗓子也不像过去那样沙哑，也比过去好得多了。在《义责王魁》的〔导板〕“晴天霹雳一声震”，他还用了“嘎调”，是非常难得的。

还有很重要的一点：周信芳认为这出戏在台上的虽是王中、王魁两个人，但这戏真正的主角是并未出场的敫桂英。一定要千方百计让观众了解她，同情她，才会痛恨王魁的负心；王中的义责，才能得到赞同和呼应。不然，一切都要落空。因此戏里王中一再动情地描绘敫桂英，王魁写休书则是从反面来烘托。

在表演上，封建社会主、奴的界限十分森严，因此王中不捋胡子、不抖水袖，与王魁同场时，总是站在侧外（后来与王魁决裂了，才甩胡子，脱衣裳站到当中去）。曾看到外地有人演此剧，王中不但与王魁并排而立，后来干脆王中站到当中，王魁让到侧边去了。这完全不是从剧情出发，不是从古代生活出发，而是从“角儿”出发了。

最后王中脱衣服，1960年戏曲评论家戴不凡到上海时曾问过周信芳，是怎样创造这身段的。周信芳站起来，做一个手拍右腹的身段，念道：“黄天霸！”意思是说：那身段是从《天霸拜山》中黄天霸脱褶子的身段借鉴过来的。其实黄天霸是武生，头上身上没什么牵绊。而王中前有胡子，后有绸子，脱衣服时容易带着，难度要大得多。

作为业余收藏家的王家熙，提供了有关资料，帮助回忆，特在此表示谢意。此外，并参阅了吕仲记录、整理的《〈义责王魁〉表演艺术》，在此一并加以说明。

还要补充一点：王魁出场时穿红官衣，帽插宫花；后来脱去官衣，穿红绣花帔。那么官衣什么时候脱卸下来的？我记不清楚了。王魁的扮演者黄正勤远在国外，一时来不及联系。于是向另一位王魁的扮演者齐英才请教，他说是：王魁出场时王中接他进府后，王中就连带着帮他脱下官衣，送下去再回上来，接演下面的戏，即主仆间的对话。现在就以此为准，并再表谢意。

卫　明

人物行当

王　中	老生	门　官	丑
王　魁	小生	小院子	杂
张　千	丑		

服装扮相

王　中　俊扮。白发髻、白满、黄绸子、黑罗帽，内穿黑色直领淡蓝褶子、深绿色腰包、鹅黄小大带、外穿黑褶子、系黄大带，黑彩裤，白袜子、云头鞋。

王　魁　俊扮。纱帽、宫花，红绣花帔、红官衣、玉带，粉红彩裤，厚底。

张　千　勾小花脸。沿毡帽，蓝箭衣、大带，黑彩裤，白袜子、云头鞋。

门　官　勾小花脸。圆纱、黑八字吊搭，黑官衣、玉带，黑彩裤，朝方靴。

小院子　俊扮。青硬罗帽，素青褶子、大带，青彩裤，厚底。

道具

银两包裹	一个	马鞭	一根
信封	一个	信笺	一份
文房四宝	一份	全帖	一份
桌子	一张	椅子	一把

〔小吹打〕（笛） 0 0 | 0 33 | 56 56· | 6·5 35 |
台 台 台 另 台 台 台

60 33 | 56 66 | 23 12 | 3 16 | 216 |
台 台 台 台 台 台 台

21 21 | 01 6 |
台 台 台

「王中笑着上。

王 中 哈哈哈！……

〔二黄摇板〕

【小锣抽头】（6 5 3 2 2 3 3 21 61 56 76 5）

（走向“九龙口”）

サ2 2 3 2 （3 21 61 2）3 3 21 16（76 56 726）
我相公 登金榜

3 21 1 21·（2 3 3 21 61 56 76 5）2 1 2
高魁 得中， 不由得

32 12 3 （45 32 12 3）62 1 2 2 2 - ‖
老 王 中 喜 气 冲（嗬）冲。

（走向中间台口）

〔行弦〕

（‖: 261 23 2161 2 :‖）

王 中 太老爷，太夫人！今日相公状元及第，你二人虽不曾亲眼得见，在九泉之下，也是（哭）含笑的呀！嗳！我怎么高兴得落下泪来了！敫桂英敫氏夫人，我佩服你的好眼力啊！（行弦止）

〔二黄摇板〕

【小锣一锣凤点头】（过门同前） 2 2 1 3 2（3 21 61 2）3 21 16·
那敫桂英 可算 得

（76 56 72 6）62 1 2 2 1 （2 76 56 1）
眼 力 出 众，

5 6 1 21 12 3（45 32 12 3）3 21 1 12（3
尘土中识明 珠 选得 乘 龙①。

① 乘龙：比喻得到了好女婿。《艺文类聚》卷四十引《楚国先贤传》：“时人谓桓叔元两女俱乘龙，言得婿如龙也。”

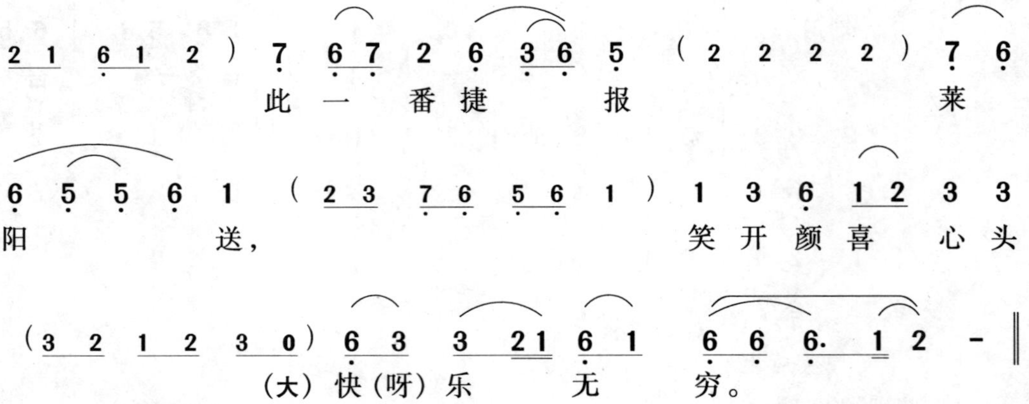

〔鸣锣：（顷仓）

王　中　呵呵，我家相公回来了！（让至近“下场门”台口处）

〔**【冲头】**接唢呐牌子＜急三枪＞

〔**【大锣出场】【冲头】**

〔在牌子吹打中，四青袍、小院子上。在出场锣鼓中，王魁挥马鞭上。在**【冲头】**中下马，马鞭交小院子，小院子与青袍下。

〔王中将王魁迎至里面，帮他脱下官衣，送下去后，再上来。王魁入座，坐“小座”。**【冲头】**收住。

王　中　相公赴过琼林宴①了？

王　魁　赴过了。

王　中　是啊，想这琼林宴上，三百多名进士公，哪一个比得我家状元老爷，人品出众，文采风流，真个是春风得意呀！

王　魁　那个自然。

王　中　可曾谒过宗师②大人？

王　魁　谒过了。王中，你可晓得宗师大人是哪一位？

王　中　是哪一位呀？

王　魁　当朝首相韩均韩老大人。

王　中　相公满腹经纶，又得恩师提携，从此青云直上，指日可待也。

王　魁　非但如此，还有一桩天大喜事，落在王魁头上。

王　中　什么天大喜事啊？

王　魁　（猛然警觉）哦……

王　中　啊？

王　魁　嗯……

王　中　哦……

王　魁　少时再对你言讲，如今要写一封要紧的书信。

王　中　待我溶墨。

---

①　琼林宴：宋太平兴国九年至政和二年，皇帝于皇家御苑琼林苑（今河南开封城西）赐宴新进士，称琼林宴。后来，虽然赐宴所在有变，但人们仍以琼林宴名之。

②　宗师：明清时对提督学道、提督学政的尊称，亦用指士子应试时，圈定、提携其入选的主考官。

王　魁　不用，你去封三百两银子前来！

王　中　遵命！【小锣一击】（走向台口）

嘿嘿，一定是与我家敫氏夫人写信哪！

〔【小锣五击】王中下。

王　魁　哎呀，且住！【小锣一击】险些将相府允亲之事说出口来！王中为人甚是固执，此事暂时还要瞒哄于他！

〔【小锣抽头】王中从“下场门”捧银包上。

〔二黄摇板〕

王　中

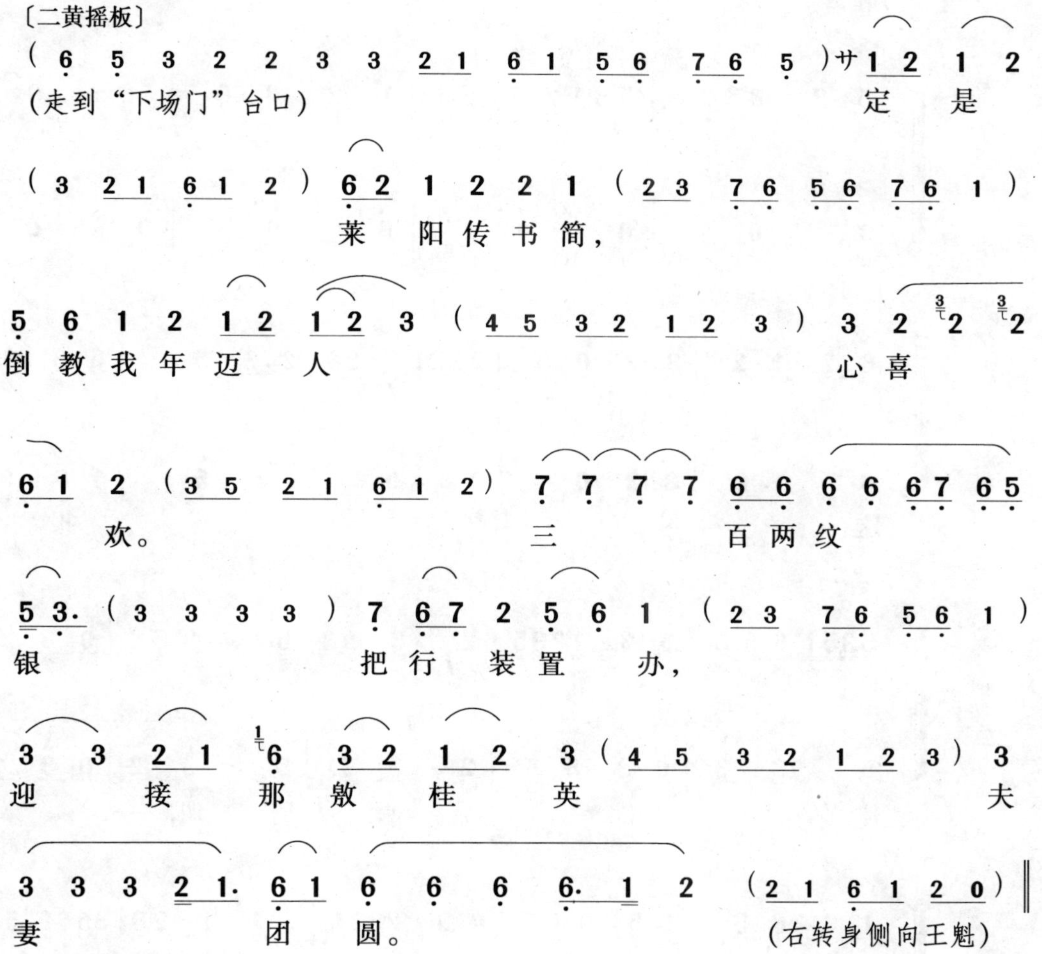

王　中　三百两银子封到。

王　魁　放在书案上。

〔王中放银子。

王　中　相公，我晓得你与哪一个写信哪。

王　魁　你晓得我与哪一个写信哪？

王　中　定然是与莱阳城中敫氏夫人写信。她是早也盼，夜也盼，朝卜金钱、夜卜灯花[①]，

① 朝卜金钱、夜卜灯花：指敫桂英运用多种方法占卜问卦，惦记王魁的前途。朝卜金钱，即白日卜钱，形同今日的掷硬币。以钱落地的正反面代阴阳，定吉凶。夜卜灯花，则是晚间凭灯火的明灭跳动来猜度人的祸福。佛教以为灯能指明破暗。

朝朝暮暮、暮暮朝朝，只盼得相公金榜题名、状元及第，今日一纸书信，传到她手中，我那敫氏夫人乎！——

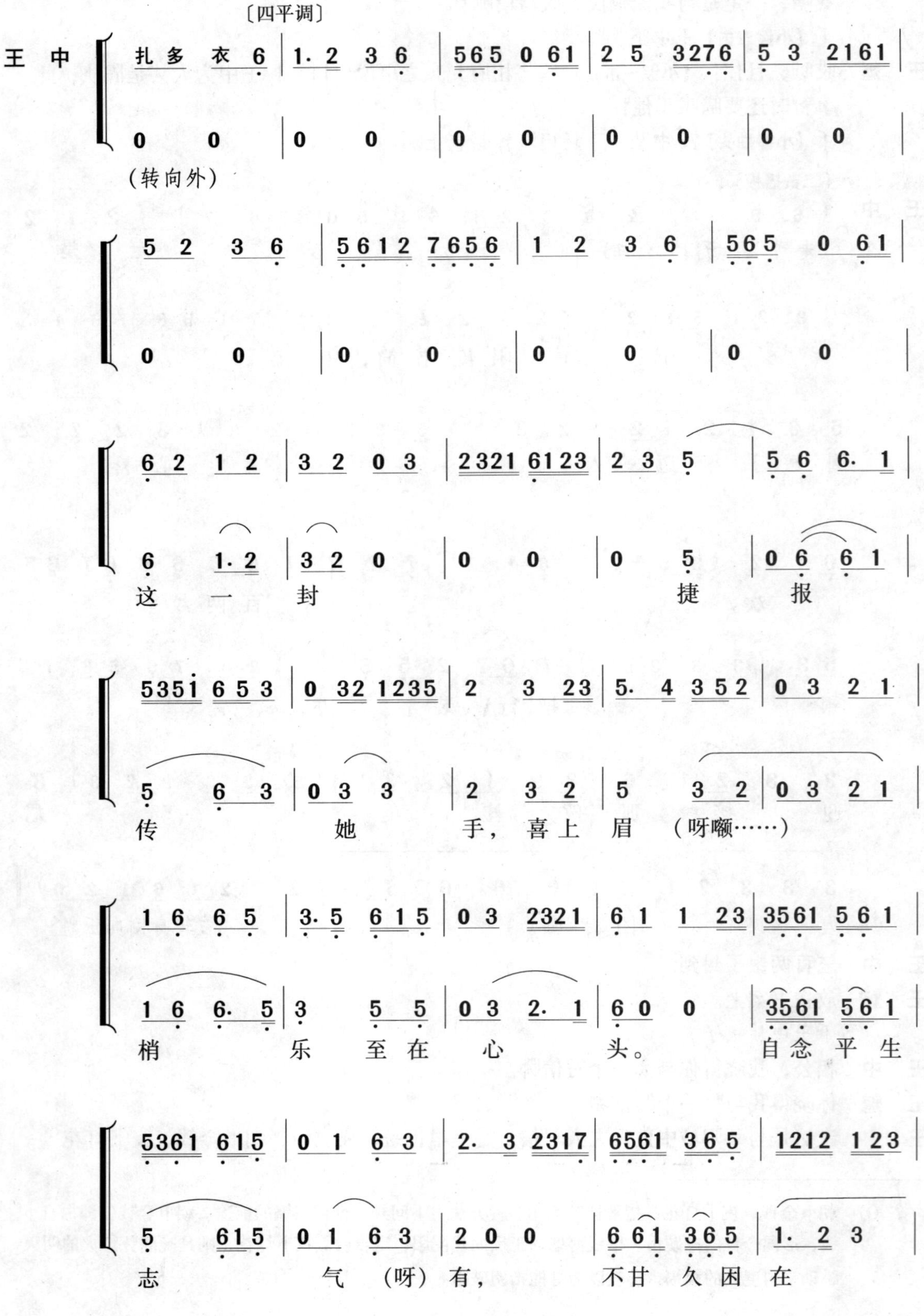

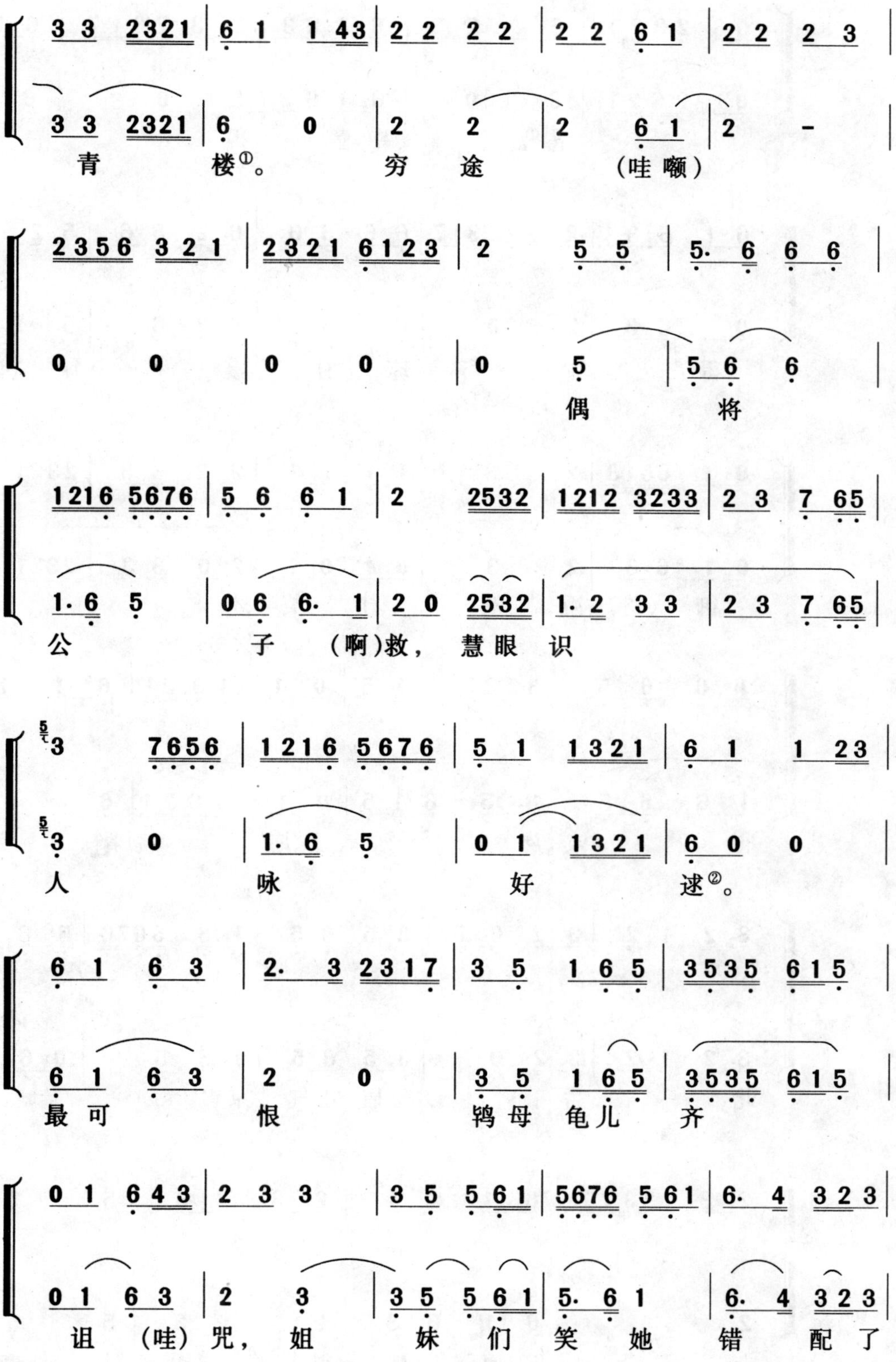

① 青楼：指妓院；青楼女子，妓女。南朝梁刘邈《万山见采桑人》诗：“倡妾不胜愁，结束下青楼。”
② 咏好逑：即歌颂、追求美满的婚姻。逑，指配偶。

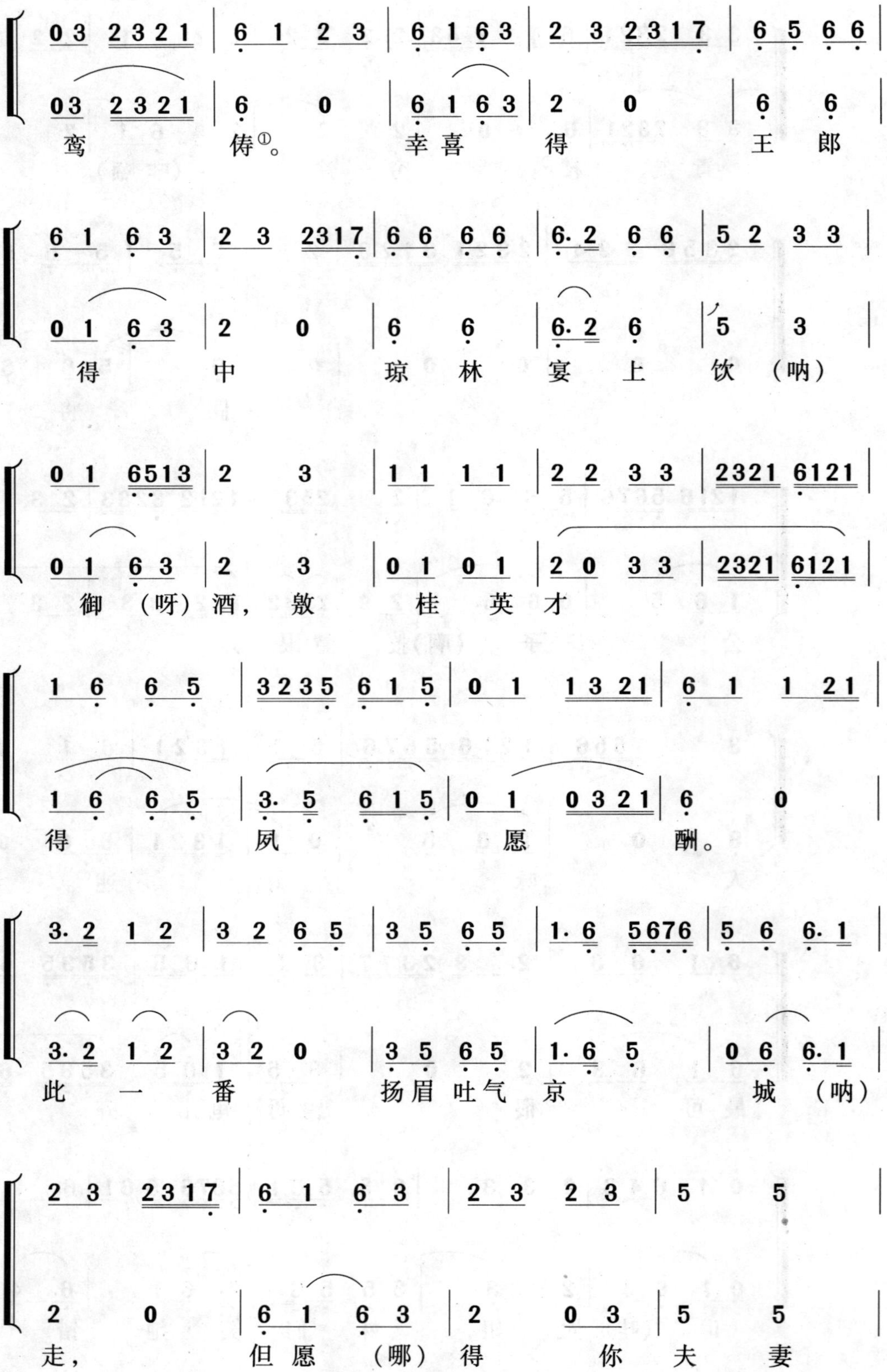

① 鸾俦：鸾交凤俦的简称，比喻情侣、夫妻。鸾：传说中的神鸟，与凤凰一类。故有鸾交凤友、鸾交凤俦的说法。

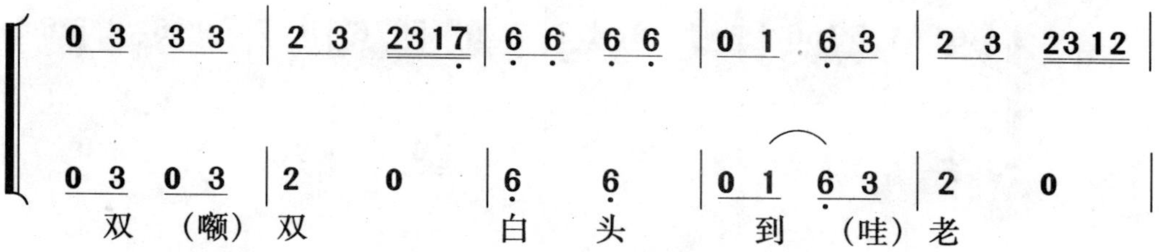

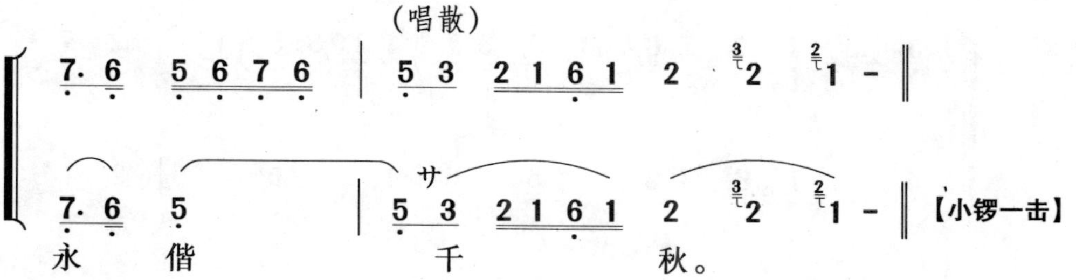

王 魁 讲得太高兴了！（站起来）

王 中 老奴讲得太高兴了，耽误了相公的正事。也罢！请相公写信，老奴也去准备准备，（将椅子搬至桌子左边，然后走向“下场门”台口）正是：一封书信寄裙钗，敫氏夫人笑颜开！哈哈哈！【小锣五击】（下）

〔王魁自忖。（大－台）

王 魁 待我修书！

〔奏京胡曲牌<二黄小开门>

〔曲牌中王魁走向桌后坐“大座”，磨墨、提笔，思索为难，摇头叹息，曲牌止。

王 魁 唉，好难落笔！

〔二黄原板〕

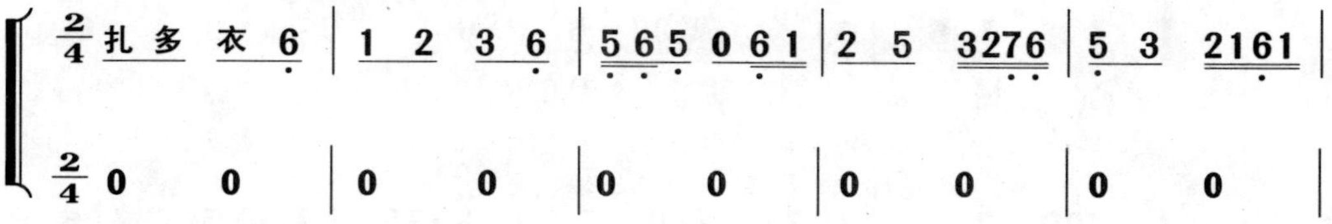

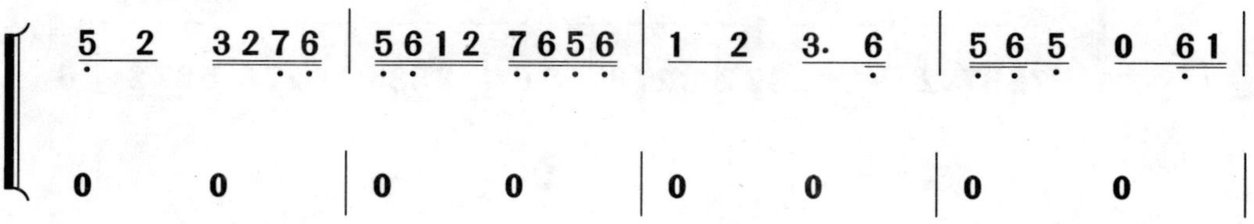

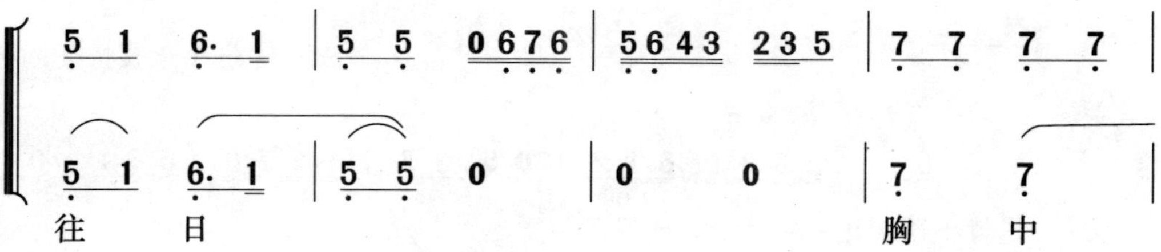

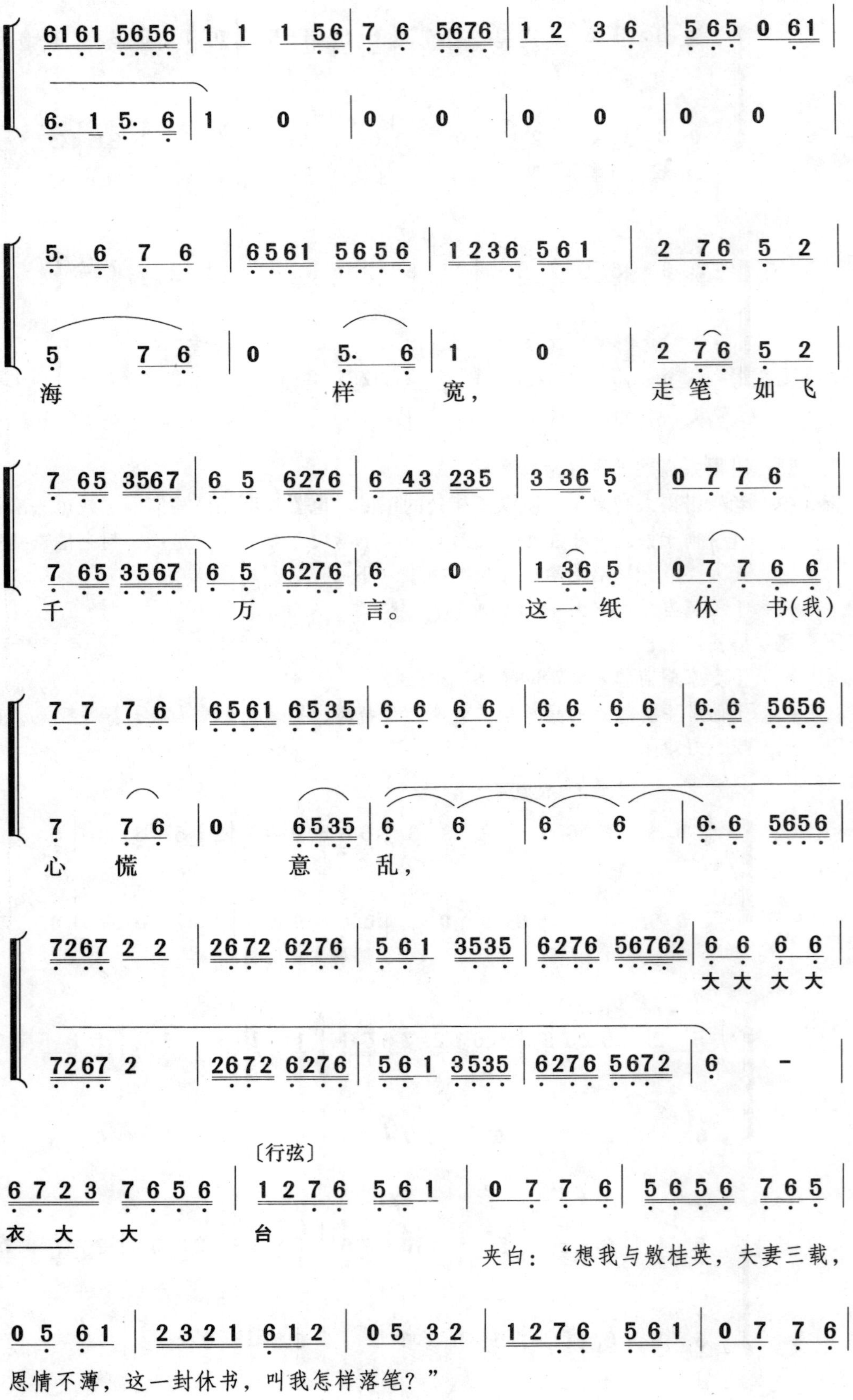
海 样 宽， 走笔 如飞
千 万 言。 这一 纸 休 书(我)
心 慌 意 乱，
大大大大
〔行弦〕
衣 大 大 台
夹白：“想我与敫桂英，夫妻三载，
恩情不薄，这一封休书，叫我怎样落笔？”

王 魁 哎呀且住！（大大大大大台）我在相府允亲之时，并不曾提起家有前妻，桂英之事若被韩相察觉，我这功名富贵岂不要化为灰烟！看来这封休书，是非写不可！正是：（扎）

当机不能立刻断，

怎理民事作高官！

哎呀！（大 大 大 大大 台）（走出来，到中间台口）

我又想起来了，想我与敫桂英，南浦分别之时，曾在海神庙内盟过誓愿。是我言道：夫不另娶，女不别嫁。若背此盟，必遭天谴！我今作此事，日后岂不要遭报应？哎呀！这……（大 大 大 大大 台）嗳！（台）想我如今，状元及第，是天子门生，自有百神相护，何惧小小海神喏！（提笔）

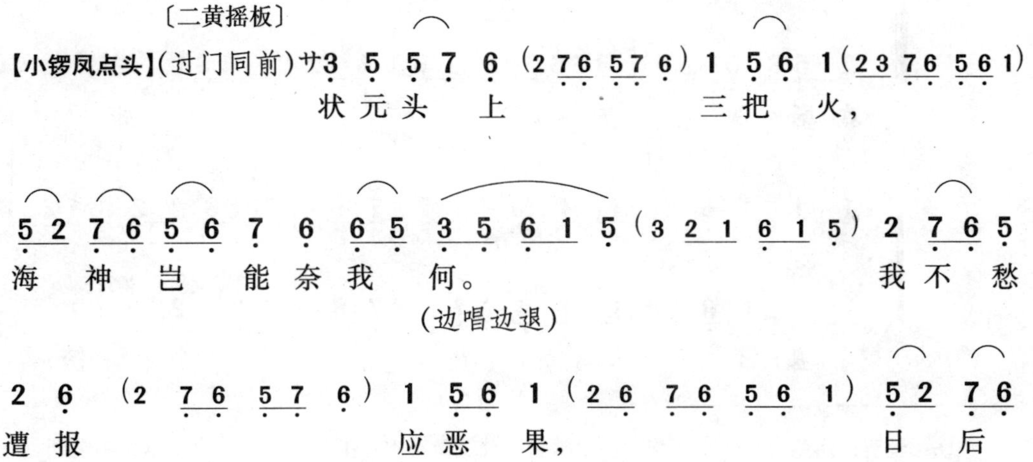

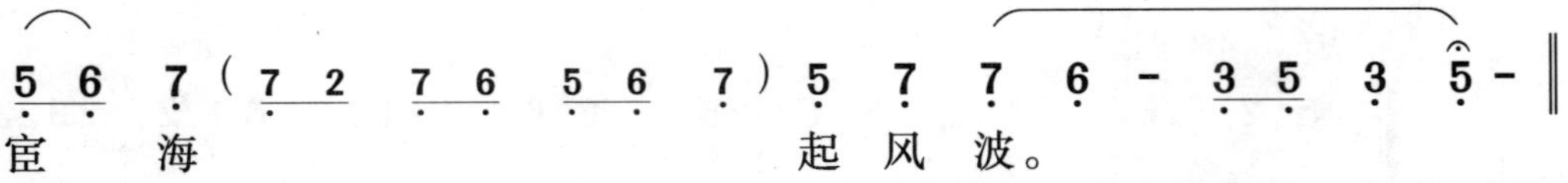

（唱完退至“大座”坐下，欲写又止）

王　魁　哎呀，且住（大　大　大 大大　台）想那敫桂英，乃是个烈性女子，见了这封休书，她岂不要寻短见么？（台）我与她无非是割断丝萝[①]，并不欲害她一死，这封休书是写不得，写不得！（大　大　大 大大　台）嗳，（台）王魁呀，你又想差了！想当年她父病死在旅店之中，她不学曹娥背父投江，反而卖身葬父，甘心堕落烟花，这样苟安偷生之人，是不会寻自尽的哟！

〔二黄原板〕

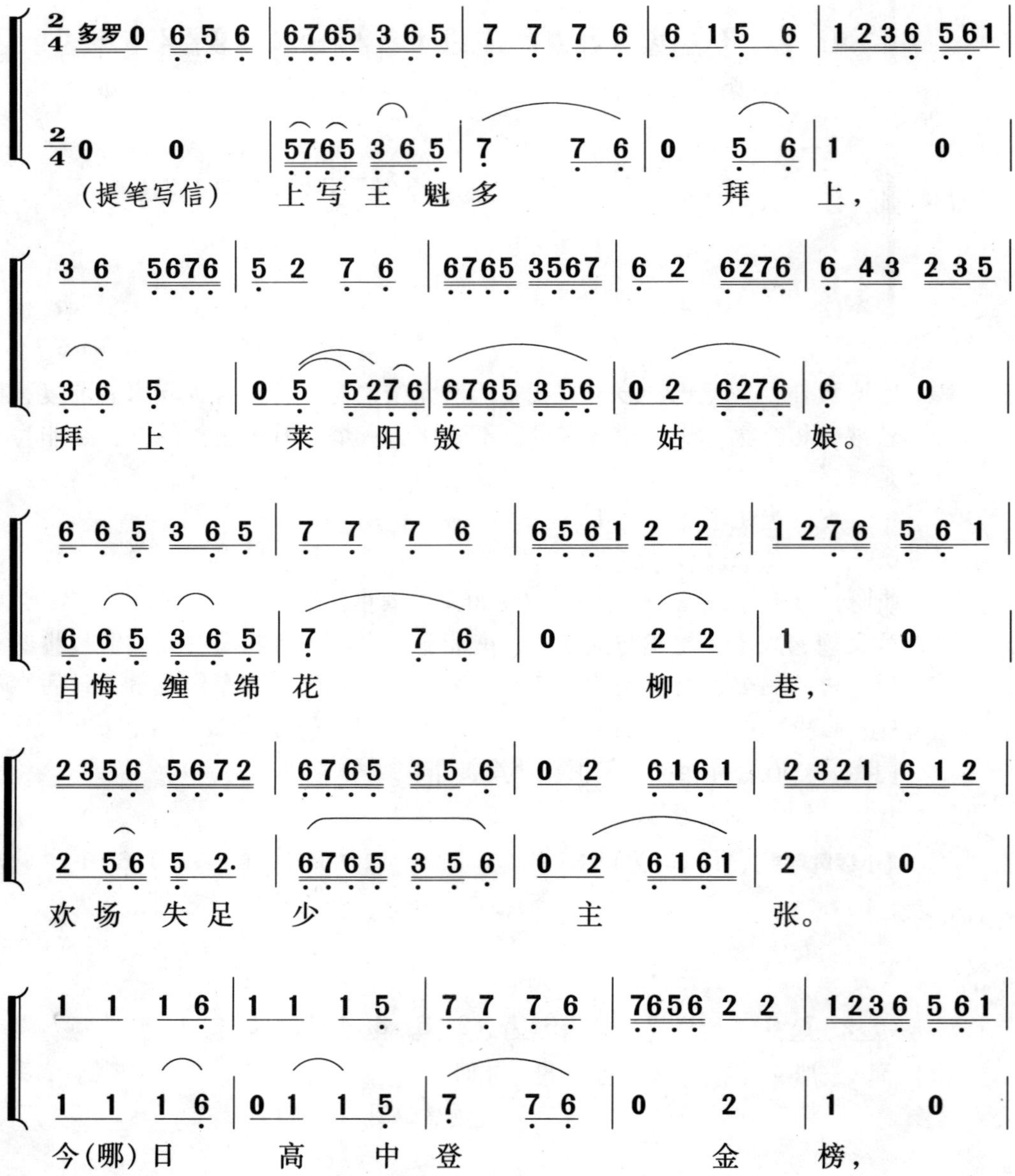

① 丝萝：指菟丝与女萝，均为蔓生植物，缠绕于草木，不易分开。故常用以比喻婚姻。

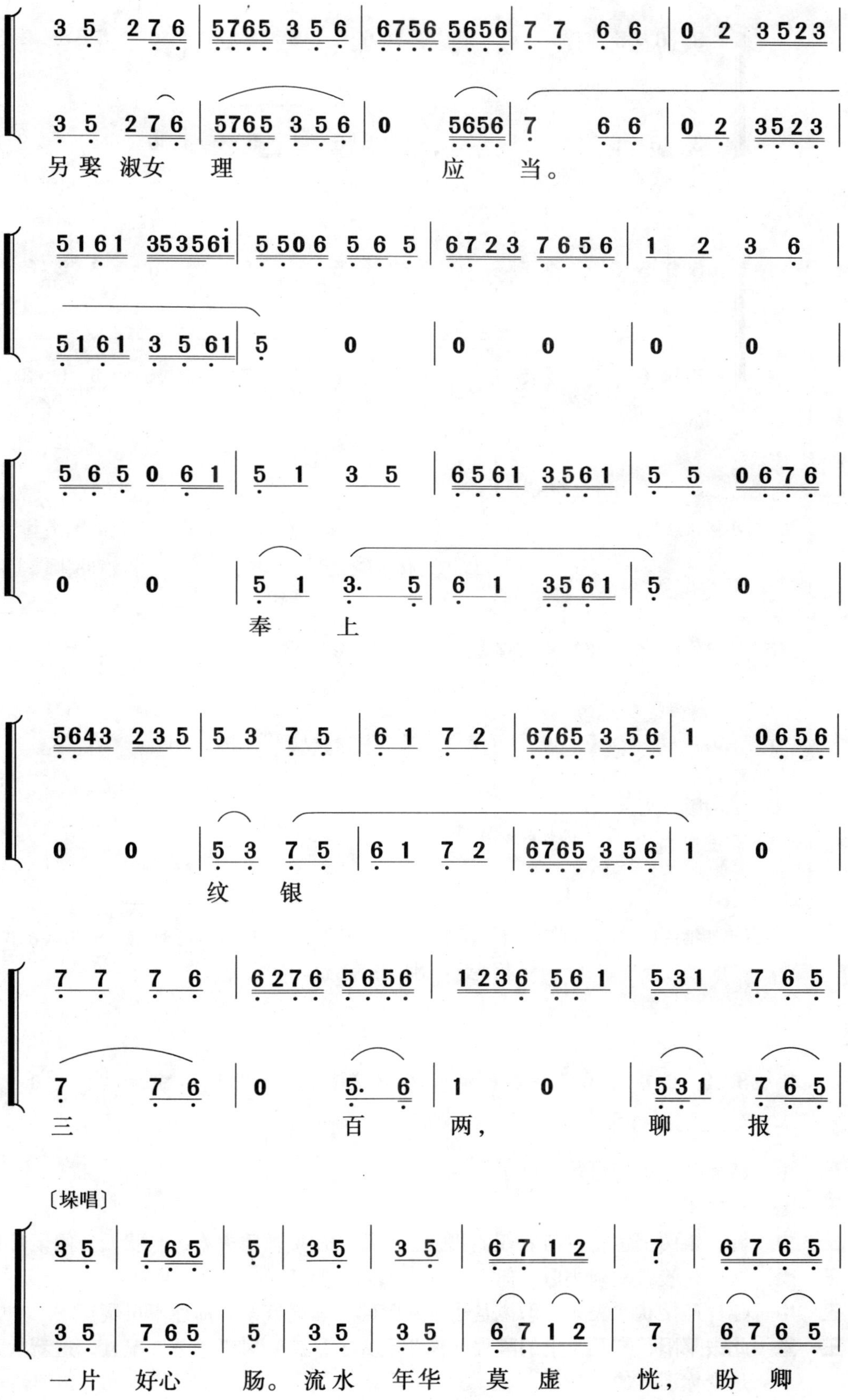
另娶淑女理应当。
奉上
纹银
三百两，聊报
〔垛唱〕
一片好心肠。流水年华莫虚恍，盼卿

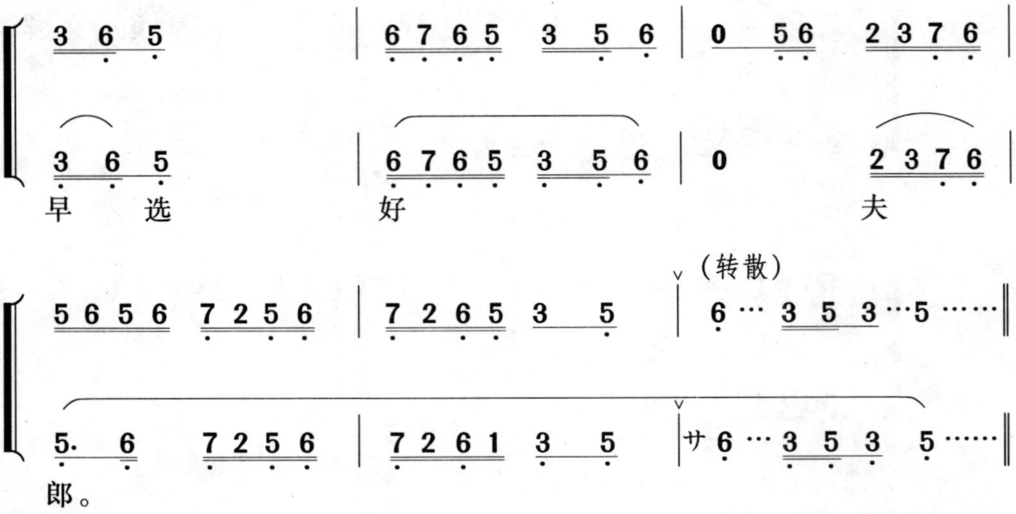

(写完，掷笔，封书)

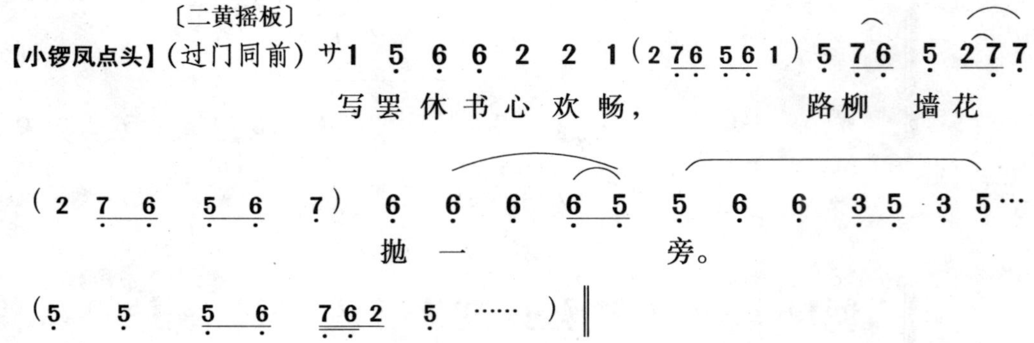

王　魁　王中哪里？

〔王中内白："来了！"上。

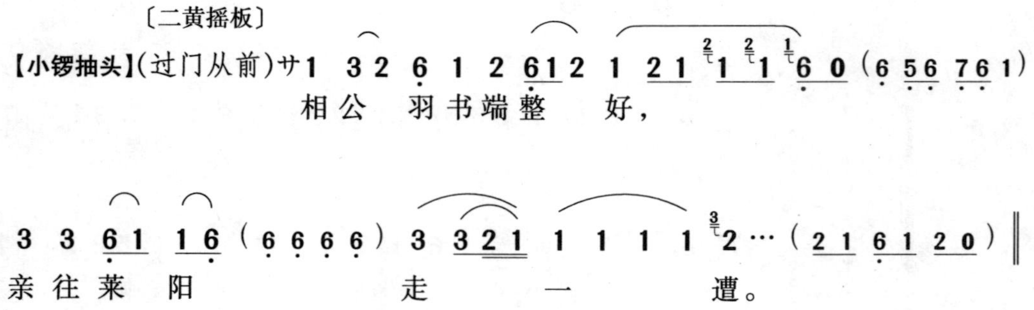

王　中　状元公，书信可曾写好了？

王　魁　写好了。

王　中　好，银两书信，付与老奴，我去往莱阳，迎接敫氏夫人，与状元公团聚呀！

王　魁　这……嗳，些须小事，何必你老人家亲自前往呢！

王　中　吔！迎接状元夫人，怎说是小事，呵呵，非老奴亲自前往不可啊！

王　魁　此去莱阳，有几千里的脚程，你年纪大了，怎受风霜之苦？况且，这新状元府内，是少你不得的呀！

王　中　是啊，想这状元府中，都是新人，去往莱阳，人地生疏，非老奴前去不可。嘿嘿，还是老奴前去。

王　魁　不必多言，唤张千前来！

王　中　老奴去的好哇！

王　魁　不必多言！

王　中　啊？

王　魁　（加重语气）不必多言！（台）唤张千前来！

王　中　哦，（背供）我家相公，平日讲话，甚是温和，今天为什么这般光景？哦哦，中了状元了！（向里面）张千哥快来！

〔张千内白：“啊哈！”

〔【小锣五击】张千上。

张　千　（念）新到状元府，

人生路不熟。【小锣一击】

老人家，什么事您哪？

王　中　状元公唤你。

张　千　叫我啦？

王　中　小心去见！

张　千　知道了，知道了！（台）小人张千，与状元公叩头。（进内下跪）

王　魁　罢了！

〔张千起来。

王　魁　张千！

张　千　有。

王　魁　今有书信一封，纹银三百两，命你去到莱阳……（偷眼看一看王中）（台）速去速回，休得在府中片刻停留。（交付书信银两包）

张　千　（接）小人遵命。【小锣五击】

〔张千出来。王魁下，闭二道幕。

张　千　我说老人家！

王　中　啊？

张　千　这信上写的敫桂英，像是个妇人的名字，她是谁呀？

王　中　轻声些！她就是我家状元夫人！

张　千　是状元夫人哪？哎哟，该死，该死！我说老人家，我不知道，您可别见怪啊！

王　中　有道是不知者不怪罪呀！

张　千　您是宽宏大量啊！我说老人家！

王　中　啊！

张　千　您认识我们状元夫人吗？

王　中　我们相处三载，哪有不认识之理。

张　千　听您这么一说，状元公成亲，已然有三年了？

王　中　是啊！提起这位状元夫人，真是贤德得很哪！不但容貌端庄，美如天仙，而且性情温柔，举止安详，对待家人使女，从不疾言厉色呀。

张　千　生来就是位状元夫人嘛。

王　中　她与我家状元公，乃是一对患难夫妻，山盟海誓，相亲相爱，此番迎接她进京，真是扬眉吐气，有了出头之日了！（笑）

张　千　对，对，这下就好啦！唉，我说老人家！

王　中　啊？

张　千　怎么刚才状元公没跟我提起这迎接二字啊？

王　中　嗬……嗳，书信上面写的有啊！

张　千　对对对，这信里头一定写得有，那么，我就跟您告辞了！

王　中　且慢，你可到过莱阳？

张　千　我还真没去过。我说老人家，（看信封）莱阳县内鸣珂巷在什么地方？

王　中　哈哈，你问着了！

张　千　我就知道您是老在行嘛！

王　中　我对你讲，你进了莱阳东大关。

张　千　哦，进了莱阳东大关。

王　中　一里之遥。

张　千　一里之遥。

王　中　有座大牌坊。

张　千　哦，有个大牌坊。

王　中　上面写着四个大字。

张　千　四个大字？哪四个大字？

王　中　威灵显赫！

张　千　哦，威灵显赫……

王　中　正是。

张　千　这不是城隍庙吗？

王　中　是城隍庙啊。

张　千　哟，咱们状元夫人就住庙里头啊？

王　中　不是哦，还不曾到啊！

张　千　还没到啊？

王　中　是啊。

张　千　那么我再往前走。

王　中　你走错了！

张　千　那我往哪儿走啊？

王　中　往左拐。

张　千　往左拐。

王　中　有个狭小的巷儿。

张　千　有个小巷儿。

王　中　那就是鸣珂巷了。

张　千　状元夫人就住在那儿！

王　中　巷儿里面第三家，有一块……上面写的……

张　千　上头写的？……　**【小锣一击】**

王　中　（背供）哎呀，且住，我若是对他言讲，状元夫人，还住在勾栏院中，岂不是要丢了我家状元公的丑？……不对他言讲，到了那里，也是要知道的。（对张千）小哥！

张　千　老人家！

王　中　你必须守口如瓶。

张　千　您怕我跟外人说对不对?您请放心，您要是再信不过我的话，我情愿对天盟誓。您听着：苍天在上，我要是走漏了消息半点，管教我五雷轰顶，死无葬身之地！

王　中　你还会盟誓。

张　千　我是常常盟誓。

王　中　好好好，我对你言讲。

张　千　您请说吧！

王　中　你晓得这小小门墙，是什么地方？

张　千　您不说，我哪儿知道。

王　中　乃是一座勾栏曲院[①]。

张　千　哦，敢情是个妓院哪！

王　中　呃！（台）轻声些！

张　千　是，是。

王　中　我家状元夫人，原是名门之女，只因老父，客死在莱阳，这才卖身葬父，身入青楼，虽然飞絮沾泥[②]，她却不屑走马王孙，那日，那日……

张　千　您又不放心了吧？我再对天盟誓。

王　中　不用！不妨长话短叙。

张　千　您告诉我就得了！

王　中　那日遇见我家相公，她二人，心心相印，这才成为夫妇。那时节，我家相公，身染重病，好一个贤德的夫人，她是衣不解带，亲奉汤药，后来，赁钗环、典衣衫，尽心服侍，且喜我家相公一举成名，金榜得中啊！

张　千　照您这么一说，咱们状元公这个状元啊，还是夫人给挣得来的啊！

王　中　此话怎讲?

张　千　状元公病了，要不是夫人侍候他，他连命全没了，可哪去中状元去呢?

王　中　小哥倒也说的是啊！你将这封书信，好好带着。

张　千　这封万金家书我得好好的带着。（放进银两包，背好）

王　中　张千哥，你进得门去，见着状元夫人，呈上了捷报、银两，你必须要拜她几拜呀！

张　千　是啊，这样的夫人，我一定要多拜她几拜！

王　中　是啊，要多拜几拜！

张　千　那么拜罢之后呢?

王　中　敫氏夫人，看罢书信，必然欢天喜地，即刻登程，小哥！

张　千　唉！

王　中　你一路之上，必须要多多的照应她。

张　千　当然啰！

王　中　小哥！〔四平调〕

---

① 勾栏院：本为宋元时杂剧、伎艺的演出场所，后泛指妓院。

② 虽然飞絮沾泥，她却不屑走马王孙：全句说敫桂英虽堕入风尘，身为妓女，但却不肯巴结贵族子弟，而是看中了王魁的人品。

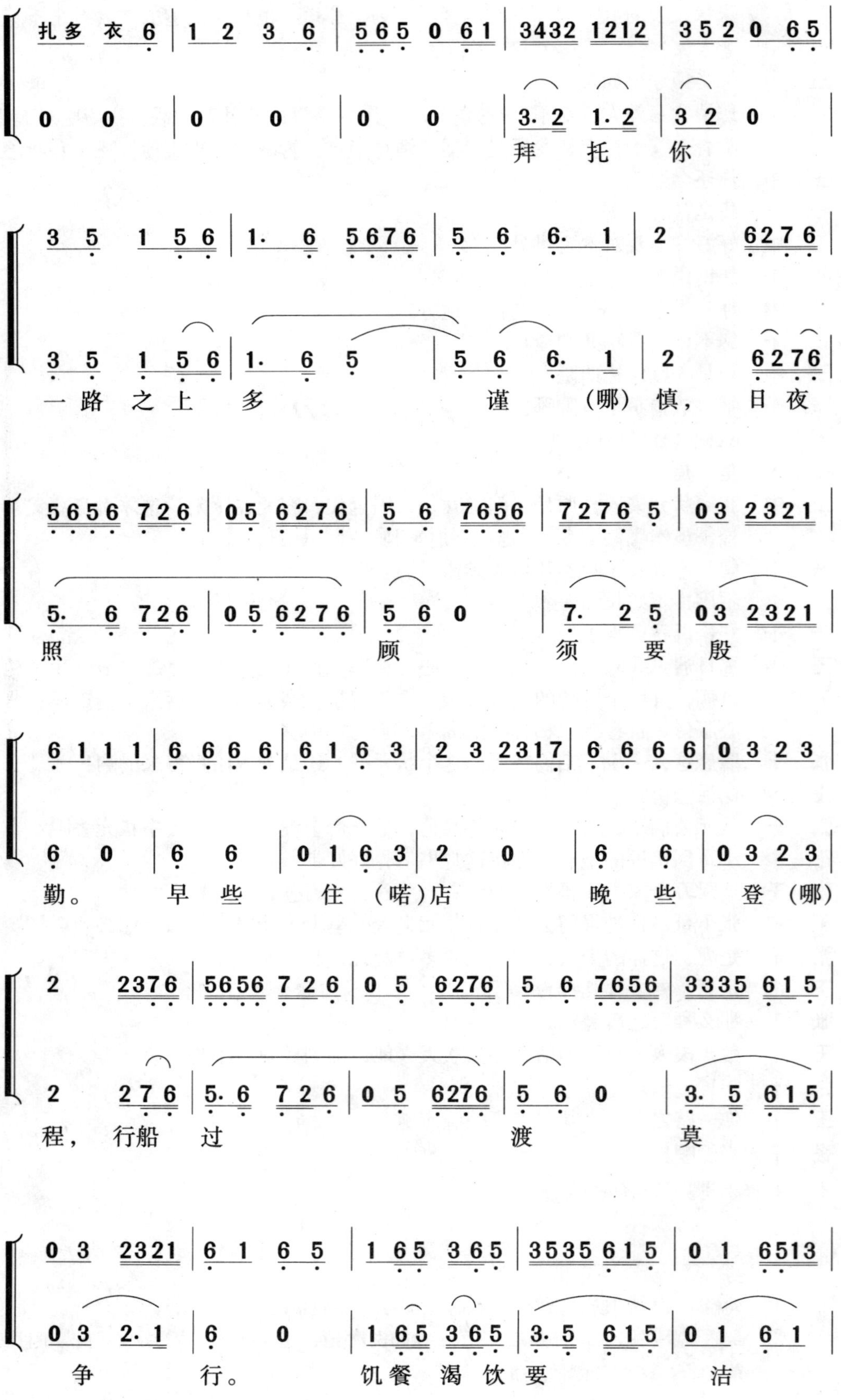
扎 多 衣
拜 托 你
一 路 之 上 多 谨 （哪）慎， 日 夜
照 顾 须 要 殷
勤。 早 些 住（喏）店 晚 些 登（哪）
程， 行船 过 渡 莫
争 行。 饥 餐 渴 饮 要 洁

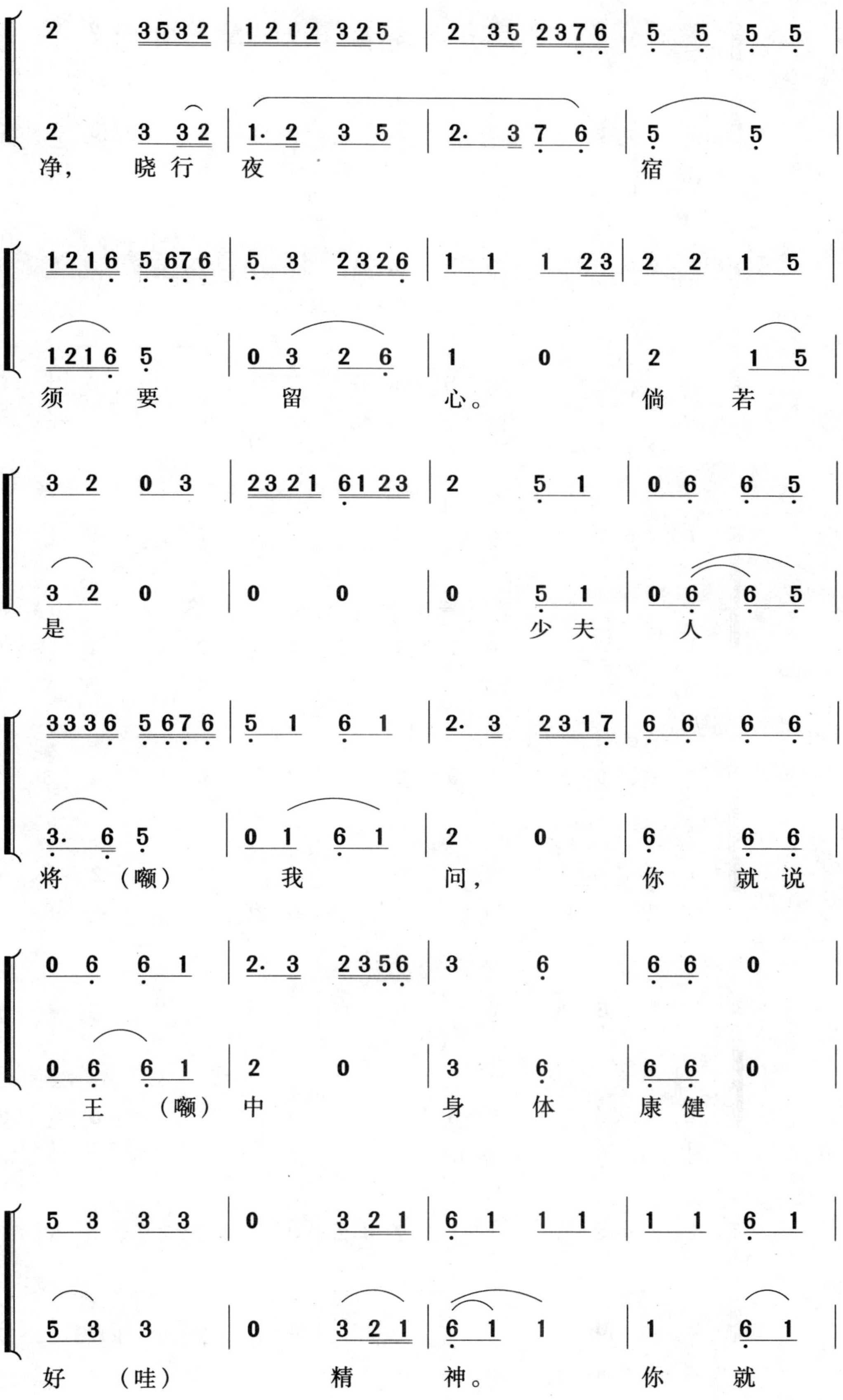
净，晓行夜宿
须要留心。倘若
是少夫人
将（嘛）我问，你就说
王（嘛）中身体康健
好（哇）精神。你就

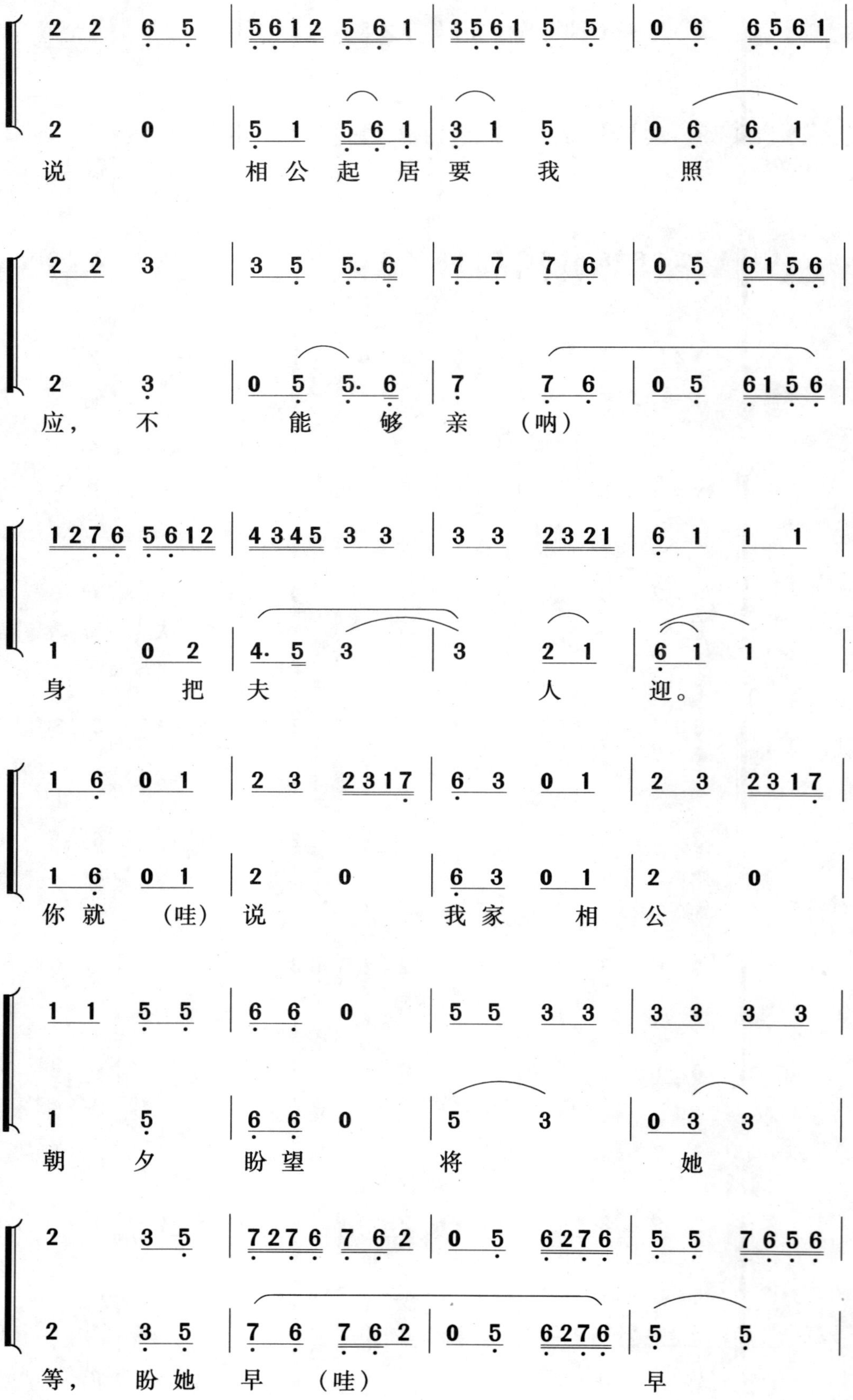
说 相公起居要我照
应，不能够亲（呐）
身把夫人迎。
你就（哇）说我家相公
朝夕盼望将她
等，盼她早（哇）早

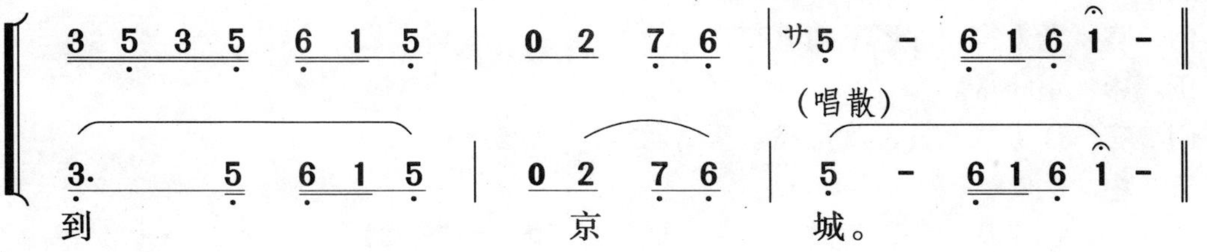

张　千　告辞了！

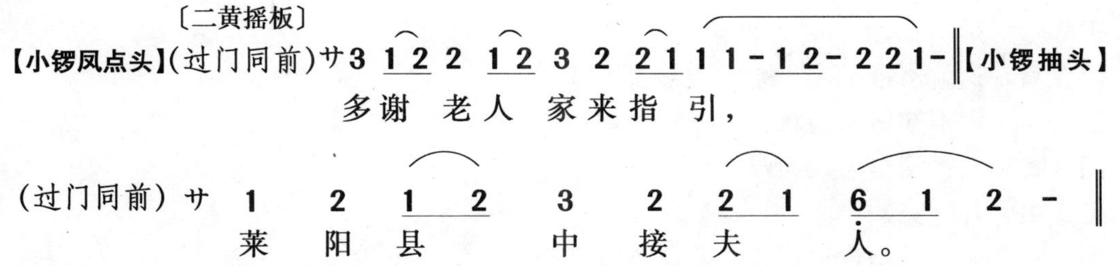

回来见，回来见！【小锣抽头】（下）

王　中

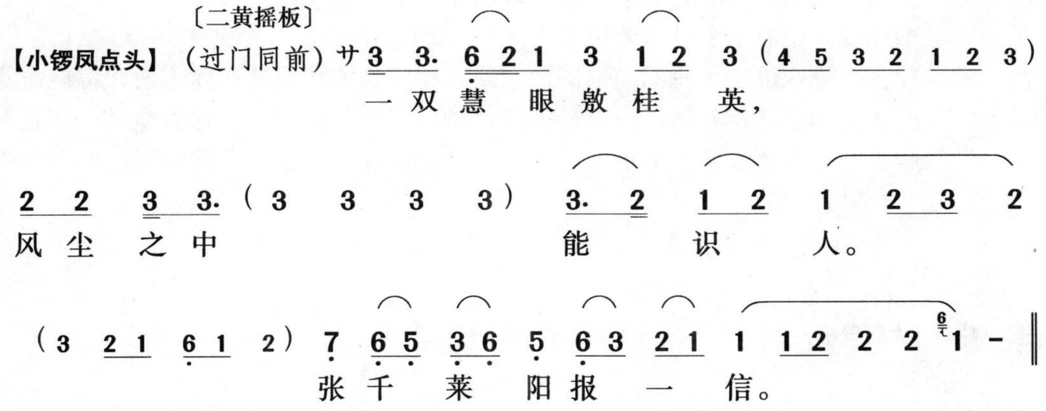

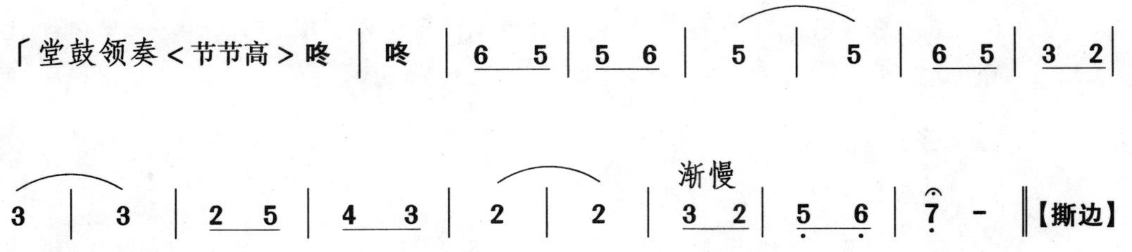

王　中　啊？

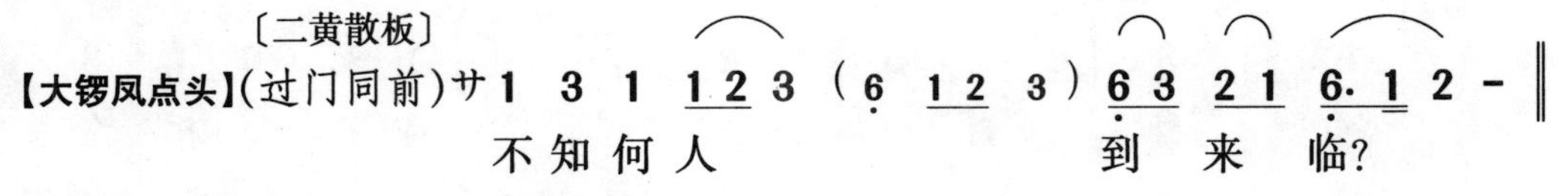

〖【大锣五击】小院子引门官执全帖上。

小院子　老人家，这是相府的门官，前来迎接新贵人。这是我家老管家王中。

门　官　奉了相爷之命，来此迎接新姑老爷。

王　中　啊……堂上无客，你家新姑老爷不在此处。
门　官　老人家，你还不知道？
王　中　不晓得。
门　官　你家状元公，就是我家新姑老爷！【小锣一击】
王　中　啊？
门　官　你家状元公，就是我家新姑老爷！【撕边大锣一击】
王　中　啊？你……你，你弄错了吧？
门　官　没有弄错啊？这里是不是王魁王状元的府上啊？
王　中　是。
门　官　这就不错了。【撕边大锣一击】
王　中　但不知何人为媒？
门　官　白行简白大人为媒。
王　中　几时完婚？
门　官　明日乃是黄道吉日，就在相府招赘。
王　中　啊？（嘟…… 仓 0）我家相公，有了妻室了！
门　官　对啊，状元公与小姐配为夫妇，自然是有了妻室了！（仓）
王　中　难道说，相府千金甘居妾位？
门　官　什么七位八位呀，我不懂你的话。我家相爷恐怕状元公在此不便，特地命我前来，迎接状元公进相府居住，吉日完婚。轿马都在门前等候，这有全帖一张，（仓）（把帖子交在王中右手，王中拿着简帖不动）烦你快去通报，我等就在外面侍候。（从“上场门”下）

〔【快冲头】王中看着手中的简帖，手剧烈颤动。

〔西皮导板〕

王　中　【大锣导板头】サ（3 56 6 6 6 65 5 5 i i i i 3 2 7 6 2 1 -）

5 5 3 5…6. 5 3 ……… 3 5 6 6 5. - - - 3 5 5 -
晴 天 霹 雳 一 声 震 （哪 啊），

【望家乡】

〔快板〕

1/4（7 | 6 | 5 | 5 5 | 3 6 | 5 i | 3 2 | 1 2 | 6 2 | 1）|

1 | 3 | 0 6 | 3 | 2 1 | 6 | 1 | 0 1 | 3 | 6 2 |
浑 身 颤 抖 两 眼 昏。 相 公 作

1 | 3 | 6 1 | 2 | 3 | 1 | 1 | 2 | 3 1 | 2 0 |
事 心 肠 狠， 他 竟 作 了 忘（嗬）恩

（顷 仓 0）| 4 ⁵3 2 1 1 6 3 3 2 2 － 1 － ‖【大锣叫头】
负 义 人 （哪）！

王　中　哎呀，且住！【大锣五锤】我家相公，方才做了几天状元，他竟贪图富贵，忘却了莱阳相救的敫桂英！（仓 0）哎呀，且慢！【大锣五锤】方才张千去往莱阳下书，这封书信，既然是迎接敫氏夫人，为何又另娶相府千金？既然另娶相府千金，就不该迎接敫桂英！（仓 0）哦呵是了！【大锣五锤】怪不得方才在书房之中，他言语支吾，神色不正，我自愿去往莱阳迎接，他偏偏要差那张千前往，难道这封书信之中，有什么变端？（仓 0）可怜我那敫氏夫人，见了这封书信，必然心如刀绞，肝肠寸断！（仓 0）我去问他！

〔西皮散板〕
【快扭丝】サ（7 6 － 6 5 － i 3. 1 2 － 7. 6 2 1 －）

3 2 1 3 2 1 1 3 2（7 6 1 2）3 3. 6 2 1 6 1
难 道 他 真 将 良 心 变，（仓） 一 旦 富 贵 忘

1 3 2 1 1（7 6 2 1）1 2 2 1 5 3 1 2（顷 仓 0）
了 饥 寒 （呐）。 （仓） 到 书 房 问（哪）一 个

2 5 3 3 3 3 2 2 － － 1 3 3 － － － ²3 ²3 － ³2 － － ‖
水 落 石 出 现，

〔（八 大 仓 0 嘟 － 仓）王中走反圆场，二道幕拉开，王魁上。二人相视，转场，王魁被逼至桌子左边（近“上场门”）椅上坐下。

王　魁　老人家，这是怎么样了？

王　中　说也可笑得很，方才相府门官前来，说是迎接他家新姑老爷，简帖一封，相公请看！

王　魁　待我看来！（接帖看帖）（嘟－仓）来人还讲说什么？

王　中　他言道：迎接他家新姑老爷，到相府居住，黄道吉日，就要完婚。

王　魁　原来如此。

王　中　相公！

王　魁　啊？

王　中　这新姑老爷，是哪一个啊？

王　魁　你说是哪一个啊？

王　中　不晓得。

王　魁　我不是对你讲过，有桩天大喜事，落在王魁头上。

王　中　哦，如此说来，这新姑老爷……

王　魁　（乐）嘻嘻嘻……（嘟－仓）就是我啊！

王 中 啊?(仓 0)就是你呀!

〔西皮散板〕

【大锣凤点头】(过门同前)サ3 2 1 1 3 1 3 3 2(仓 0)
你忘 了 敫 桂 英

夹白:雪地相救、(仓 0)亲奉汤药、(仓 0)钗环典尽、(仓 0)深夜伴读的

(嘟 - 八大 顷 仓)(3 -)3 1 3 - - - 35 21 6 1 - ‖【大锣住头】
恩情三 年。

呃,相公,你大大的失了主意了!

王 魁 你家相公,少年得第、金殿占魁、首相垂青、高门得攀,从今以后,享不尽的荣华富贵,怎说是失了主意了呢?

王 中 可记得莱阳城中,还有敫氏夫人,对她,你用何言答对?这相府千金,看你是怎样安排?

王 魁 我不是俱已安排好了么?

王 中 难道说相府千金,甘坐妾位吗?

王 魁 相府千金,怎居妾位?

王 中 是啊,张千已去莱阳,迎接敫氏夫人到此,看你是怎样发落啊!

王 魁 你说的是那敫桂英?

王 中 是啊。

王 魁 她不会来了!

王 中 啊?家书一封,纹银三百两,你怎说她不会来了?

王 魁 那不是什么家书,乃是一封休书!(嘟-仓)

王 中 怎么讲?

王 魁 一封休书!

王 中 【大锣叫头】相公啊!这一纸休书,纹银三百两,送到莱阳,那敫氏夫人看了,只怕你要逼出事来呀!

〔西皮流水〕

【反长锤】$\frac{1}{4}$(7 | 6 | 5 | 55 | 36 | 5i | 32 | 1) | 6 | 3 0 | 0 2 | 21 |
一 封 休 书

1 | 6 1 | 2 | 0 7 | 6 6 | 6 3 | 5 | 0 6 | 1 23 | 1(62 |
莱 阳 传, 铁 石 的 人 儿 也 心 酸。

1)6 | 6535 | 6 2 | 1 | 0 6 | 6161 | 2(161 | 2)3 | 0 3 | 6 2 |
柔 肠 百 折 寸 寸 断, 晴 天 霹

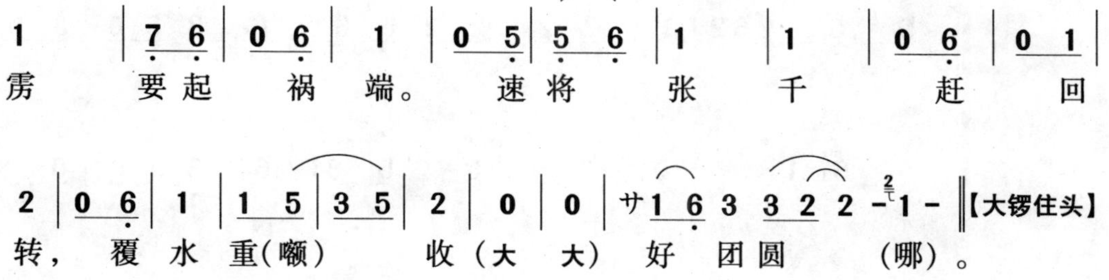

王　中　待我将张千赶回！（要走）

王　魁　站下！【大锣一击】张千去远，你赶不上了！

王　中　这个……（嘟仓）如此待我去见白大人！

王　魁　转来！【大锣一击】你去见白大人作甚？

王　中　来人言道，媒人乃是白行简。我见了白大人，就说我家状元公，已然有了夫人，请他转告韩相，免了这门亲事啊！

王　魁　白大人好意作阀，此事我已应允，焉能失信？

王　中　啊？失信？

王　魁　失信！

王　中　失信？嘿嘿，你既然不肯失信于韩相，又为什么要失信于那恩高义厚的敫桂英？（仓 0）

王　魁　你怎知我的难处哦！

王　中　唉，相公啊！【大锣垛头】

〔西皮二六〕

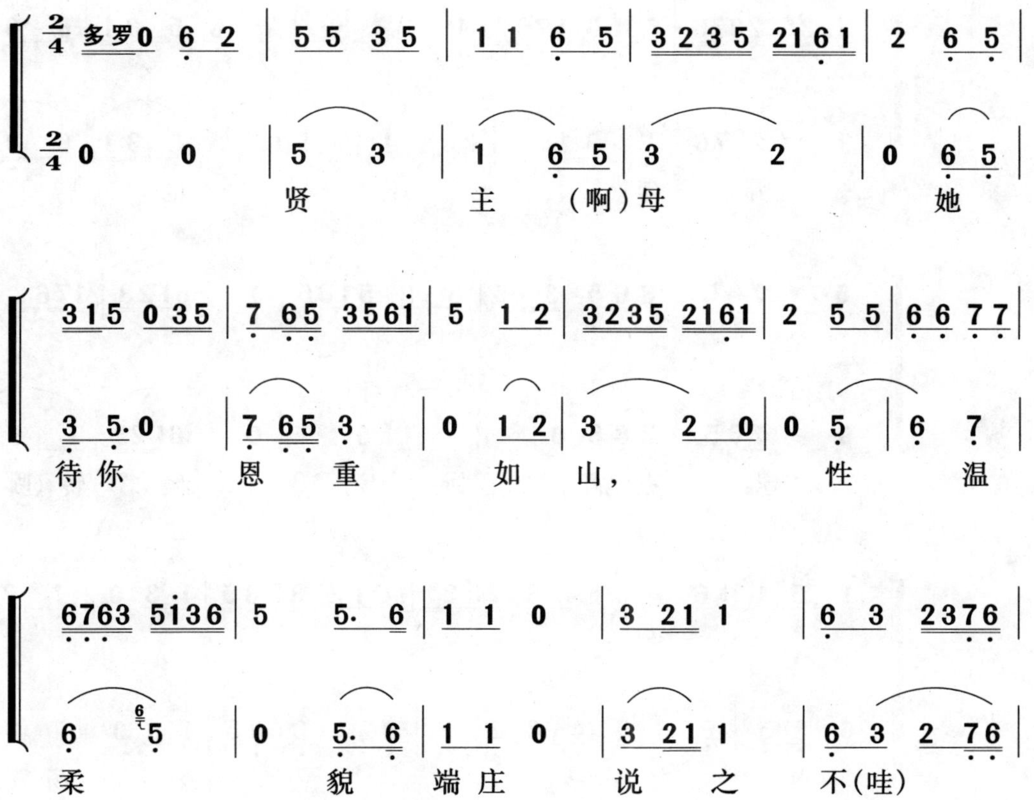

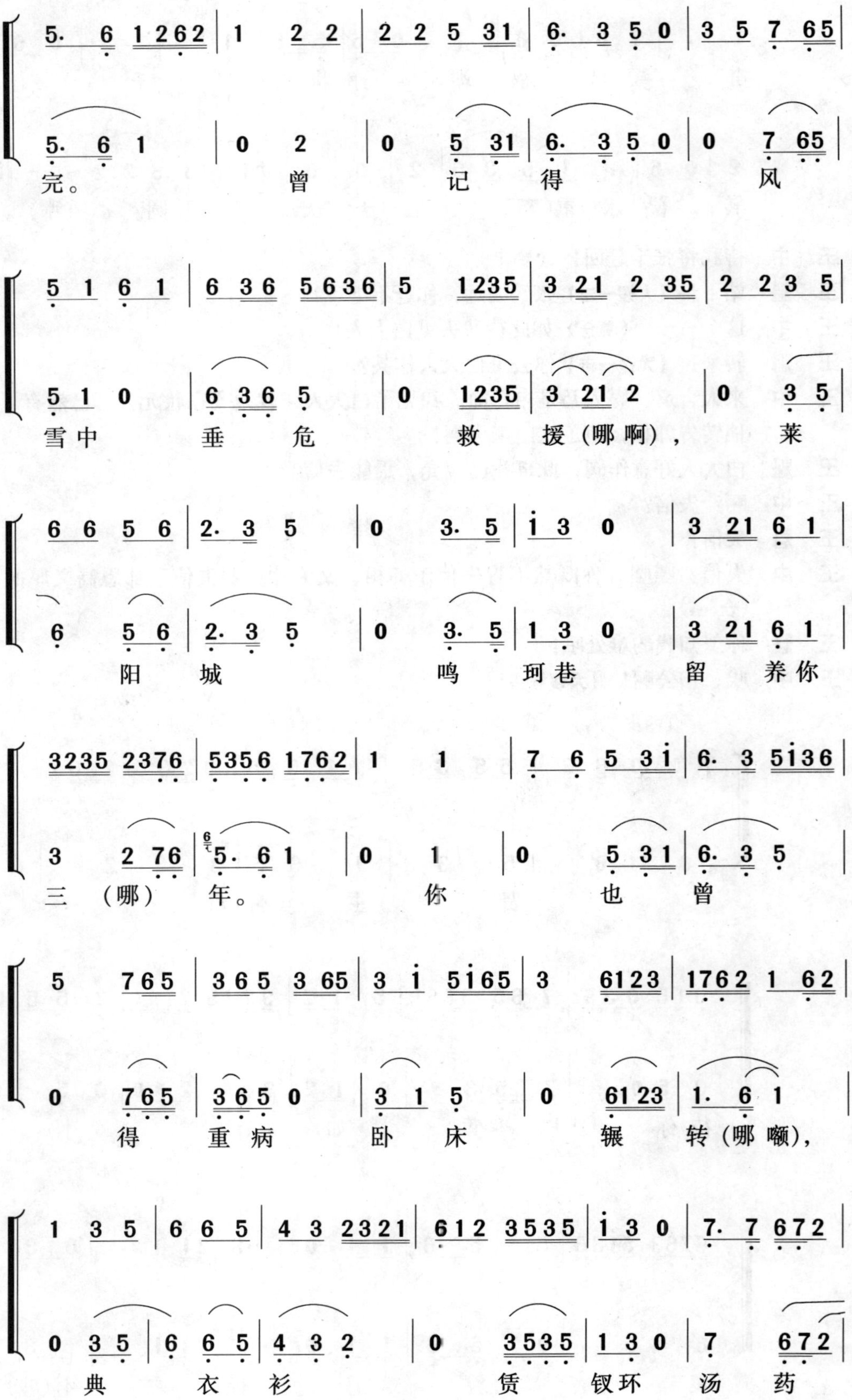
完。曾 记 得 风
雪中 垂 危 救 援（哪啊），莱
阳 城 鸣 珂巷 留 养你
三（哪） 年。 你 也 曾
得 重病 卧 床 辗 转（哪 嘛），
典 衣衫 赁 钗环 汤 药

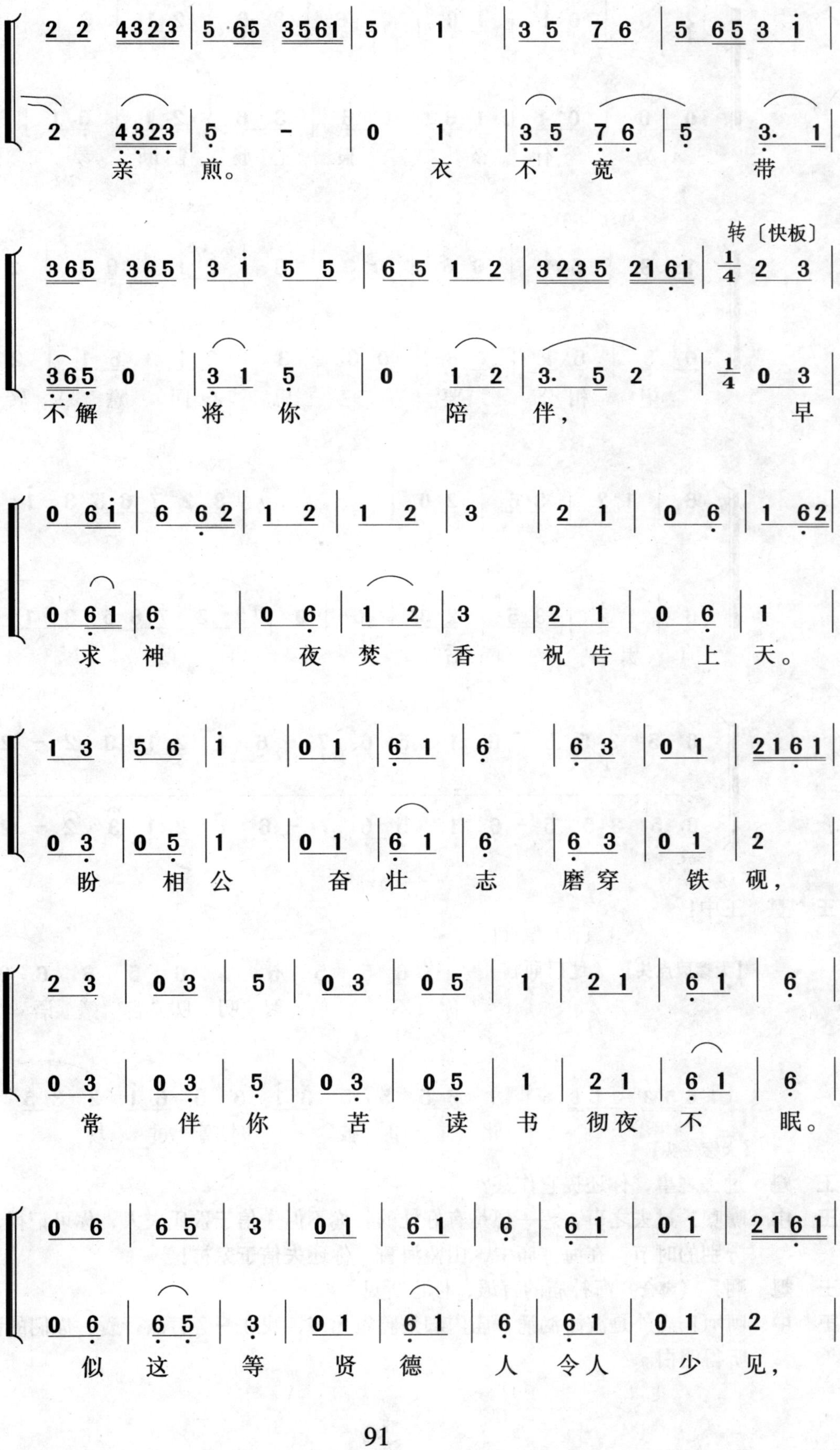
亲煎。衣不宽带
转〔快板〕
不解将你陪伴，早
求神夜焚香祝告上天。
盼相公奋壮志磨穿铁砚，
常伴你苦读书彻夜不眠。
似这等贤德人令人少见，

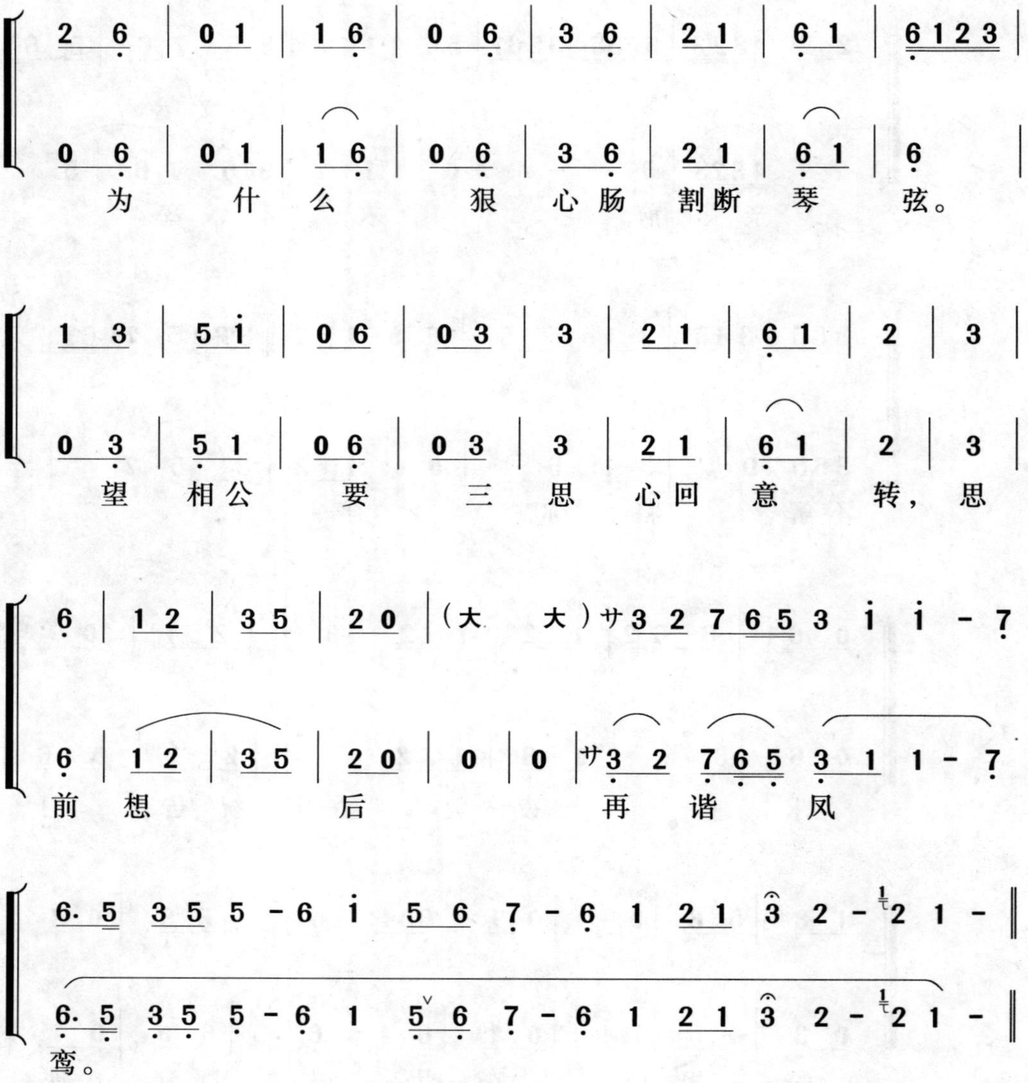

王　魁　王中！

〔西皮散板〕

【大锣凤点头】（过门同前）

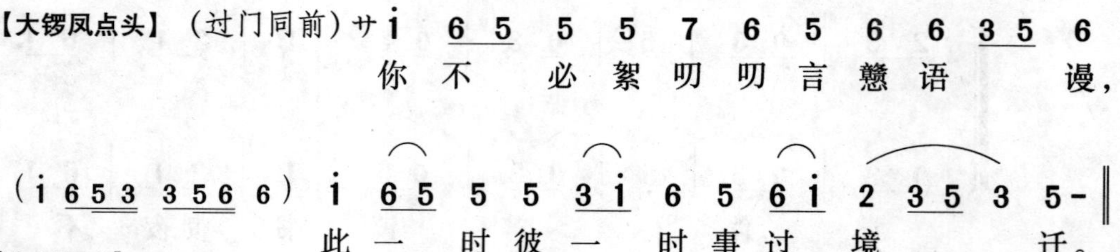

【大锣住头】

王　魁　过去之事，你还提它作甚？

王　中　嘿嘿！过去之事，想一想是有好处的。你不但失信于敫氏夫人，你可记得，在南浦分别的时节，在海神庙中，山盟海誓，你还失信于鬼神！

王　魁　啊！（嘟仓）海神庙的言语，你也听见了？

王　中　呵呵！庙外是波涛汹涌，庙内却是鸦雀无声，我在一旁打点行囊，你们的话，我都听得明白。

王　魁　那就不要讲了！

王　中　嘿嘿！你那忘恩之事，怎得不讲啊！

〔西皮散板〕

【快纽丝】(过门同前) サ3 2 1 1 65 3 62 1 35 123 3

你记得在海　神庙　前把　誓盟，

(2 12 3) 3 2 1 3 3 616 3 26 1 (7621)

(仓)　你言道生生世　世不离　分。(仓)

夹白:“她说……”

王　魁　她说什么？

王　中　1 65 5 36 3 61 2 (仓) 3 62 1 61 6

她说　道青楼难久　困，　你鹏　程得　路

7 76 56 1 (7 6 2 1)

莫要　负　心。　(仓)

白：“你说……”

王　魁　我说什么？

王　中　3 21 25 3 21 1 1 3 2 (7612)

你说道为　人岂　能忘根本，(仓)

5 3 12 3 21 6 1 (7 6 2 1) 65 3

刻骨铭　心感　桂英。　(仓) 王　魁

62 1 3 2 2 (76 12) 3 3 3 62 1

若　是失了信，(仓)　剥却了人　皮(仓)

11 1 - 6 3 32 11 - ‖

入鬼　　　　门　(哪)。

王　魁　你不要讲了。

王　中【大锣凤点头】(过门同前) サ5 35 61 6 1 61 2

过往的神　灵可作　证，

慢

(76 12) 3 1 13 2 76 56 10【大锣住头】

(仓) 我在庙　外听了一个真。

王　魁　堂堂状元夫人，岂是青楼女子消受得起！此事并非王魁负义，实乃桂英命薄！

王　中　住了！

【大锣凤点头】（过门同前）サ 6 2 1　3 6　5 3·　6 1　2（7 6 1
既　是　青　楼　薄　命　（呐）女，

2）6 1·　3 2　7 6　5 6　1　‖【大锣住头】
（仓）不　该　当　初　配　为　婚。

王　魁　我乃逢场作戏，又非明媒正娶。相府婚事，已成定局，你就不用多讲了！

王　中　住口！

〔西皮散板〕

【大锣凤点头】（过门同前）サ 3 3 6 1 6 1 2（7 6 1 2）0 2 5 5 6 2
千言万语劝不醒，（仓）你一旦富

1 0 2 1 3 2 1 1（7 6 2 1）3 3 6 1 6 1 6
贵　失掉了魂（呐）。（仓）高官厚　禄把良

3 2 3 3 1 3 2 1 1 6 5 3 2 1 – ‖
心　昧，千　秋　万（呐）世　你　留　骂　名（哪）！

王　魁　住口！

〔西皮散板〕

【大锣凤点头】（过门同前）サ i 6 5 5 7 6 5 7 6（5 3 5 6）
不　看　你　孤　苦　又　伶　仃，（仓）

3 5 5 6 3 5 6 5 5 3 5 3 5 – ‖【大锣住头】
定　要　将　你　赶　出　府　门。

王　魁　老奴才！（嘟仓）不看你孤苦伶仃，定要将你赶出府去！

王　中　（嘟－仓）【双叫头】王魁啊！王魁！【大锣五击】只为当初太老爷太夫人待我不薄，又因你穷途潦倒，无人照看，这才患难相扶，直到如今。我为你也不知吃了多少苦，苦来苦去，才苦出你这么一个状元来。你可记得，三年前你落第出京的时节，你在中途路上，身染重病。那时节，天降大雪，你倒卧在道旁，看看就要穷困至死，哪知道绝处逢生，来了一个……就是你说的那个青楼妓女。好一个仁慈的敫桂英，她看你这样的穷困，将你救在院中，亲奉汤药，寻医疗治，百般维护，那时节你才起死回生。她看你的人品清秀、文质彬彬，不顾鸨儿责骂，姐妹们讪笑，与你结为夫妇。深夜伴读、彻夜不眠，实指望你，出人头地，她好扬眉吐气。谁知道你一旦得志，却忘恩负义，还要口口声声：妓女，奴才！嘿嘿，你要想一想，在风雪之中，要无有那个妓女，我这个奴才，你早就穷途潦倒，身葬沟壑，死于非命，你还能够中状元吗？（仓 0）

王　魁　老奴才，狗奴才！

王　中　嘿嘿，你还要骂我奴才，我和你患难相从，扶你成人，要没有我这个奴才，早就把你饿死了！（仓 0）你虽然戴乌纱、插宫花、穿锦袍、衣冠楚楚，但是你作了高官，却忘了根本，你的心，却是个奴才！（仓 0）我把你这名教中的败类，衣冠禽兽，哪个要你来怜悯哪！

〔西皮散板〕

【快纽丝】（过门同前）サ3 3 6 1 6 3 3 6 1 2（7 6 1 2）
苍松翠 柏不畏 冷，（仓）

5 5 3 1 3 5 6 1 3 3 2 3 2 1 6
我傲 骨嶙 峋比你强 十

1（7 6 2 1）3 3 6 1 2 2 2.‖（在【大锣凤点头】中脱罗帽，甩胡子解衣，脱褶子）
分。（仓）急忙解下丝鸾带，
（边唱边解大带放在地上）

サ1 1 6 1 3 2 3 3 2 6 1（7 6 2 1）2 3
这奴才的衣服脱下 身。（仓）我虽

3 1 2（八大顷仓）2 1 2 3 - 3 5 2 -‖【大锣一击】
然年迈 有血 性，

夹白："相府的轿马，在府外等候，你把这奴才的衣服穿戴起来，到相府去做奴才吧！"

（八大大仓）【大锣凤点头】3 2 1 1 3 3 6 2 1 6 3 3 2 6 1.（7 6 2 1）
不似 你卑鄙无 耻下 贱 的心。（仓）

4 4 3 3 2 5 3. 1 2（八大顷仓）2 1 2 3 - - 3 2 -‖
哪 一个要 你 来怜 悯——

王　魁　大胆！（仓）放肆！（仓）出去！（仓）与我滚了出去！（啷仓）（狼狈地从"上场门"退下）

王　中　哈哈哈！（转身出门）

【快纽丝】（王中走向中间台口）

サ（6 5 i 3 2. 7 6 2 1 -）6 1 3 2 2 1 6 1 6 1 0‖
沿门托钵我要度 几春。

【大锣住头】（抖袖）

王　中　正（呐）是，【大锣归位】

（念）可恨王魁不知羞，

忘恩负义把富贵求。【小锣二击】

卑鄙无耻难挽救，

【大锣叫头】王魁呀！小奴才！我且看你的下场头！

（【叫头】时先右转身向里，念："我且看你的下场头"时转向外）

八 大 | 仓 0 | 八 大 | 仓 0 | 八 大 仓 0 | 八 大 仓 0 |

（左转身切锣左右抓袖，切锣甩胡子，跨步下场）

仓 0 | 仓 0 | 仓 0 | 仓 0 | 仓 0 | 转【冲头】

——剧　终

卫 明 整理

文天祥·就义

周信芳演出本

周信芳一生演过六百多出戏。《文天祥》虽然演出的场数不多，但在周信芳的创作演出剧目中，却占有特殊的地位。

20世纪30年代，抗日战争爆发，周信芳当选为上海戏剧界救亡协会歌剧部主任。上海将要沦陷时，田汉遵照中共地下党组织决定，撤离上海。他在临行前的夜晚，在卡尔登戏院（解放后改为长江剧场，现已拆除改作他用）召集文艺界知名人士开会。他在会上说："我们无论是走的，还是留下的，都要坚持抗战，不做亡国奴。我虽然走了，还是要回来的，我们还是要见面的。"

接着，欧阳予倩团结一批爱国艺人，组织中华剧社，演出了新戏《渔夫恨》、《梁红玉》、《桃花扇》等。周信芳也牢记田汉的话，重组了"移风社"，在卡尔登演出富有爱国思想、配合宣传抗日的《洪承畴》、《明末遗恨》、《徽钦二帝》等剧。后来这些戏遭到敌伪禁演，他就用特殊的方式进行宣传，在卡尔登的舞台两侧挂出了大幅海报，作为新戏预告，一边是《史可法》，一边就是《文天祥》。

我曾经在周信芳的书籍相册中，看到有一本十行纸装订的簿子，封面写着《文天祥》。我以为是他写作此剧的手稿，翻开一看，首页只有两三行字，用毛笔写的，大意是：有意将文天祥的事迹搬上舞台，只是眼前无法演出，只得搁笔。似是他的手迹。下面全是空白。

1945年，抗战胜利以后，田汉回到上海，在黄金大戏院（解放后改为大众剧场，现也已拆除另建）与周信芳重逢，倍感欣喜，当即提笔赋诗："烽烟九载未相忘，重遇龟年喜欲狂！烈帝杀宫尝慷慨，徽宗去国倍苍凉。留须谢客称梅大，洗黛归农美玉霜。更有江南伶杰在，歌台深处筑心防。"对梅兰芳、程砚秋和周信芳的爱国行动做了高度评价。

上海解放之初，1950年，周信芳就在天蟾舞台演出了《文天祥》，当时与他合演的有黄桂秋。

这以后，周信芳担任华东戏曲研究院院长，他在大众剧场再度演出《文天祥》。与他合作演出的是华东戏曲研究院所属华东实验京剧团。

1961年，中央文化部在北京举行"周信芳舞台生活六十年"纪念活动，田汉再为周信芳赋诗："六十年来磨一剑，精光真使金石开。浑忘眼弱和头白，唱遍山陬与海隈。万死不辞尊信国，千人所指骂王魁。乾坤依旧争邪正，珍重先生起怒雷。"其中"万死不辞尊信国"一句，就是表彰周信芳的《文天祥》（历史上文天祥曾被封为"信国公"）。

周信芳的《文天祥》原剧很长，当时演出时间长，一般在三小时以上。戏里写了文天祥与投降派、贪官污吏贾似道斗争，被罢职回乡，起义兵，入朝任右丞相，出使与敌人谈判被拘，在百姓的帮助之下逃脱，再度起兵抵抗侵略，在五坡岭兵败被擒，然后是拒敌劝降，从容就义。全剧有文有武，唱念做打十分吃重。在处理上饶有新意。就以"五坡岭"一场来说，唱昆曲曲牌，唱、念、武打并重，而且扎大靠，靠旗是方形的。念到"空坑一战"，一个特殊的“鹞子翻身”，又冲又新奇，又正好点出人物的激忿心情，台下（包括许多专家、内行）为之轰动。

“就义”一场，开始的时候，文天祥已被俘囚禁燕京三年，心情逐渐平静下来，但对国家抗击侵略的形势的关切，反倒越来越急切。对于他自己，不过是但求一死，因此更加无所畏惧。

当伯颜、忽必烈来劝降、也是做最后的利诱和暗中的威逼时，周信芳演来，以平淡处之。一些有分量的话，说起来念起来看似平淡，实则更有力量，其精神、气质，不知要高出敌人多少，因此更显得敌人的狼狈和束手无策，甚至下不了台，只能使出最后的杀手。

对于夫人，文天祥几年不见，此时忽然相见，他有预感：是最后一面了。周信芳演来，既是满怀深情，又加以克制，怕她过于悲伤。先是急于向她打听朝廷抵抗侵略的形势，等到听到大势已去，他已了然于心，在夫人面前，他很坦然，不在儿女情上纠缠，也不是毫不动情，实则感情更深，这分寸掌握得恰到好处，令观众不能不为之动容。周信芳少用的〔反二黄〕唱腔，两次翻高，打破了麒派一般的唱法，更显得慷慨激越。

最后，在火把的光焰下，在号角呜咽声中，元将吆喝着：“请文丞相归天！”夫人要自刎，文天祥拦住她，周信芳轻声而又满怀深情，千言万语化为一句，断断续续念出了：“夫人，你……你……你让下官先走……一步吧！”说完转身，缓步向高台走去。听到夫人昏倒的声音，他已走到高台顶部，慢慢回过身来，昂然念出了：“人生自古谁无死，留取丹心照汗青！”真个是从容就义，浩然正气，光照日月。整个舞台处理，悲壮激烈。这也是周信芳自己独到的创意。难怪每次演到这里，台下就会沸腾起来。戏完了，观众还沉浸在戏的氛围里不能自已。

这就是麒派表演艺术的魅力所在。

此剧的作者、导演，都是周信芳。在综合艺术的创造上，更达到很高的境界。

整理是以1955年6月3日的实况录音为依据。在扮相、服装等方面，曾向周信芳之子周少麟（他得到其父亲授，并演过此剧）和演过忽必烈的名净王玉田，以及参加此剧音配像导演工作的张信忠请教，特此致谢。

卫 明

人物行当

文天祥	老生	忽必烈	净
欧阳氏	青衣	元　将	杂
张　千	丑	元　兵	杂
伯　颜	净		

服装扮相

文天祥　素面，只画眉不用油彩。改良豆包（上面有结，两边有黑飘带）、髯三，外穿学士衣（圆领、银灰色布料或缎背绉、不绣花、领口袖口及袍边镶黑色宽边，宝蓝色滚边），绦子，黑彩裤，老头鞋。

欧阳氏　俊扮。线尾子、头面，浅蓝褶子，白裙子，青彩裤，彩鞋。

张　千　勾丑角腰子型粉脸。圆顶毡帽，青布箭衣，黑彩裤，薄底。

伯　颜　改良鞑帽、花翎、狐狸尾、铜环，红龙箭衣、苫肩，红彩裤，厚底。

忽必烈　改良鞑帽、花翎、狐狸尾、铜环，黄龙箭衣、苫肩，红彩裤，厚底。

元　将　揉脸。黑蓬头、改良盔，改良大铠服，红彩裤，厚底。

元　兵　改良兵卒服。

道具

桌子	一张	木凳	一个
铁链	一副	食具	一份
小刀	一把	火把	若干（视元兵人数而定）
高台	一个		

〔燕京元兵马司监狱，阴暗无光。近“上场门”处有桌凳。

【冲头、导板头】

〔文天祥内唱。

〔二黄导板〕

（サ 6 5 5 5 … 3 2 … 6 1 2 3 …… 216 6 … 3 6 5 ……）

2 2 3 2 （5 6 1 2） 5 32 123 3 …… 1 2 1

那 元 兵　　四 十 万

6 1 1· 2 3 … 2· 1 6 0 1 6 3 2 2 …… 1 2 1 2 ……

直 下 闽　　广，

〔【纽丝】文天祥戴着铁链上。

〔二黄散板〕

文天祥　サ（6 5 3 2 2 3 3 2· 1 6 6 5 -）

4 33 22 3 （6 1 2 3） 3 21 2 2

遭 不幸 五坡 岭　　兵 败 潮 阳。

（5 6 1 2） 63 22 1 21 16 63 21 2 1

（仓） 再（呀）不 能 与 宋 室 把 贼 来 抗，

（6 7 6 1） 6· 2 1 1 2 2 3 （3 …） 3 2 1 1 2 - ‖

（仓） 再 不 能 与 国 家 争 取 国 疆。

〔奏京胡曲牌<二黄小开门>。

〔牌子声中，文天祥到“土炕”坐下。狱卒张千捧饭食上，曲牌止。

张　千　文丞相，请用点儿茶饭吧！

文天祥　我吞吃不下，拿了去吧！

张　千　我说丞相，您到这儿来，可有三年多啦，这儿给您准备的茶饭，您从来没有吃过一次，就等那些老百姓给您送点儿棒子面、窝头什么的，有一顿没一顿胡乱充饥。我说文丞相，您在这儿受苦就不必说了，饿也要把您饿坏了！您瞧今儿个他们又没东西送来，您就马马虎虎吃点儿吧！

文天祥　是啊，我要吃百姓的饭，不吃元家的饭。

张　千　您说什么？不吃元家的饭，吃老百姓的饭？此地的老百姓可也是元朝人哪。

文天祥　我问你，此地本来是谁的疆土？

张　千　这个……

文天祥　呃？……

张　千　原本是大宋朝的疆土，后来被金邦抢去，又归了元朝了。

文天祥　是啊，此处的百姓，是大宋的百姓，所以我要吃他们的饭哪。

张　千　真的，燕京的老百姓，一天也没忘了大宋朝啊！

文天祥　大宋终有恢复之日。

张　千　我说文丞相，您以为大宋朝还有中兴的一天吗？

文天祥　只要人心不死啊。

张　千　只怕大宋朝……

文天祥　（生疑）啊？怎么样？

张　千　（自知失言，连忙掩饰）呃……我……

〔元兵上。

元　兵　伯颜大元帅前来拜访文丞相！

〔**【回头】**伯颜上。

〔转**【冲头】**伯颜进内。元兵下。

伯　颜　（走向文天祥）文丞相请了！

文天祥　（凛然相对）请了。

伯　颜　（故意做作）嗯！（**嘟－仓**）你们这般奴才！怎么文丞相还带着刑具呀？

张　千　小人没有奉命，不敢擅专哪！

伯　颜　胡说！快快解下！

张　千　是是是！

文天祥　我戴惯了，去不去没有什么妨碍呀。

〔**【大锣五击】**张千给文天祥除下铁链后下。

伯　颜　一向国事繁忙，未曾前来问候，丞相到此，又不曾好好款待。

文天祥　嘿嘿，我是个俘虏，用不着款待呀。

伯　颜　这所在这样肮脏，这样腐臭，湿蒸气味，真是苦了丞相了。

文天祥　不苦，不苦，但是五六月间，这里面雨潦四集，几床浮动，水退了，炎蒸的土气，死老鼠的腐气，嘿嘿，那时节么，我做了一首歌，名曰《正气歌》。这正气，就是天地间浩然正气，哦嗬，有了正气，什么都不觉得苦了。

伯　颜　这三年来，丞相所受的苦，真不是平常人所能忍受啊！

文天祥　身为大臣，不能挽救国家，吃一点苦，也是当然的呀。

伯　颜　我有一言，不知当讲不当讲？

文天祥　请讲。

伯　颜　丞相从起兵勤王以来，受尽了千辛万苦，一个皇帝去掉，再立一个；一个死掉，又立一个；怎奈宋室气数已尽，丞相一番心血，完全是白费的了。

文天祥　我只知道维护国家，不晓得什么叫做白费心思。我只知道鞠躬尽瘁，死而后已，功名利禄，非所逆度啊。

伯　颜　丞相被囚三年，久而不屈，忠义之声充满天地，像你这样，也算是对得起你的国家了。

文天祥　嘿嘿，不能挽救国家，身为大臣，死有余辜，说什么对得起国家？

伯　颜　丞相，你已然尽了你的人事，上不愧于天地，下不愧于良心，你就不要再想念它了。

文天祥 此心不死，怎的不想啊！

伯　颜 我们大元朝顺天应命，入主中原，不久就要兴办塾校，重开科举。丞相你乃是宋朝的状元宰相，道德文章，天下皆知。我们元朝的宰相，除了你还有何人？

文天祥 我只知道兵败被擒，有死而已。

伯　颜 大宋朝已属元邦，丞相要死，更有何人理会呀？

文天祥 啊？难道说，为国一死，还是什么沽名钓誉吗？

伯　颜 话虽如此，但是，顺天应命者为君子，识时务者为俊杰。丞相你要想一想，天堂地狱，就在这一念之间！

文天祥 是啊，你要晓得，人兽关头，也在这一念之间！（**仓 0**）

伯　颜 丞相是无有商量余地了？

文天祥 只知一死，别无他言。

伯　颜 好，我回复元主，再作定夺。

文天祥 望乞元帅回复你主，就说文天祥但求一死。

〔**【冲头】**伯颜下。张千上。

文天祥 大宋怎么样啊？

张　千 慢着，慢着！外边有一个妇人，我偷偷的让她进来啦！

文天祥 （快）哪一个？

张　千 （向内招手）她来啦！

〔**【冲头】**欧阳氏上。张千下。

〔欧阳氏与文天祥见面。**【冲头】**收住**【撕边大锣一击】**

文天祥 啊?!

欧阳氏 老爷！

〔二黄散板〕

【快纽丝】（サ 6 5 3 2 2 3 3 21 6 6 5 5 …）

1 5 6 6 61 2 1 （6 7 6 1）
只 说 夫 妻 难 相 见，（仓）

文天祥 3 2 33 63 21 1 2 （5 6 1 2）3 2
谁 知 夫人 还 在 人 间。（仓） 我 问

1 6 1 3 3 3 21 2 1 （6 7 6 1）
你 大 宋 江 山 可 有 挽 转？（仓）

欧阳氏 76 56 7 7 65 35 76 ⁵6 5 …（3
元 兵 十 万 攻 崖 山，

2 1 6 6 5 ） i i 3. 6 5 6 3 5 6 i 7 6
（仓） 狂 风 大 雨 天 地 变，白

5 6 7 6 7 2 6 6 5 3 5 6 i 5 （ 3 2 1
浪 滔 天 压 战 船。

6 6 5 ） i 5 6 6 2 2 i ……
（仓） 全 军 覆 没 多 悲 惨，

文天祥 那陆秀夫呢？（仓）

欧阳氏 2 7 6 5 6 7 7 2 6 5 5 2 7 6 5 6
他 背 负 幼 主（就） 投 深 渊。

6 … i 5 6 5 …… （ 3 2 1 6 6 5 … ）

文天祥 还有那张士杰？（仓）

欧阳氏 3 5 6 6 6 5 6 i （ 1 … ） 7 6
万 顷 波 涛 将 船 淹，（仓） 一

5 6 7 7 6 6 5 5 6 6 i 5 - ‖
点 忠 心 付 狂 澜。

〔二黄散板〕

文天祥 【大锣凤点头】（过门同前）サ 4 3 3 3. 4 3 3 （ 2 1 2
忽 听 国家 遭 惨 变，（仓）

3 ） 3 3 6 1 6 6 2 1 2 2 - ‖【大锣住头】
不 由 一 阵 泪 湿 青 衫。

文天祥 （向夫人）一向你在哪里？

欧阳氏 自从空坑兵败，可怜全家被俘。佛生孩儿不知生死，定娘女儿骂贼不屈而亡……

文天祥 啊？！

欧阳氏 柳娘、环娘在东宫为婢，命妾身侍奉爱牙失里公主。妾身含羞忍辱，冀图见老爷一面……（哭）

文天祥 啊，夫人！（仓）你为什么不早来见我？

欧阳氏 一向防卫甚严，不准外出。今日那公主才容许妾身前来相见一面。

文天祥 啊？相见一面？（略思）（嘟-仓）不过是一面了。

欧阳氏　哦，我倒想起一事来了。

文天祥　何事啊？

欧阳氏　中途遇见余元庆，有书信在此……

文天祥　哦？

欧阳氏　老爷请看！（把信取出）

文天祥　（接信）好，待我观看。

〔【大锣五击】文天祥拆书观看。

文天祥　好！（仓）还有这许多的好百姓，我死也瞑目了。

欧阳氏　老爷！

文天祥　啊？

欧阳氏　信中怎样言讲？

文天祥　信中言讲：初十，先烧城上苇子，杀到此处，接我出去，共图大事。

欧阳氏　这就好了，今日初九，明天他们就来了！（喜）你有出狱之望了！

文天祥　来不及了！

欧阳氏　却是为何？

文天祥　唉！我想义民起义，元人岂有不知，就算他们能杀到此处，恐怕元人也不能留我等到明天。

欧阳氏　老爷此言何意？

文天祥　夫人哪！

〔二黄散板〕

【大锣凤点头】（过门同前）サ 4. 3 3 3 4. 5 3 3
伯 颜 再 三 将 我 劝，

（3 … ） 4 3 1 2 3 3 6 3 1 2 （5
（仓） 怎 奈 我 的 心 比 铁 石 坚。

6 1 2 ） 3 5 5 6 6 1 5 6 1
（仓） 元 人 岂 能 留 后 患？

（6 1 ） 6 2 1 1 6 1 6 6 3 2 1 1 2 - ‖
（仓） 怕 的 是 我 命 难（哪） 到 明 天。

〔【冲头】张千急上。

张　千　快藏起来，万岁爷来啦！

〔【冲头】张千引欧阳氏躲在暗处。文天祥再端然坐下。张千到“上场门”跪接。

〔【回头】四元兵、伯颜引忽必烈上，进狱。张千下。

伯　颜　啊，文丞相，我邦圣君前来拜望于你。

文天祥　（起身略整衣襟）大宋朝信国公右丞相文天祥拜见元主。（一躬）

忽必烈 文丞相请坐。

文天祥 有座。

「【大锣五击】二人坐下，伯颜立于忽必烈侧。

忽必烈 久闻丞相忠义无双，今日得见，真乃三生有幸。

文天祥 元主至此，出乎意料。

忽必烈 唉，三年以来，委屈了丞相了。

文天祥 岂敢。

忽必烈 适才伯颜元帅，回宫复奏，言道你还是不听苦劝。为此孤亲自前来，向丞相请教。

文天祥 有话请讲。

忽必烈 伯颜！

伯　颜 在。

忽必烈 你对他实说了吧！

伯　颜 是。啊，文丞相！我朝大将张宏范兵发崖山，大获全胜，你们的小皇帝君臣殉难，大宋朝早已亡了，恐怕丞相你要难过，故而未敢明言。

文天祥 这些事，我都知道了。

伯　颜 你是怎样知道的？

文天祥 不要多问！

忽必烈 文丞相，宋朝已亡，你还有何言可讲？

文天祥 哼，“楚虽三户，亡秦必楚”。想当初前去议和，伯颜元帅不讲信义，将我留在元营。是我朝中还有恢复之机，故而我走了。

忽必烈 你弃德祐皇帝于不顾，另立二帝，这也算是忠吗？

文天祥 民为贵，社稷次之。怎么说不忠？

忽必烈 你立二帝，立了些什么功劳？

文天祥 我只知道为了国家着想，不晓得什么叫功劳。

忽必烈 明知道做不成，你偏偏要做！

文天祥 在天地间留正气呀！

伯　颜 文丞相，你不要太固执了。你对于宋朝的忠心，分一点于我们元邦，我邦圣君即刻封你为大丞相之职！

文天祥 哼，这些废话，讲它则甚！

忽必烈 呃，不做丞相，做枢密也好！

文天祥 唉！（起立）我朝奸佞误国，以致国势衰微，你们依仗兵力侵我疆土，杀我百姓。是我文天祥要恢复国家，谁知奸佞在朝，不容立功，以致兵败被擒，有死而已，别无他言！（仓 0）

「忽必烈与伯颜相顾失色，目瞪口呆。

忽必烈 好人！（顿足【冲头】急下）

「伯颜欲下，又回头。

「文天祥巍然屹立不动。

伯　颜 文丞相，再见了！

「文天祥依然不为所动。伯颜叹气下。元兵同下。

「【冲头】欧阳氏奔出来。

欧阳氏 老爷！（**嘟－仓**）他们此去，恐怕要将你……

文天祥 夫人，不要着急，你来看！（撩起衣襟）（**嘟－仓**）

欧阳氏 （念衣襟上的字）“孔曰成仁，孟曰取义；惟其义尽，所以仁至。读圣贤书，所学何事？而今而后，庶几无愧！”老爷！（**仓**）

文天祥 哎。

欧阳氏 你……你早就写好了？（哭）（**嘟……仓**）

文天祥 我有一言，夫人听了！**【慢长锤】**（较快）

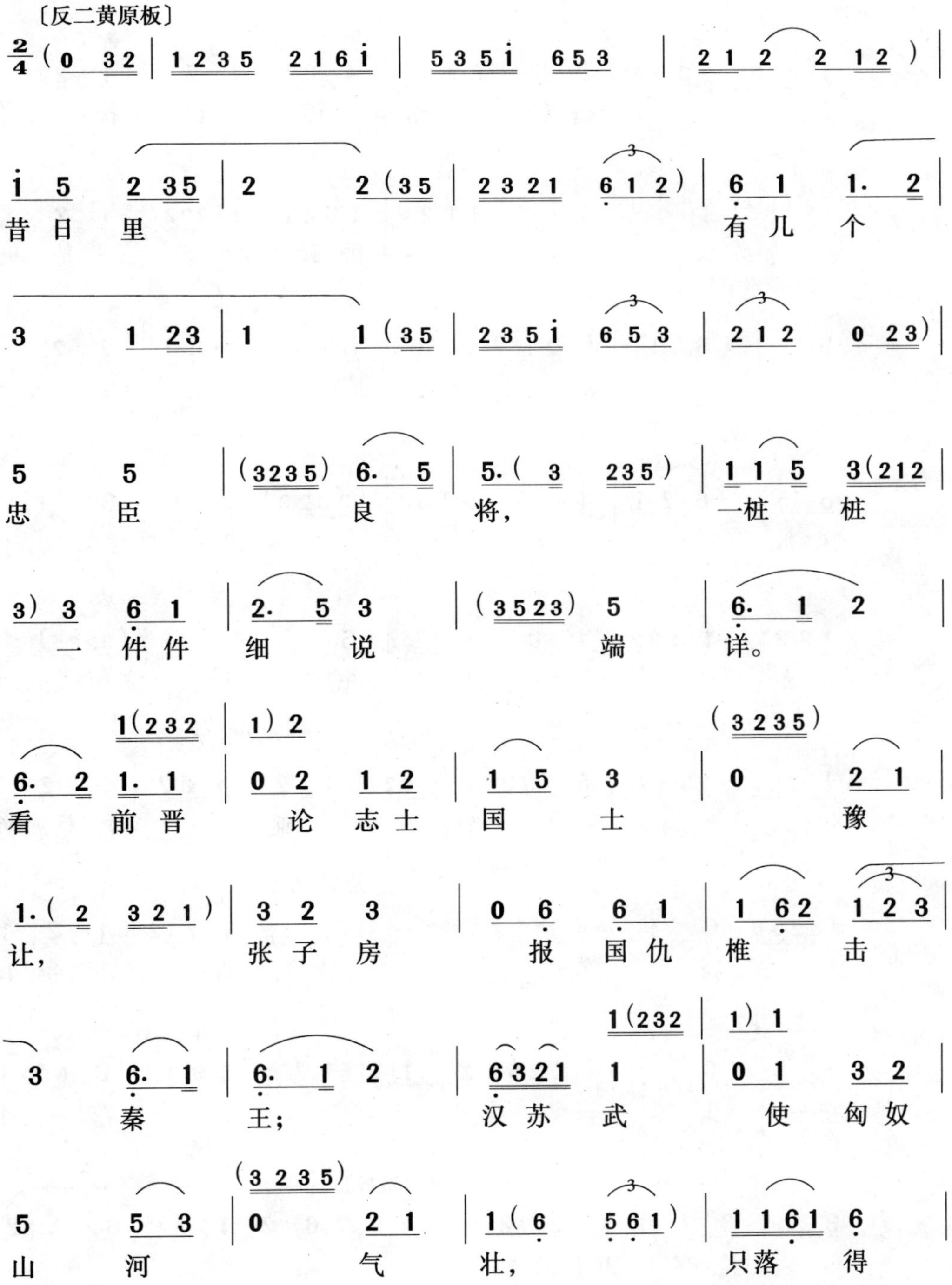

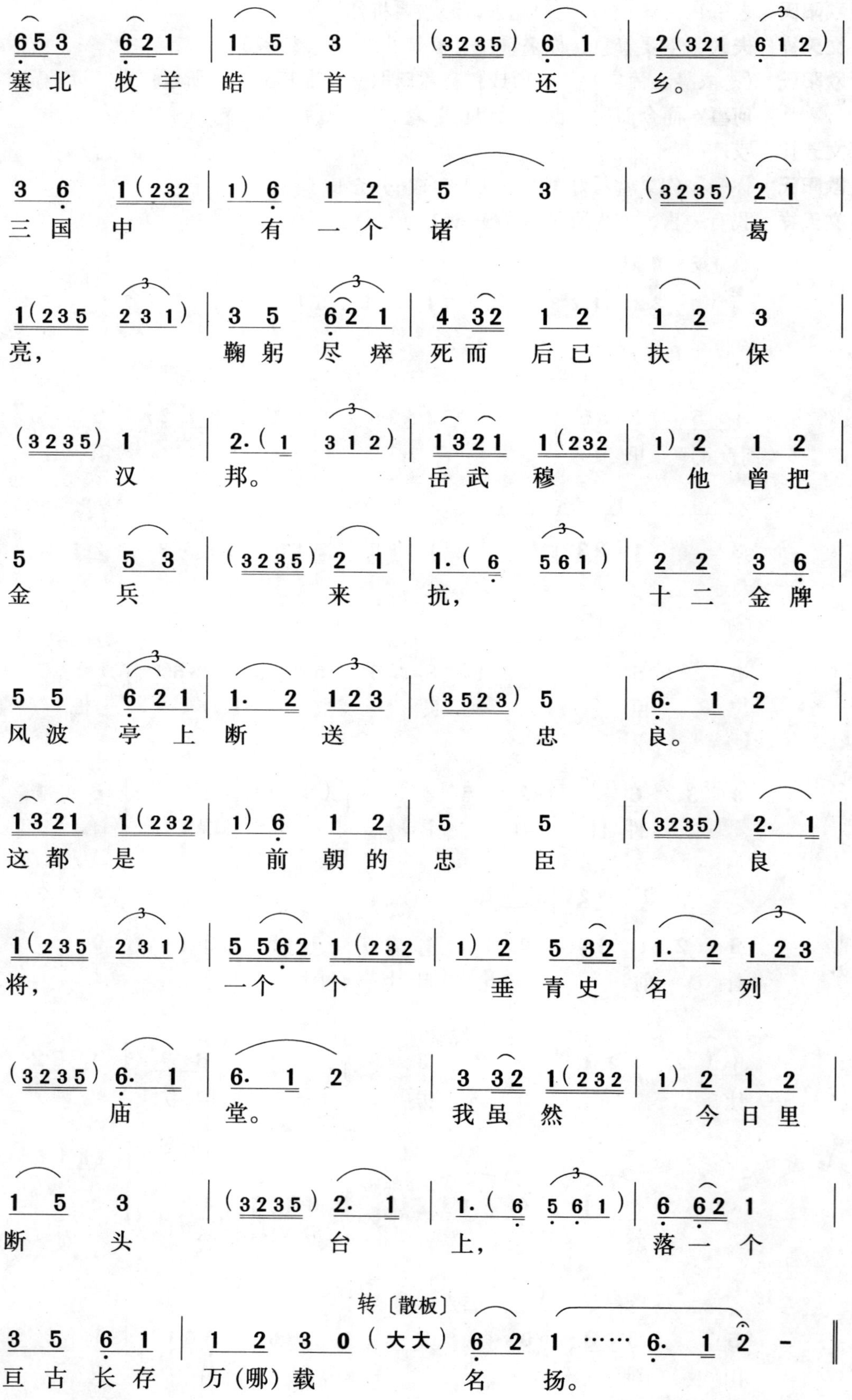
塞北牧羊皓首还乡。
三国中有一个诸葛
亮，鞠躬尽瘁死而后已扶保
汉邦。岳武穆他曾把
金兵来抗，十二金牌
风波亭上断送忠良。
这都是前朝的忠臣良
将，一个个垂青史名列
庙堂。我虽然今日里
断头台上，落一个
转〔散板〕
(大大)
亘古长存万(哪)载名扬。

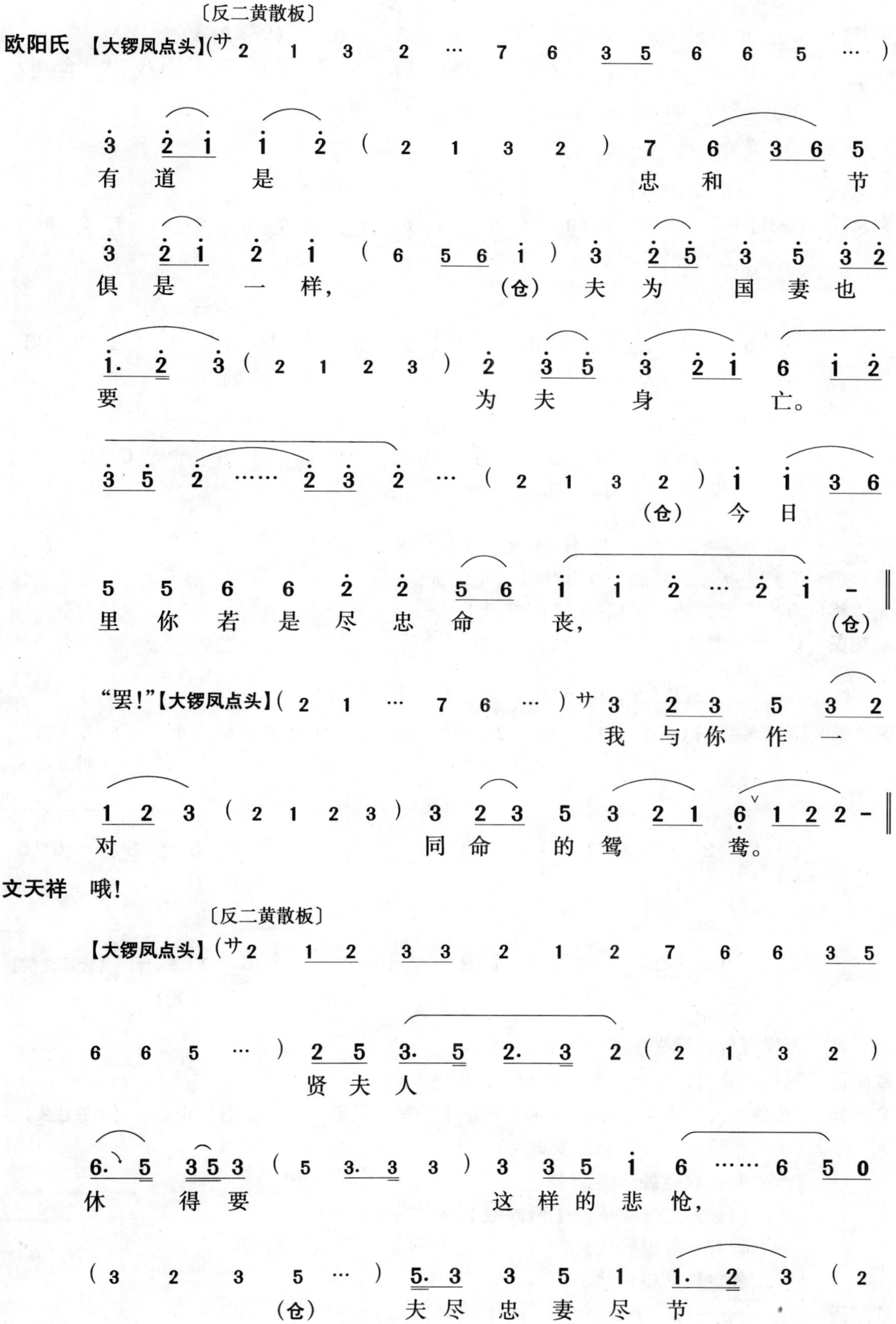
〔反二黄散板〕
欧阳氏 【大锣凤点头】
有道是忠和节
俱是一样，(仓) 夫为国妻也
要为夫身亡。
(仓) 今日
里你若是尽忠命丧，(仓)
“罢！”【大锣凤点头】
我与你作一
对同命的鸳鸯。
文天祥 哦！
〔反二黄散板〕
【大锣凤点头】
贤夫人
休得要这样的悲怆，
(仓) 夫尽忠妻尽节

12 3 2 3 …) 2 3 5 6 1 2……
万 （哪）古 流 芳！（八 大 仓 0）

「内：（人声）“啊！”
「号角声：呜……

〔反二黄散板〕
文天祥 【纽丝】（ 廿2 … 1 3 2 1 3 5 6 2 7 6 5 6 7 2 6 …

6 5 …) 7 6 6 (2 3 5 6) 5 i 6 5 5
天 昏 黄 （仓） 画 角 哀

(3 2 3 5) 7 6 … 6. 5 5 …… 3. 5 6 …… 6 5 ……‖
声 音 激 荡，

「号角声：呜…… 【急急风】元兵手执火把引元将上。
「灯光将台后打亮，台后部现出几级高台。

元 将 万岁有旨，请文丞相——归——天！——
欧阳氏 （哭倒）老爷！

〔反二黄散板〕
文天祥 【大锣凤点头】（ 廿2 1 3 2 2 7 6 3 56 6 5 …) 5 5
丹 心

5 3. 2 1. 2 3 … (5 3. 2 1. 2 3 …) 3 5 … 3 i 6 5
千 古 日 月

5 3 3 … 2. 3 5 5 3 3 … (3 …) 2 …… 6. 1 2 - ‖【大锣住头】
增 光！

元 将 万岁有旨：请文丞相归天！
欧阳氏 罢！（拿出藏着的刀要自刎）（八 大 仓 0）
文天祥 （拉住夫人）夫人！你……你……你让下官，先走……一步吧！正是：【大锣住头】
（文天祥边念边往高台迈步走去）
（念）七载衣冠卧毡裘，
国破家亡事业休。【小锣一击】
唯有一腔忠烈气，
暮空长供望云愁。
欧阳氏 老——爷——！（ 嘟 … 仓 0 ）（昏倒）

「文天祥闻声回身。这时他已走至平台最高处。

文天祥 嘿嘿，人生自古谁无死，

留取丹心……照——汗——青！——

「文天祥右手上举，手掌伸开微向外。

「<尾声·合头>

悲壮　　　　　慢

3 ………… 2 | 1　3 | 2　1 | 6 5　6 | 1 3　2 1 | 6 5　1 | 6 ‖

　　　　　　　仓　才　仓　才　才另　台　仓　另才　才台　仓

「【急急风】落幕。

——剧　终

卫　明　　　　　　　　整理

四进士

周信芳演出本

《四进士》原是连台本戏，共四本，原名《紫金镯》，又名《节义廉明》。顾名思义，是有关家庭纠纷的公案戏。其中又有毛朋、田伦、顾读、刘题四个进士，所以又叫《四进士》。据说这四进士本是同榜，因被权臣严嵩屈抑，郁郁不得志。他们在双塔寺盟誓：将来若能升任，一定要做清官，否则准备棺木一口，仰面还乡。后来四人得到海瑞的支持，相继外放：刘题做了河南上蔡县县令；顾读是汝南府兵备道台，兼管信阳州；田伦是江西八府巡按，因丁忧，尚未领凭上任；毛朋则为河南巡按。

上蔡县富户姚庭椿及妻田氏，毒死其弟姚庭梅，又将弟媳杨素贞骗出，由其兄杨青卖至异乡。杨春本要买杨素贞为妻，得知她的冤苦之后，反与她结为仁义兄妹，正好毛朋微服私访，扮作算命先生替他们写了状子，让他们越衙告状。不料兄妹失散，幸而杨素贞得到做过刑房书吏、现在开小店的宋士杰搭救，代她递状伸冤。田氏求田伦给顾读密札求情，并贿赂他三百两银子。顾读果然贪赃枉法，让田氏等交保释放，却将杨素贞收监。宋士杰掌握了顾读受贿的凭证，上堂辩理，反被顾读打了四十板。宋士杰决心到巡按毛朋那里去告，终于告倒了两员封疆大吏、一个百里县令。但是依照封建时代的"王法"，民告官也有大罪，宋士杰本当问斩，毛朋念他年迈，改为边外充军。宋士杰有理，并且仗着他的机智、经验，以及口才，说服了毛朋，将他释放，于是获得全胜。

周信芳说：这个戏原是以毛朋为主角，宋士杰要在第二本的末尾才出场。由于宋士杰富有正义感，而且他机智、老辣的性格，刻画得非常鲜明、生动，观众非常喜爱，经过多年的舞台实践，边演边改，渐渐地宋士杰成了主角，毛朋倒成了配角。戏的主题与风格，也起了变化，从歌颂清官的公案戏，变化成了歌颂普通人的社会剧。既反映了当时的社会生活，又有传奇色彩。因为在古代实际生活中，这样幸运的结局的概率是微乎其微的。

这出戏一直是周信芳的拿手戏之一。在多年的演出中，不断加工提高。建国以后又经过整理，成为麒派精品剧目中的极品。1956年拍摄成彩色京剧电影，由应云卫导演，剧名改为《宋士杰》。

这次以1959年的演出实况录音，以及由周信芳口述、我记录整理的《〈四进士〉表演艺术》为主要依据，结合我多次看周信芳演出的积累，综合整理而成。

用周信芳口述的表演艺术记录的原话，来说明并注释表演，行家认为是一个特色。

20世纪40年代在重庆南开中学我有位老同学，当时一起参加学校的京剧社，经常一起演出。后来他考取了"清华"，毕业后专攻音乐，在解放军艺术学院教音乐，对于京剧、音乐，他都是专家。这次在上海重逢，特请他校阅了一遍，特此致谢！他不愿提他的名字，就遵嘱不提了。此外，还向曾给周信芳司鼓的名鼓师张鑫海、周信芳之子周少麟以及热心钻研、传播麒派的张信忠和演过田伦的齐英才请教，也特此致谢。

卫 明

人物行当

宋士杰	老生	**禁　婆**	彩旦
杨素贞	青衣	**黄大顺**	净
万　氏	花旦	**二公差**	一丑
顾　读	净		一净
田　氏	贴旦	**师　爷**	丑
杨　青	丑	**毛朋门子**	杂
田　伦	小生	**四大铠**	杂
杨　春	须生	**四红文堂**	杂
毛　朋	须生	**四刀斧手**	杂
刘　题	丑	**四衙役**	杂
姚庭椿	丑	**四兵士**	杂
丁　旦	小生	**家　院**	杂
田　母	老旦	**车　夫**	杂
刘二混	丑	**小　二**	杂

服装扮相

宋士杰　俊扮。白满、白发髻、淡蟹青鸭尾巾、淡蟹青素褶子；宝蓝鸭尾巾、宝蓝素褶子、紫花老斗衣；黄绸子一条、素彩裤，黄云头鞋。

杨素贞　俊扮。青衣珠花、大发线尾子、片子，青褶子、白绸子一条、白裙、素彩裤，彩鞋。

万　氏　俊扮。大发线尾子、片子、素珠花，裤褂、汗巾、黑绣花小袄，彩鞋。

顾　读　勾白脸。尖乌纱、黑满，黑缎蟒、内衬红褶子，玉带、红彩裤，厚底。

田　氏　俊扮。满头珠花、线尾子、大发片子，红缎帔、花裤袄、大红缎花裙，彩鞋。

杨　青　勾豆腐块。穷生巾、丑三，富贵衣、绦子，破云头鞋。

田　伦　俊扮。乌纱，蓝缎帔、内衬绿褶子，湖色蟒、玉带，湖色彩裤，厚底。

杨　春　俊扮。硬黑缎罗帽、黑三，黑素缎箭衣、大带，黑彩裤，厚底。

毛　朋　俊扮。乌纱、黑三，大红缎蟒、内衬褶子，玉带、红彩裤；高方巾、宝蓝褶子、绦子，厚底。

刘　题　勾腰子形脸。黑纱帽、丑三，红官衣、蓝褶子、玉带，红彩裤，朝方。

姚庭椿　勾元宝粉脸。绿棒槌巾、八字吊搭，绿花褶子、墨绿彩裤，朝方。

丁　旦	俊扮。黑缎箭衣、大带、青彩裤，薄底。
田　母	俊扮。黪网子，蓝帔、绿裙，福字履。
刘二混	勾豆腐块。毡帽，蓝布箭衣、搭包、青彩裤，白袜、黑鞋。
禁　婆	俊扮。大头、银丁，蓝布褂、白素腰巾，青彩裤，彩鞋。
黄大顺	勾黄三块瓦。戴大板巾、小额子，穿箭衣马褂、大带、红彩裤，厚底，挎腰刀。
二公差	青罗帽，青缎箭衣、大带，青彩裤，白袜、黑鞋。
师　爷	青方巾，青素褶子，青彩裤，朝方。
毛朋门子	黑软罗帽，黑缎褶子，大带、黑彩裤，薄底靴。扮书童时：孩儿发，蓝布裤袄、花腰巾，洒鞋，背小木箱，内有文房四宝。
四大铠	大板巾，红铠、黑彩裤，薄底。
四红文堂	报子巾，红龙套衣、黑彩裤，薄底。
四刀斧手	大板巾，刽子衣、黑彩裤，薄底。
四衙役	红毡帽，青袍、黑彩裤，薄底。
四兵士	大板巾，士兵衣，打鞋。
车　夫	丑扮。蓝毡帽、茶衣裤，洒鞋。
家　院	俊扮。素软罗帽、黄绸子，大带、黑彩裤、青褶子，云头鞋。
小　二	俊扮。童子扮相及服装。

道具

桌子	二张	**文房四宝**	一份
椅子	四把	**状子**	一张
托盘	一个	**驴鞭**	一根
折扇	三把	**棒槌**	二根
包袱	一个	**手帕**	三方
手铐	一副	**捻子**	一个
酒壶	一个	**铜簪**	一个
酒杯	两个	**腰刀**	一口
蜡台	一个	**银子**	几封
玉镯	一只	**火签筒**	一个
锁链	一条	**车旗**	一对
尚方宝剑	一口	**红桌围椅披**	一份

第一场

「【冲头】奏唢呐曲牌<水龙吟>

「牌子声中，四大铠、四刀斧手、四红文堂、书吏、门子上，曲牌止。【大锣四击头】【大锣出场】毛朋上。出场亮相，走近“九龙口”，双抖袖，整冠、捋髯，走向中间台口，站定，单抖袖。【大锣归位】

毛　朋　（念引子）

一片丹心，【小锣二击】保我主，（多 多）

サ 1 2　3 2 1 6 7 2 7 6 – ‖

锦 绣 江　　　　山。

「【冲头】奏唢呐曲牌<水龙吟·合头>

「牌子声中，四大铠、四刀斧手、四红文堂归两边儿，书吏、门子分左右站立桌子两侧，毛朋归“大座”，曲牌止。

【大锣归位】

毛　朋　（念）按院出朝，地动山摇；【小锣二击】

逢龙除角，遇虎拔毛。（大 台 | 仓. 嘟 才 台 | 仓 – |）

本院，（仓）毛朋【大锣住头】

乃进士出身。不想被严嵩老贼一本参掉。多蒙海老恩师保奏，才得帘外为官。严嵩老贼又差了校尉四十名，安插在我等里面。那时我约请田伦、顾读、刘题三位年兄在双塔寺前盟誓，哪家官长，贪赃卖法，逆案准情，准备棺木一口，仰面还乡。今蒙圣恩，身受河南八府巡按，奉命出京私访。查得上三府，官是清官，民是顺民。今日牌发下五府。附耳上来！

（与书吏耳语）（台，扎扎扎扎台，大大台）

黄大顺进见！

门　子　黄大顺进见！

「黄大顺内：“来也！”【大锣五击】

「黄大顺上，至“九龙口”。

黄大顺　（念）将相本无种，

男儿当自强。【大锣住头】（进门）

参见大人。

毛　朋　站下！

黄大顺　啊！【大锣住头】将我唤出，有何吩咐？

毛　朋　本院今日牌发下五府，命你四下张贴榜文，若有人提起“贩捎”二字，责打四十大板，一面长枷。不得违误！（拍一下惊堂木）

黄大顺　遵命！【冲头】（下）

毛　朋　看衣更换!

〔奏唢呐曲牌<小傍妆台>牌子声中，毛朋与书吏进内互换衣帽，门子进内扮作书僮，复上，曲牌止。

书　吏　外厢开道!

〔奏唢呐曲牌<急三枪>

【回头】【冲头】（牌子声中，书吏率众下）

毛　朋　一路之上，看我的眼色行事便了!

门　子　是。

〔西皮摇板〕

毛　朋　【小锣凤点头】サ（7 6 5 55 36 5i 3.2 12 62 1）

2 1 2 25 31 2（3 21 61 20）32
为国家哪顾得　　　　山

2 - 23 23 2 1.2 35 2 - 【小锣抽头】
川　　　　路　险，

〔毛朋、门子走到"下场门"台口。

毛　朋　サ（7 6 5 55 36 5i 32 12 62 1）1 3 3 1 3
查贪官也需

2（3 43 21 61 2）25 3 - 21 3 5 1 2 - 2 2 1 - 【小锣抽头】
要　　　　查访　民情。

〔毛朋、门子"下场门"下。

第二场

〔【小锣抽头】杨春上。

〔西皮摇板〕

杨　春　サ（7 6 5 55 36 5i 32 12 65 55 36 5i 32 12）

13 21 1 1 3 3 3 21 1 2（3 21 61 2）
在柳林眼睁睁午时已到，

5̣ 6̣2 1 1 6̣3 2（1 6̣1 2）6̣2 1 2 ³⁄2
为何 故 不 见 人 好 不 心

²1 －（1 1 7̣2 1. 0）‖（到“下场门”台口焦急地张望）
焦。

【小锣抽头】

〔杨青、杨素贞上。杨素贞执鞭骑驴。

〔西皮摇板〕

杨素贞 （过门同前）サ 3 6 5 5 ²7 6 5 6（6 5 3 5 6）7
离 却 上 蔡 奔

6 3 5 ⁵6（6 5 3 5 6 5 3 2 1 2 6̣2 1 2）i 5 5
走 紧， 脱 去 孝

6（6 5 3 5 6）6 5 5 3 5 3 5 －（5 5 3 6 5 －）‖
服 探 娘 亲。

杨素贞 啊，兄长！

杨　青 妹子！

杨素贞 我们往日回家，走的不是这条道路，怎么？走错了么？

杨　青 嗯，对呀！好像是走错啦！

杨素贞 这便如何是好呢？

杨　青 不要紧的，你先下了牲口，在这儿歇一会儿，我去看看去啊！

杨素贞 是。（下牲口，杨青接过鞭子，拴牲口，扔下鞭子）【小锣一击】

杨　青 （自言自语）不知来了没有？【小锣一击】（看见杨春，忙打招呼）宗兄！哈哈！你好，你好！

杨　春 来了？

杨　青 来啦！来啦！

杨　春 那一女子，可曾带来？

杨　青 带来了。

杨　春 待我看来！（远远一看）【小锣一击】

杨　青 瞧瞧，长得怎么样？

杨　春 长得倒也不错。

杨　青 不错吧？拿银子来吧！

杨　春 要银子？

杨　青 拿钱来吧！

杨　春 好好好，你也拿来！

杨　青 要什么呀？

杨　春　婚书啊！

杨　青　嗬，真有你的！好好，拿给你瞧瞧！（从身上取出婚书）是她婆婆陈氏主婚，那还有错吗？

杨　春　（接婚书，看过）好好好，（婚书藏入怀中，再取出三十两银子）这是三十两银子。

杨　青　好好！（转念一想）哎呀，我说宗兄，回头你带着她走的时候，就这么步行回去吗？

杨　春　去至前面，雇一脚程，也就是了。

杨　青　嗳，还用得着到头里去雇去，那多麻烦呢，你瞧瞧我那儿有头牲口，卖给你怎么样？

杨　春　好，要多少银子？

杨　青　干脆，你也给三十两吧！

杨　春　哪要许多的银子！

杨　青　那么，你还个价。

杨　春　十两银子如何？

杨　青　十两银子？嗬，便宜不过当家的！卖给你了，拿钱来！拿钱来！（杨春掏银子给他）我去牵牲口去！（大台，扎扎扎扎扎台）别忙，我把鞍子给卸了！

杨　春　啊，宗兄，你做什么？

杨　青　我把鞍子给卸了。

杨　春　无有鞍鞯，怎样乘骑？

杨　青　我卖驴，不能卖鞍子啊！

杨　春　好好好，把鞍鞯也让与我吧！

杨　青　卖给你？好，干脆也给十两吧！

杨　春　一副鞍鞯，哪要十两银子？

杨　青　那么你再还个价吧！

杨　春　五两银子吧？

杨　青　五两？嗨！便宜不过当家的！卖给你！给钱，给钱！（杨春再掏银子，杨青收在怀中）我说宗兄，回头她要是骑上了牲口，没有鞭子可怎么赶呢？

杨　春　折根柳枝，也就是了。

杨　青　那多麻烦呀！你瞧瞧，我这儿还有根鞭子呢！

杨　春　怎么？这根鞭子，也要五两？

杨　青　便宜不过当家的，送给你得了！

杨　春　多谢了！多谢了！

杨　青　请上受我一礼！（施礼）

杨　春　失礼！失礼！施礼为何？

杨　青　回头你要带她遛路的时候，等我走得远远的再走。不然的话，她要是哭哭啼啼的，我听了心里怪难受的。

杨　春　却是为何？

杨　青　不瞒你说，她不是外人，她是我妹子。

杨　春　哦，原来是大舅啊！

杨　青　好说，亲戚！亲戚！那么我可要走了！咱们再见，再见，再见！（转过身来，自言自语）正是：

兄妹分别在柳林，
教人难舍又难分。
眼睁睁没了我的亲胞妹……

（掏出银子看一看）（大大大大大大乙台）银子，咳！（跺脚）有了银子我横了心！走着！【小锣五击】（下）

「杨春走近杨素贞。（大大大大大台）

杨　春　啊，娘子，随我趱路。

杨素贞　啊？【小锣一击】你是何人？为何要我随你趱路？

杨　春　娘子，我来问你，方才有一稍长大汉，他是何人？

杨素贞　他是我的兄长。

杨　春　是啊，你兄长得了我三十两银子，将你卖与我了。

杨素贞　我却不信。

杨　春　你去问哪！

杨素贞　待我唤来！【冲头】（往“下场门”喊）兄长！（没人应声，再转往“上场门”）【冲头】杨青！（还是无人应声）（八大大　仓）

杨　春　去远了！

杨素贞　【撕边】（哭）喂呀！【快纽丝】（素贞伤痛、气恼、抖袖）

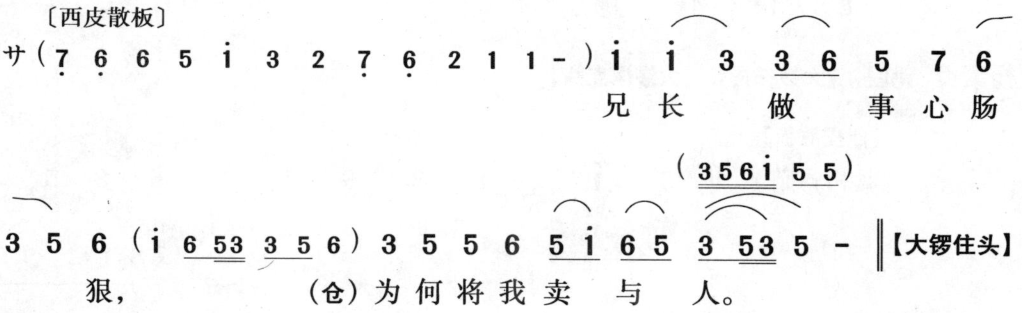

杨素贞　我倒受了他的骗了。（向杨春）那一客官，你言道我兄长将我卖与你了，但不知有何为证？

杨　春　有婚书为证哪。

杨素贞　好，拿来我看！

杨　春　慢来慢来！你若将婚书扯碎，岂不教我落一个人财两空？

杨素贞　依你之见呢？

杨　春　依我之见，你在那边听，我在这边念，可好啊？

杨素贞　快快念来！

杨　春　待我念来！（取出婚书，杨素贞走近他，他忙将婚书掩住）【小锣一击】

杨　春　站好了！站好了！

「杨素贞退开几步。

杨　春　（念）“立婚书人婆婆陈氏，只为次子一命身丧，媳妇杨氏吵闹不贤，为此将她卖与旁人，另行改嫁，三十两身价银子，立此为凭。杨青代笔。”

「杨素贞欲抢夺婚书。

杨 春 （躲过藏好）嗳！（八 大大 仓）【撕边】你不要抢啊！

杨素贞 （哭）喂呀！【快纽丝】

〔西皮散板〕

（过门同前）サ 3 5 5 7 5 6（4 3 5 6）7 6 6 3 5 6

望 求 客 官 施 恻 隐，

（i 6 53 3 5 6）3 5 5 6（7 6）5 6 5 3 5 3 5 – ‖

（仓） 快 快 放 我 回 家 门。

杨 春 娘子啊！【大锣凤点头】

〔西皮散板〕

（过门同前）サ 1 3 2 2 1 1 3 1 2（7 6

娘 子 不 必 珠 泪 滚，

1 2）6 1 1 2 1 1 6 2 6 1 1 – ‖

（仓） 快 快 随 我 一 路 行。

杨素贞 哇！【大锣一击】【大锣凤点头】

〔西皮散板〕

（过门同前）サ 5 i 6 5 3. 6 5 7 6 3 5 6（i

你 家 也 有 姐 和 妹，

6 53 3 5 6）3 5 5 6 5 i 6 5 3 5 3 5 – ‖

（仓） 教 她 嫁 与 几 多 人？

杨 春 住口！（八 大大 仓 0）【快纽丝】

〔西皮散板〕

（过门同前）サ 1 5 3 3 3 ^{5}3 2 2 3（2 1 2 3）

娘 行 说 话 理 不 通，（仓）

2 3 2 1 2 3 5 2 1 6 1（7 6 2 1）2 3 1

口 口 骂 定 我 杨 春。（仓） 杨 春

2 2. 3 4 5 3 – ^{4}3 ^{2}3 ^{3}2 – 3 2（7 6 1 2）

打 （白）呸！（举拳）（仓）

四进士

杨素贞

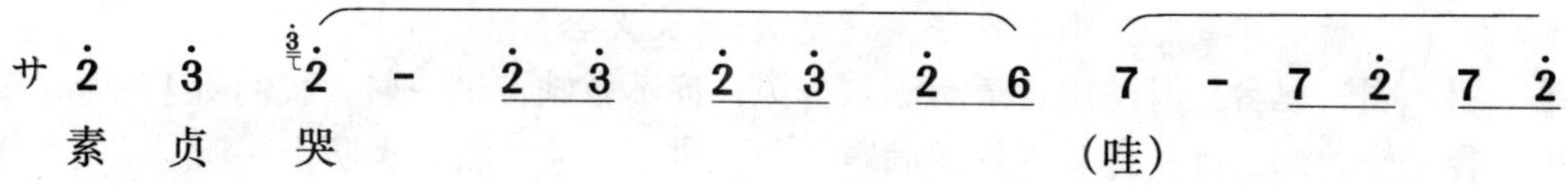

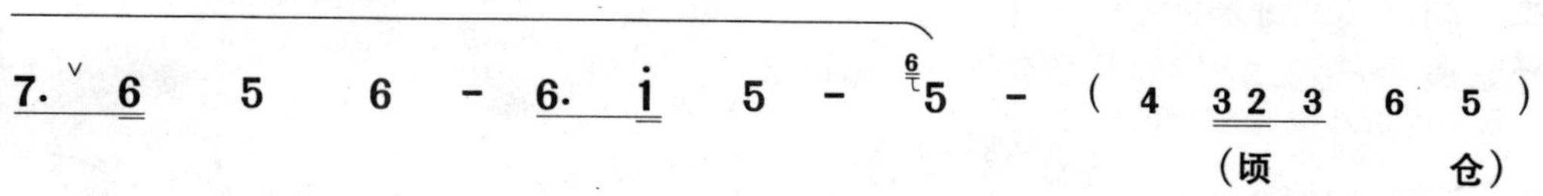

「毛朋“上场门”上，门子随上。

毛　朋

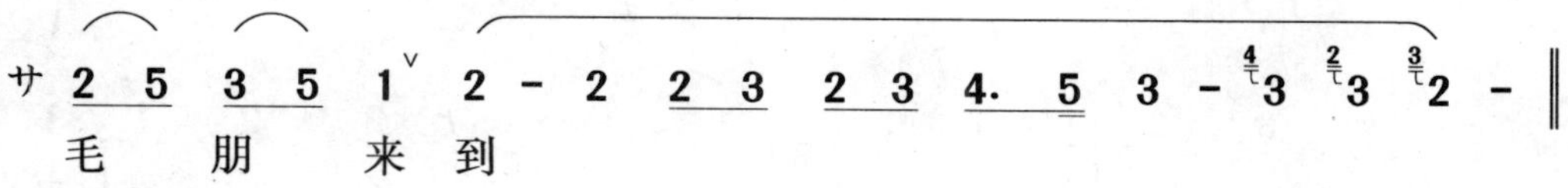

杨　春　（要打杨素贞）呸！（八 大大 仓 0）

杨素贞　（哭）喂呀！……

「毛朋上前拦阻。

毛　朋　【大锣凤点头】

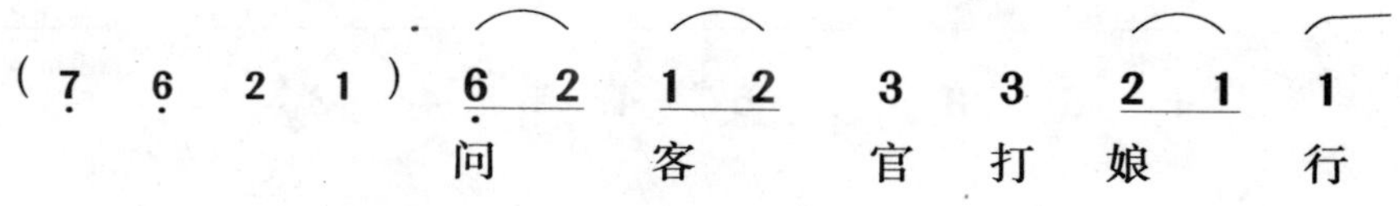

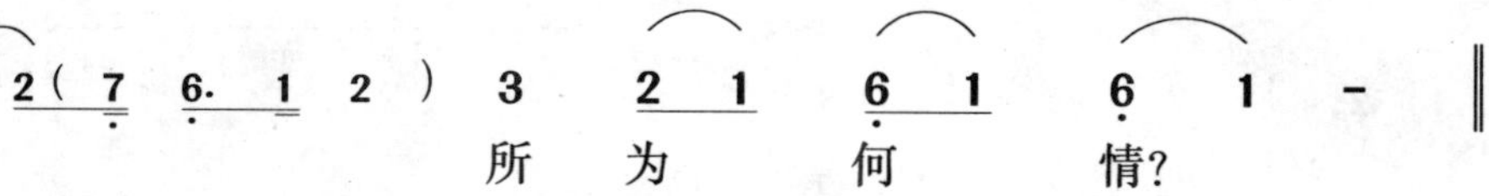

杨　春　原来是位相面的先生。

毛　朋　这……（随话答话）是啊，我正是个相面的先生，你怎么晓得的呀？

杨　春　看你这样打扮么，就是一个算命先生。

毛　朋　兄台，你的好眼力呀！

杨　春　本来不错。

毛　朋　我来问你，为何在此拷打娘行？

杨　春　先生有所不知，只因他兄长得了我三十两银子，将她卖与我了。是我叫她与我一路同行，她不肯倒还罢了，反倒辱骂于我，为此我要怒打于她！

毛　朋　有这等事？

杨　春　有啊！

毛　朋　待我上前问来。

杨　春　你去问哪！

毛　朋　你且稍待。（转过来问杨素贞）这一娘行，你兄长得了他三十两银子，将你卖与他了，怎么不与他趱路啊？

杨素贞　本当随他趱路，只是我有满腹含冤哪！（哭）（大大 大大大 台）

杨　春　哈哈！好啊！方才先生不在这里，你也没有什么满腹含冤，如今先生在此，你就有什么满腹含冤，呸！我打死你这个贱人！

〔杨春又要打，毛朋拦住。（大大 大大大 台）

毛　朋　啊，兄台！既然她言道有满腹含冤，何不教她言讲一遍，我们听上一听。

杨　春　好，好，好！你就将你的满腹含冤，讲上一遍，我们也听上一听。

毛　朋　你且讲来！

杨素贞　先生、客官容禀哪！……（哭）

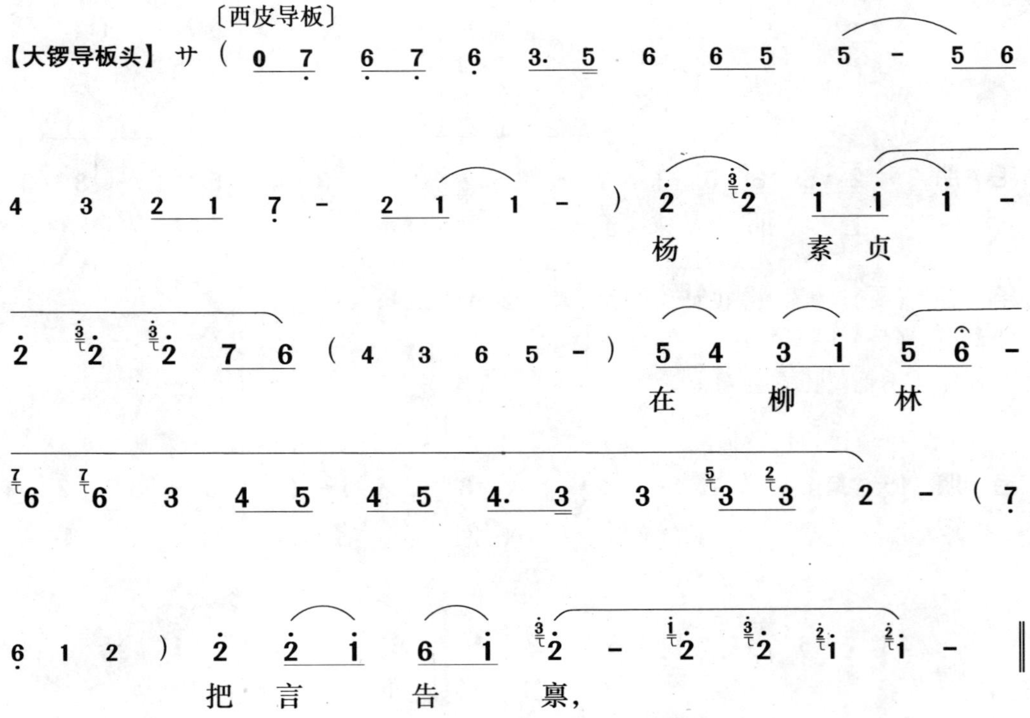

毛　朋　你且坐下，慢慢讲来！

杨素贞　是。

〔杨春让杨素贞在“上场门”台口坐下。

杨　春　先生，我们也坐下！

〔杨春与毛朋让坐，毛朋故意近“下场门”坐在门子身边。杨春在杨素贞与毛朋中间。毛朋示意门子记录，门子打开小木箱，取笔做好准备。

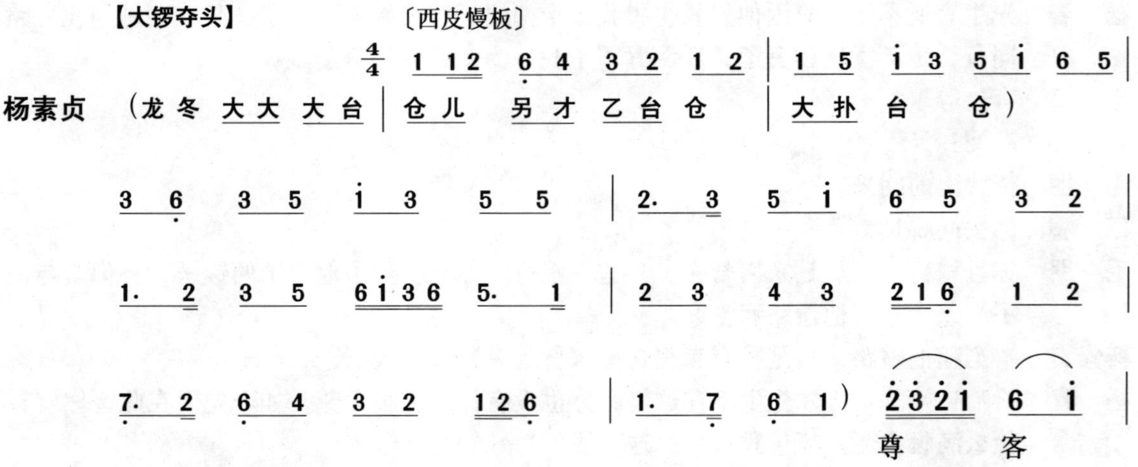

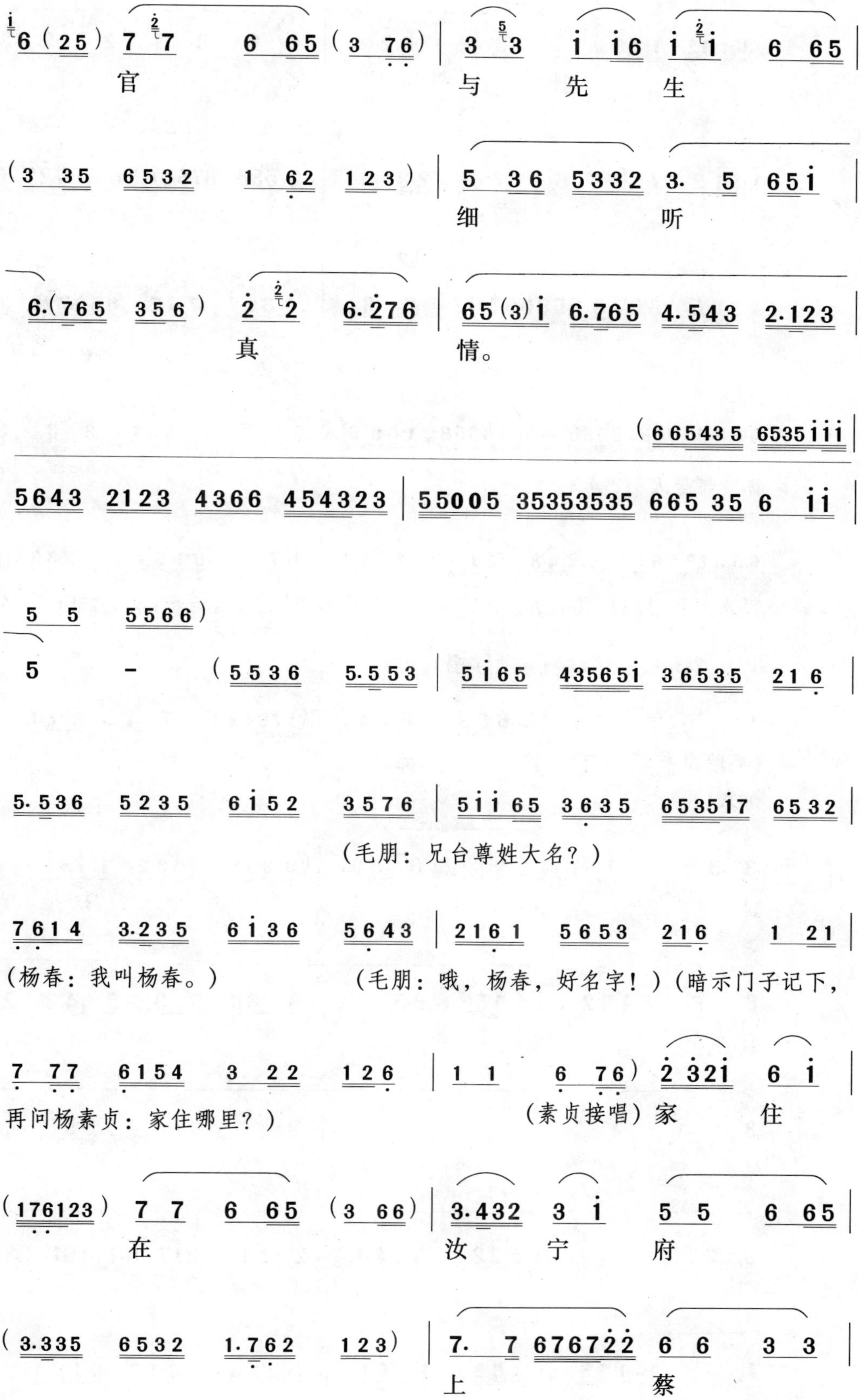
官 与 先 生
细 听
真 情。
(毛朋：兄台尊姓大名？)
(杨春：我叫杨春。)
(毛朋：哦，杨春，好名字！)(暗示门子记下，
再问杨素贞：家住哪里？)
(素贞接唱)家 住
在 汝 宁 府
上 蔡

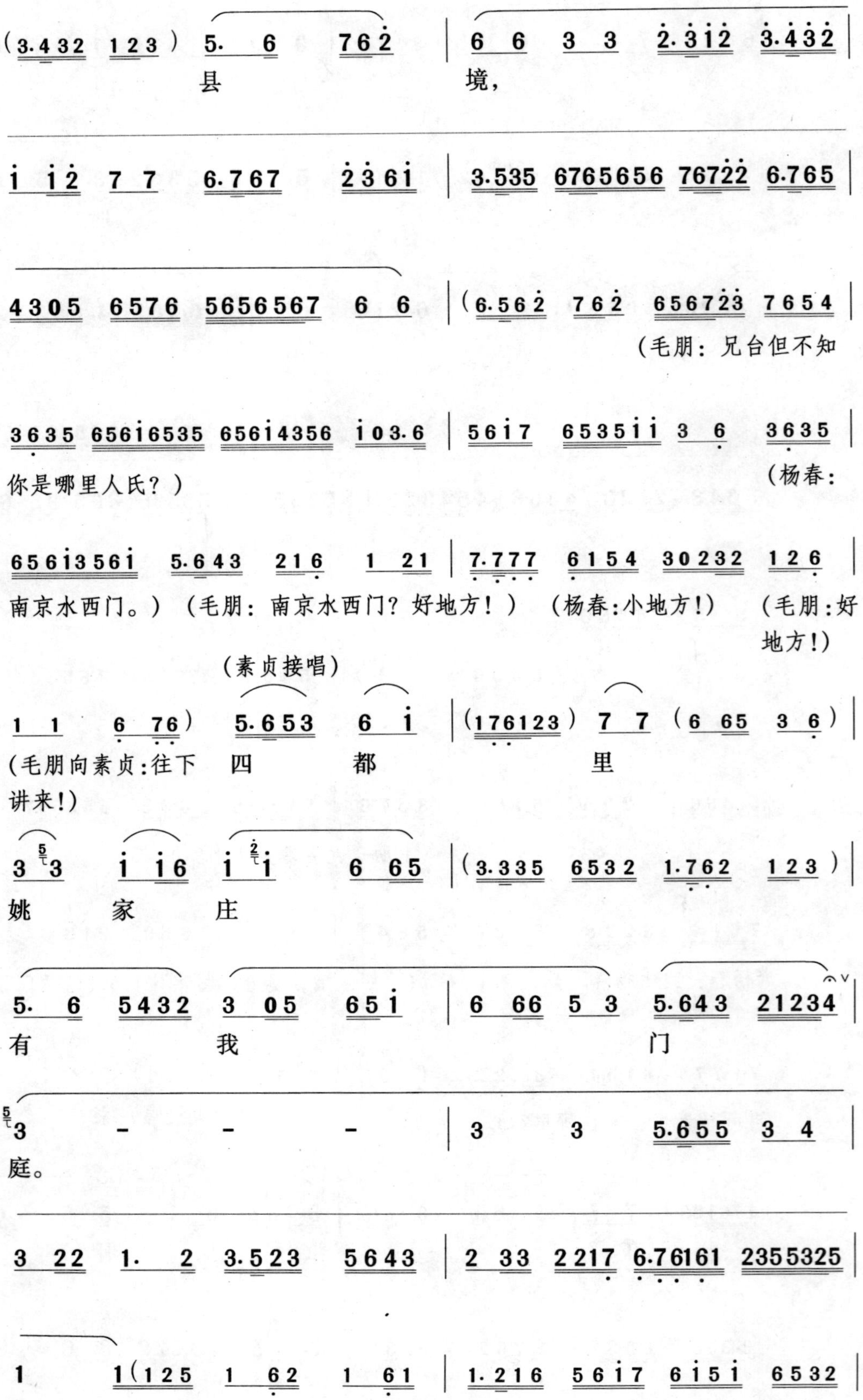
县
境，
（毛朋：兄台但不知
你是哪里人氏？）
（杨春：
南京水西门。）（毛朋：南京水西门？好地方！）（杨春:小地方!）（毛朋:好地方!）
（素贞接唱）
（毛朋向素贞:往下讲来!）
四
都
里
姚
家
庄
有
我
门
庭。

四进士

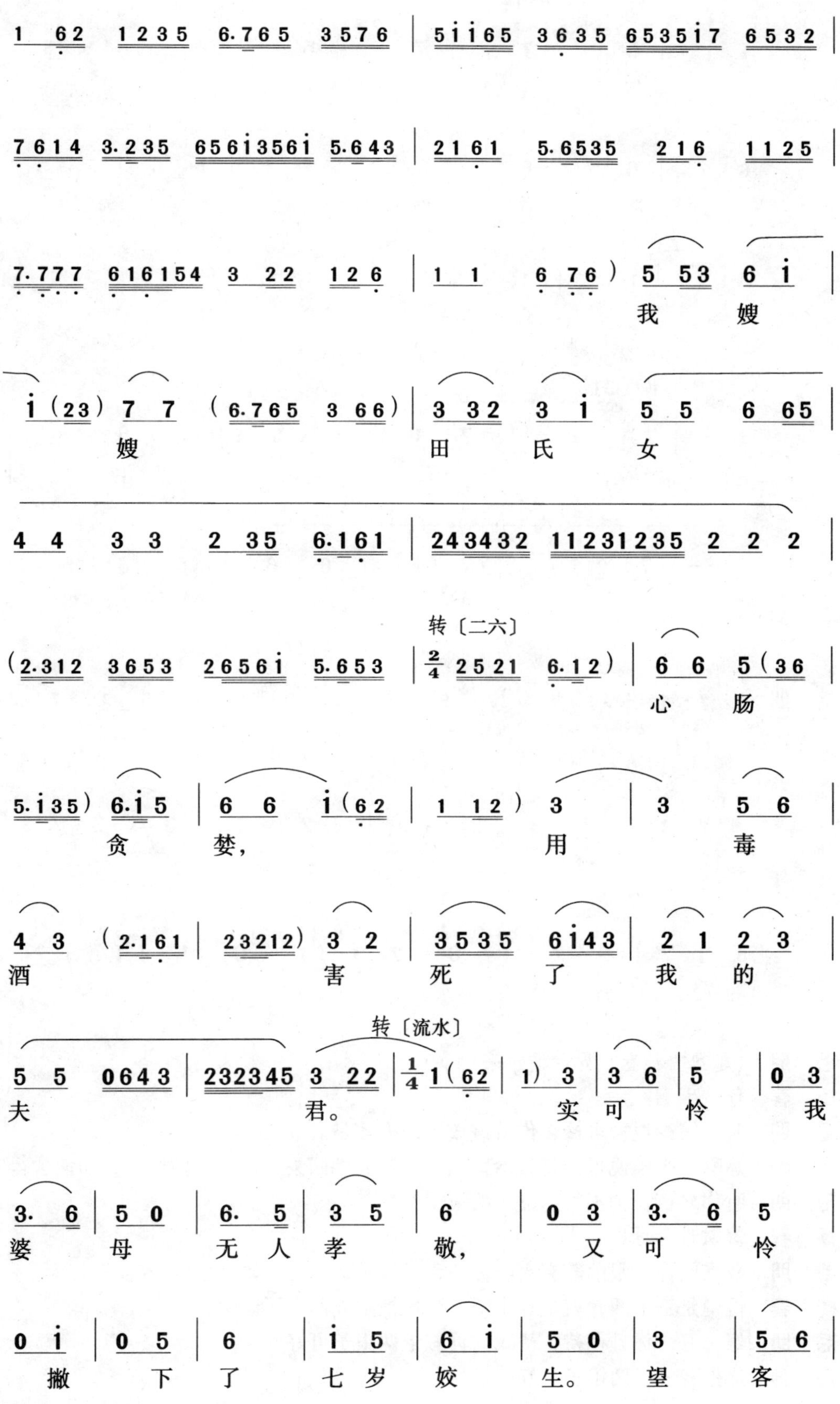

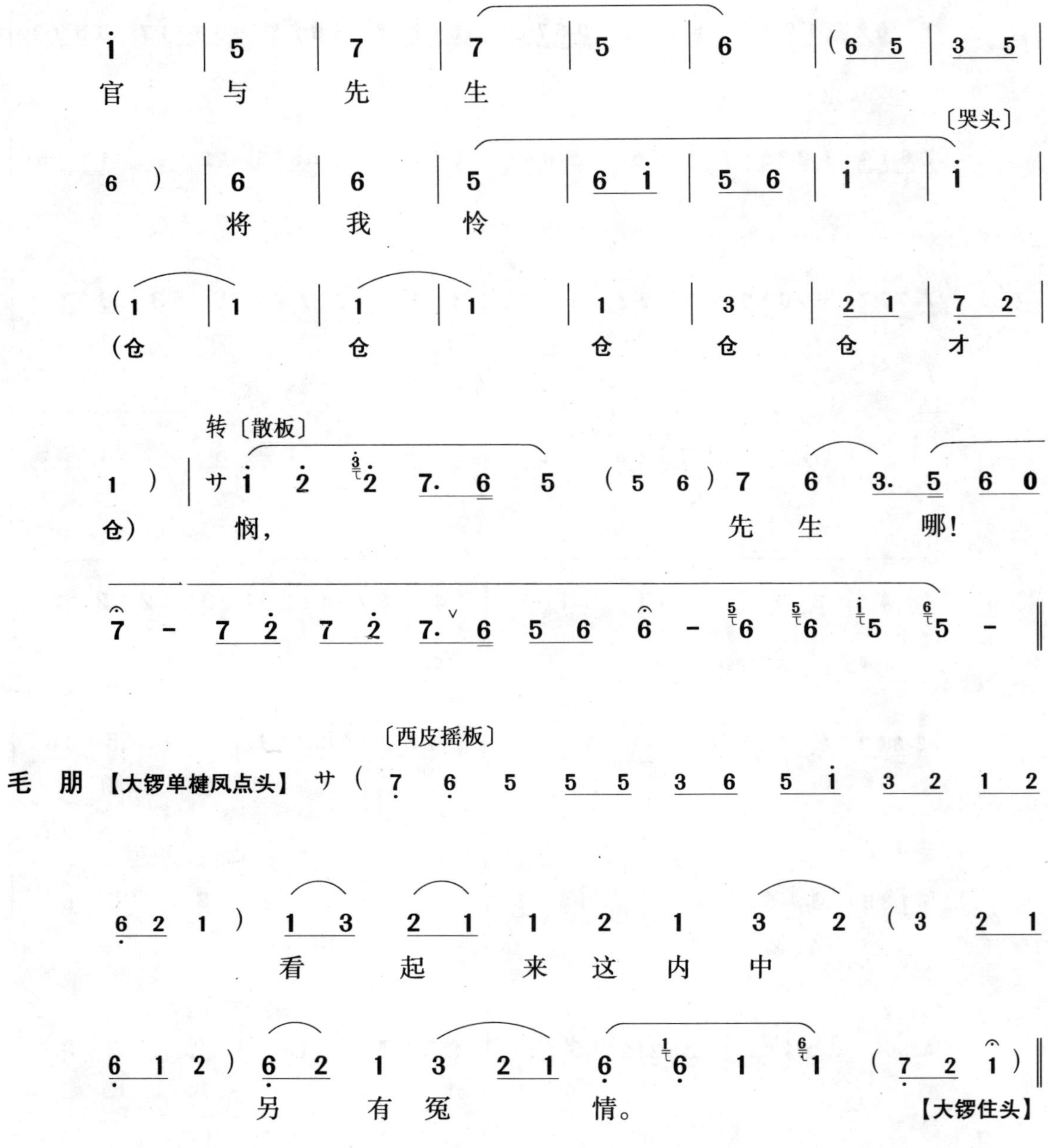

毛　朋　（起身叫杨春）兄台请过来！

杨　春　什么事啊？

毛　朋　听这娘行说得可怜，你就该放她回去才是。

杨　春　是啊，听她说得甚是可怜，只是我若放她回去，这三十两银子，如何舍得？

毛　朋　听你之言，舍不得这三十两银子？

杨　春　善财难舍呀！

毛　朋　我来问你，眼前若有人与你三十两银子，你可放她回去？

杨　春　慢说是三十两，就是二十两，我也把她放回去了。

毛　朋　好，好，你且稍待，待我与你三十两银子可好？

杨　春　你把我三十两银子？好，好！

毛　朋　你且稍待。（门子）僮儿，取三十两银子过来！（一面向他暗示不要取）（**大 大 大 大 大 台**）

门　子　（会意）啊，先生，我们的银子一路上都用完了。

毛　朋　无有了？

门　子　无有了！

毛　朋　啊呀，惭愧呀惭愧！

杨　春　啊，先生，你惭愧什么呀？

毛　朋　我的银两，一路之上，俱已用尽，如今无有了，岂不是惭愧呀！

杨　春　你无有银子？

毛　朋　用尽了啊！

杨　春　你说的什么大话呀！

毛　朋　兄台，待我上前，劝说她几句，叫她与你同行，也就是了。

杨　春　好，好，好！但凭先生。

毛　朋　请稍待。（向杨素贞）啊，这一娘行，你只管（又给她暗示）与他同行，行到前面，你大喊三声，自有人前来救你。

杨素贞　多谢先生！

毛　朋　记下了！

〔西皮散板〕

【大锣凤点头】 サ（7 6 6 5 i 3 2 7 6 2 1）2 1 2
骂 一 声

2 1 3 3 2 1 1 2（7 6 1 2）3 2 1 1
小 杨 春 瞎 了 眼 睛，（仓）把 本 院

6 1 3 2 6 1 3 2 6 1（7 6 2 1）2
当 作 了 相 面 先 生。（仓）回

1 2 3 1 2 1 2 3 3 2 1 1 2（7 6 1 2）
衙 去 差 人 来 将 他 拿 问，（仓）

4 3 1 2 1 2 5 3 2 2 - 2 3 2 16（7
责 打 他 四 十 板 哪

6 1 2）3 2 1 1 1. 2 3 3. 2 3 2 1 1 - ‖
枷 号 头 门 哪！

〔【纽丝】毛朋与门子下。

〔西皮散板〕

杨素贞 サ（6 5 i 3 2 7 6 2 1）i i 3 3 6 5 7 6 3 5 - 5 6 - ‖

含悲忍泪把路行，

「杨春牵牲口，杨素贞抬手欲上。杨春忽然发现什么。

杨　春 嗳！（八 大大 仓 0）【大锣凤点头】

サ（6 5 3 2 7 6 2 1）6 1 1 3 2 3 5 2 1 1 0 ‖【大锣住头】

一足踏你地埃尘！

杨　春 好啊！方才言道，满腹含冤，如今反戴紫金镯，你还卖的什么风流啊！

杨素贞 客官有所不知，我公公在世之时，赐我夫妻紫金镯一对，各戴一只，也曾言道：妻死夫不娶，夫死妻不嫁。如今见物不见人了……（哭）【撕边大锣一击】

「杨春为之动情。

杨　春 【撕边】唉！

〔西皮散板〕

【大锣凤点头】（过门同前）サ 3 3 3 21 6 2 1 3 1 2

听她言来心好惨，

（7 6 1 2）6 1 1 2 5 61 2 ^{3}2 1 - ‖【大锣住头】

（仓）铁石人儿也心酸。

杨　春 咳！（向杨素贞）娘行，听你说得可怜，这样吧！我三十两银子不要了，放你回去了！

杨素贞 多谢客官！（行礼，杨春表示不必了）【撕边大锣一击】（转念一想）啊，客官，你放我回去，是真心，还是假意呢？

杨　春 这还有什么假意呀！

杨素贞 既是真心，我的婚书呢？

杨　春 三十两银子都不要了，要这婚书作甚？当面扯碎！（取出婚书撕碎，扔了）

杨素贞 多谢客官！

〔西皮散板〕

【大锣凤点头】（过门同前）サ i 5 5 7 5 6 7 6 3 5 6

多谢客官施恻隐，

（i 6. 5 3 3. 5 6）3 5 6 6 6 5 5 3 5 3 5 - ‖【大锣住头】

（仓）来生当报你的恩。

「杨素贞欲下，杨春叫住她。

杨　春 娘行转来！娘行转来！

杨素贞 （大 大 大 大 －）（转身）啊？（大 大大 台）青天白日，柳林之下，岂不知男女有别！（大 大 大大大 台）

杨　春 哦哦哦，哎呀！方才婚书在手，你也不说什么男女有别，看将起来，你是个无有良心的人哪！

杨素贞 （跪）恩人哪！（哭）【撕边】

杨　春 （扶杨素贞）起来，起来！（仓）（背供）三十两银子，换来“恩人”二字，倒也值得！（向杨素贞）啊，娘行，唤你回来，非为别事，我来问你，今番你往哪里去呀？

杨素贞 我回婆家。

杨　春 哎呀！倘若你回婆家，你那刁嫂又要害你，如何是好？

杨素贞 如此我就回转娘家。

杨　春 啊呀！你那兄长，倘若再将你卖与旁人，要遇见我这第二个杨春，是无有的了啊！

杨素贞 哎呀！我杨素贞是走投无路了啊！（哭）（大 大 大 大大 台）

杨　春 也罢！【大锣五锤】你也姓杨，我也姓杨，五百年前俱是一家，我有意与你结拜仁义兄妹，我替你伸冤告状！（嘟 － 仓）

杨素贞 客官你要醒来说话！

杨　春 我未曾睡着。

杨素贞 句句梦话！

杨　春 我敢对呀……

杨素贞 我就跪下了！（跪）【撕边一击】

杨　春 哎呀，她倒聪明得很哪！（跪）【大锣凤点头】

〔西皮散板〕

（过门同前）サ 1 2 3 2 3 1 2 （7̣ 6̣ 1 2）
杨 春 今 年 三 十 二，（仓）

杨素贞 3 5 5 6 65 53 5 （2. 3 4 6 5）
素 贞 二 十 单 八 春。（仓）

杨　春 2 1 2 1 2 3 3 2 （7̣ 6̣ 1 2）
我 把 你 当 作 亲 胞 妹，（仓）

杨素贞 i 5 6 6 65 53 5 （4 323 6 5）
从 今 且 当 一 母 生。（仓）

杨　春 2 35 12 12 3 3 ³2 － ‖
叩 罢 头 来 抽 身 起，（起身）

〔毛朋“下场门”上，门子随上。

毛　朋　哈哈！（八 大大　仓 0）
杨　春　（背供）他怎么又来了？

〔西皮散板〕

毛　朋　【大锣凤点头】（过门同前）サ 3 1 1 3 2 - 7 6 5 6 1 0 ‖【大锣住头】
我在一　旁　看了　一个真！

毛　朋　（对杨春）兄台你呀，不是个好人！不是个好人！
杨　春　啊？我怎么不是个好人哪？
毛　朋　方才我叫你放她回去，你说有钱便可放她。如今，怎么拜起天地来了？
杨　春　先生有所不知，方才听她说得可怜，我情愿与她结拜仁义兄妹，替她伸冤告状。
毛　朋　有这等事？
杨　春　有哇！
毛　朋　我却不信。
杨　春　你去问哪！
毛　朋　好好好，我倒要问来？（向杨素贞）这一娘行，你二人在此作甚哪？
杨素贞　客官见我说得可怜，与我结为仁义兄妹，他为我伸冤告状啊！
毛　朋　哦，如此说来（向杨春）兄台，你是个大大的好人了！
杨　春　本来是个好人！
毛　朋　我来问你，你们告状，可有状子无有？
杨　春　去至前面，请人写上一张。
毛　朋　待我与你们写上一张，也就是了。
杨　春　无有纸笔墨砚啊！
毛　朋　不妨事，我这里有啊！（指门子背的小木箱）
杨　春　我来看看！（门子打开木箱给他看）哎呀先生，你呀，不是个好人！
毛　朋　啊？我怎么不是好人？
杨　春　你有纸笔墨砚，又会写状，看将起来，你呀，是一个刀笔先生！
毛　朋　我们算命先生，本来就有纸笔墨砚，有道是：闲时备，
杨　春　忙时用。
毛　朋　如不备，
杨　春　无有用。
毛　朋　如今呢，偏偏就用着了！
杨　春　巧得很！
毛　朋　啊？
杨　春　啊？
毛　朋　巧得很！哈哈哈！叫你妹子说个由头，我好写状。
〔毛朋在原处坐下，门子把纸笔放在箱上，让他好写。与此同时，杨春走向杨素贞。
杨　春　对对对，啊贤妹，说上一个由头，先生也好写状啊。
杨素贞　是。告状人杨素贞，年二十八岁，河南汝宁府上蔡县，四都八甲里姚家庄人氏……
〔毛朋一挥而就。
毛　朋　好，好了！

杨　春　写好了？

「毛朋把状子交给杨春，杨春将它交给杨素贞。

杨　春　贤妹，将它收起。

杨素贞　啊兄长，请先生念上一遍，见了大人也好照状回话。

杨　春　对对对，啊先生，请你念上一遍，去至公堂，也好照状回话。

毛　朋　哦，这是哪个讲的呀？

杨　春　我妹子讲的呀！

毛　朋　哎呀，她倒有男子的肚才！

杨　春　本来是不错嘛！

毛　朋　好，我念与你们听？“具告状人孀妇杨素贞，年二十八岁，系河南汝宁府上蔡县四都八甲里姚家庄人氏。状告大伯庭椿、刁嫂田氏、胞兄杨青为害夫霸产、典卖鲸吞事……”八个字的由头，叫她记下了。

杨　春　啊，贤妹，这八个字的由头，你要记下了！

杨素贞　遵命。

杨　春　先生，往下念哪！

毛　朋　“大伯庭椿，用药酒毒死儿夫庭梅，刁嫂田氏，用钢刀杀死七岁宝童。……”

杨素贞　（哭）喂呀！……　（大 大 大大大 台）

毛　朋　啊？问她为何啼哭？

杨　春　哦，我去问。（向杨素贞）贤妹你为何啼哭啊？

杨素贞　宝童是我的儿子，被田氏杀了，怎不教我痛哭啊！……

杨　春　啊，先生，宝童是她的儿子，被田氏杀死，怎不心痛啊！

毛　朋　你对她言讲：这是作状子的由头。有道是，“牛吃房上草，风吹千斤石；一纸入公衙，无赖不成词。”一句赖词，宝童不曾死啊！你去对她言讲。

杨　春　好，好（向杨素贞）贤妹，宝童不曾死，这是一句赖词。

杨素贞　请先生往下念！

杨　春　往下念！

毛　朋　“胞兄杨青，推母有病，将奴诓在柳林，卖与‘贩捎人’……”

杨　春　嗳嗳嗳！不告了，不告了！（把状子夺过来）

毛　朋　你为何不告了？

杨　春　按院大人有告示在外，提起“贩捎”二字，四十大板，一面长枷。这一张状子，把我自己都告下来了！

毛　朋　听你之言，你也晓得王法？

杨　春　哪有不晓得王法的道理？

毛　朋　好，你既晓得王法，我与你改过就是。

杨　春　哦，先生还会改状？

毛　朋　会写，我自然会改呀！

杨　春　（把状子给他）好，你改得好，我就告得准！

毛　朋　我若改不好呢？

杨　春　我就不告了！

毛　朋　好！如此说来，我包改！

杨　春　我包告！

毛　朋　唔，我还包准呢！

杨　春　先生，你还会说大话呀！

毛　朋　说说何妨！（改状）你来看："贩捎"二字，改成"异乡"，"贩捎人"改成"异乡人"，可好啊？

杨　春　改得好！改得好！往下念！

毛　朋　"春见金镯不忍，愿身价银子不要，婚书扯碎，认为仁义兄妹，替小妇人伸冤。闻听大人爱民如子，法不枉断。因此前来越衙告状。望求青天大人，快拿凶恶到案，问明凶情，依律除奸，则亡夫瞑目泉下，小妇人草木得生。一纸上告，一纸上告。"可好？

杨　春　好，好！

毛　朋　拿去！（把状子给杨春。门子收拾笔砚，背起木箱）

杨　春　贤妹收好。（把状子给杨素贞）

杨素贞　（将状了藏入怀中）啊，兄长，问问先生住在何处？倘若大人不准此状，还请先生补写一张。

杨　春　对对对，啊先生，你住在哪里？我家妹子言道：倘若状子不准，还请先生补写一张。

毛　朋　呃……我就住在城内，道台衙门旁边，有个小小的卦棚上面写着："说不倒的老先生"，就是我啊！

杨　春　哦，你是说不倒的老先生？

毛　朋　不错，正是。

杨　春　好，好，此番告状，若是告准了，你就是"说不倒的老先生"。若是告不准，你呀，就是搬得动的老先生！

毛　朋　哈哈哈！**【大锣凤点头】**

〔西皮散板〕

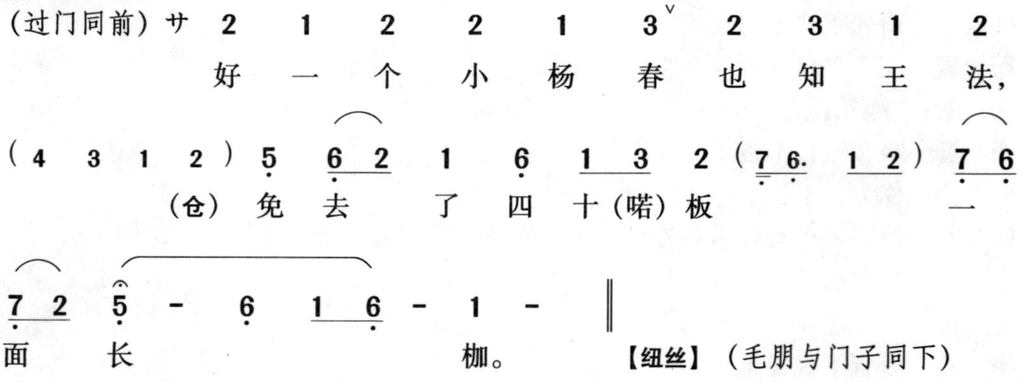

〔西皮散板〕

杨素贞

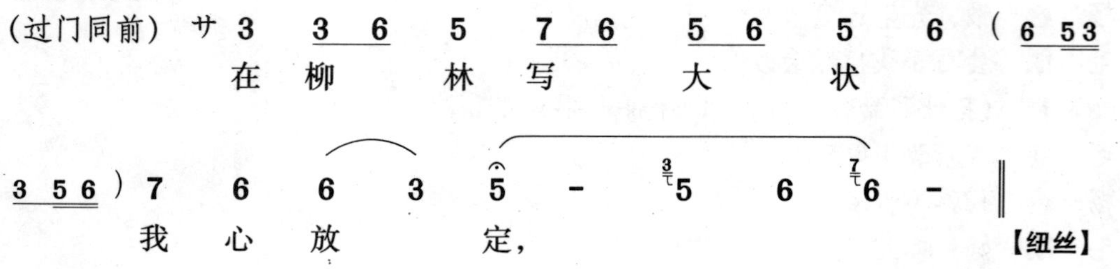

「杨春持鞭牵驴过来，杨素贞接鞭上驴。

杨素贞 （过门同前）サ 3 3 5 5 6 6 i 5 4 3 5 6 5 5 6 - 6 5 5 -‖
但愿得遇青天得雪 冤 情。

「【回头】转【冲头】杨素贞、杨春下。

第 三 场

「接前场【冲头】转【撤锣】【小锣五击】

「四光棍引刘二混执大紫扇上。

刘二混 （念）时不济来运不转，

押了白虎开青龙。

我，刘二混便是。游手好闲，专靠矇、坑、拐、骗为生。眼看天可热了，我说兄弟们，城门口遛达遛达！

众 走着！

刘二混 走！

「【纽丝】刘二混等下。杨春、杨素贞上。

〔西皮散板〕

杨素贞 （过门同前）サ i i 3 6 5 5 6 3 5 6（4 3 5 6）
心 慌 意 乱 往 前 进，（仓）

（二人走到"九龙口"）

〔西皮散板〕

3 5 i 6 5 6 5 6 6 i 5 5 -‖【大锣住头】
但 愿 今 朝 把 冤 伸。

杨 春 贤妹在此暂等，我去去就来。

杨素贞 是。

「杨春下、刘二混及光棍们上，看见杨素贞。【小锣一击】

刘二混 这个娘儿们长得真不错！（招呼光棍们把杨素贞推下，同下）

「【冲头】【大锣水底鱼】杨春上。【大锣住头】杨春不见了杨素贞。【撕边大锣一击】

杨 春 贤妹！贤妹！

「刘二混从"下场门"上，拦住杨春。

刘二混 嘻嘻！你慌里慌张，是想进城吗？

杨 春 是的，是的。

刘二混 我听你的口音，可不是此地人氏。

杨 春 南京人氏，南京人氏……

刘二混 南京是好地方，我到过。大哥，你不知道，我们这儿欺负外乡人哪！我看你背这么大的一个包袱，进了城门洞，你就吃亏了！这样吧！把包袱交给我，我给你背着，我在头里走，你在后头跟着，空着手，遛达遛达跟我进了城，我再把包袱交给你，你看怎么样。

杨　春　哎呀！萍水相逢，怎好打搅？

刘二混　四海之内，皆为朋友。我是个好人哪！

杨　春　哦，兄台是个好人？

刘二混　嗨嗨！我是个好人哪！

杨　春　好好好！

刘二混　这算不了什么，交给我吧！

〔杨春把包袱交给刘二混。

刘二混　咱们哥俩走！……大哥，你东张西望是找人的吧？

杨　春　是的，是的。

刘二混　有个妇道？

杨　春　对对对！

刘二混　骑着牲口？

杨　春　不错！在哪里？

刘二混　（往反方向“上场门”那边指）往那边去了！

杨　春　往哪边去了？

刘二混　（再指“上场门”）往那边去了！

〔杨春往“上场门”看。**【大锣一击】**

〔刘二混从“下场门”溜下。

〔杨春回头一看，刘二混不见了。**【撕边大锣一击】**

杨　春　（知道上当了）气死我也！

（八 大大　仓 0）

〔**【冲头】**杨春歪歪斜斜地下。

第　四　场

〔接前场**【冲头】**，长调，〔大撤锣，铙钹加花〕

〔宋士杰内白：“哽哼！”

〔**【小锣出场】**宋士杰右手执打开的扇子，平摊，微摇动，出场。走到中间台中，轻轻一收扇子，交到左手，右手随意一抖袖，捋捋胡子，右手再拿过扇子，打开。

宋士杰　（念）身在公门好修行，

看来不差半毫分。

得行方便且方便，

一字之间有重轻。（扎）

老汉，宋士杰。在前任道台衙门，当过一名刑房书吏。只因我办事傲上，才将我刑房革掉。在这西门以外，开了一座小小店房，不过是避嫌而已。今日有几个朋友，约我去吃酒，街肆上走走！

〔**【乱锤】**宋士杰一收扇子，右手两个指头捏住扇柄，左手撩袍，走半个圆场。杨素贞骑驴逃上。宋士杰一看不对，上一步，一闪身，背朝外退到台口。让杨素贞从台中间过去。先是一惊，杨素贞过去了，他再慢慢往“上场门”一看，几个光棍在后面追，有点明白了。再一看，看见刘二混，更明白了。杨素贞、刘二混、众光棍等都由“下场门”跑下。**【紧冲头】**宋士杰走小半个圆场，回过身来向外。

宋士杰 啊？**【撕边大锣一击】**只见信阳州一班无头光棍，追赶一个女子（这两句念得快一些），若是追在无人之处，那女子定要（顿一顿）吃他们的大亏！（语气加强，往左猛一甩胡子，胡子落下时，左手背就势一托（八 仓 0）切锣，往右一看）我不免赶上前去，打他一个抱不平！（语气更强，同时，右手使劲一捏扇柄。扇子半合着，捏时发出声音，加强力量。但不能过火，到底是个老头。（仓 0）转念一想，又缓下来）（嘟 -）嗳！（仓）只因我多管人家的闲事，才将我的刑房革掉，我又管的什么闲事啊？（仓）唉，不管也罢！（仓）街肆上走走！（左转向正要走）

〔杨素贞内：“异乡人好命苦哇！”

【撕边】（叫头：八大 顷 | 仓 扎 |: 扎 扎 :|）

宋士杰站住，转身向“上场门”。打开扇子，由上而下，由里而外用手腕摇动扇子。

大 台 | 仓 才 | 仓 才 | 仓 0 ‖

忽然扇子猛往前一 戳， 收扇子转身走向台口

宋士杰 本当不管，那女子言道：“异乡人好命苦！”我宋…… （拖长音）士杰不管，他们哪…… （拖长，带颤音）一个敢管！（用力一顿）（仓 0）（转念一想）（大 大 大 大 大 大 大 台）有了，我不免回去，与我那婆儿商议商议，救她一救。（一面自言自语，一面反圆场走回来。进门，左右看看）

宋士杰 妈妈哪里？走来！

〔万氏内：“啊哈！”

〔**【小锣五击】**万氏上。

万　氏 （念）每日吃斋念经文，

　　要学南海观士音。

阿弥陀佛！

宋士杰 错了！

万　氏 我怎么刚出来就错了？

宋士杰 救苦救难之事，你如何比得？

万　氏 老头子，我们老两口经常给人家大事化小，小事化了，怎么说比不得呢？

宋士杰 比不得。

万　氏 比得！

宋士杰 比不得。

万　氏 比得，比得！今儿个我是比定了！

宋士杰 就算比得。

万　氏 本来就比得嘛！嗳！老头子，你叫我出来，什么事啊？

宋士杰 今天有几个朋友，约我去吃酒，行在街肆之上，只见信阳州一班无头光棍，追赶一

个女子，若是行在无人之处，那女子定要吃他们的大亏。为此将你唤出来，商议商议，设法救她一救哇。

万　氏　怎么？你的老脾气真是改不了！只因你好管闲事，衙门才把你的差事革掉，怎么你又管闲事啦？要管你去管，我可不管！

宋士杰　妈妈，我本当不管，只是那女子言道："异乡人好命苦！"妈妈念她是个异乡人，救她一救吧？

万　氏　管他什么异乡人同乡人的，我不管！

宋士杰　妈妈，你既然要做大慈大悲南海观士音，应当管一管哪！

万　氏　不管！

宋士杰　妈妈，你是个好人，管一管！

万　氏　不管，不管！

宋士杰　不管？

万　氏　不管！

宋士杰　不管？

万　氏　就是不管嘛！

宋士杰　不管？是啊，救人一命，少活十年！（**大台**）

万　氏　你这个老头子，越活越糊涂啦！谁都知道：救人一命，多活十年！

宋士杰　少活十年。

万　氏　多活十年！

宋士杰　少活十年！

万　氏　多活十年！

宋士杰　少活！

万　氏　多活，多活，多活！

宋士杰　你晓得多活，为什么不去救她？（**台**）

万　氏　哎呀，好你个老头子！敢情你是跟我绕着弯儿来的！我说老头子！

宋士杰　啊？

万　氏　咱们要是打出祸来呢？

宋士杰　有我担待！

万　氏　有你？

宋士杰　正是。

万　氏　好，老头子听了！

【小锣扑灯蛾】

（念）万氏开言道，
老头子你是听。
上房拿棒槌，（拿棒槌）
我专打　抱　不　平！　（亮相）
（**八大台** | **仓** | **仓** | **仓** ‖）

「万氏匆匆出门。**【乱锤】**宋士杰撩袍出门。二人走半个圆场到"下场门"台口，杨素贞上；宋士杰一指，告诉万氏：就是她！万氏抢上前去，拉住驴，杨素贞跟着她走。小光棍追上，见宋士杰，害怕，低着头走，宋士杰顺手把他们打下。

「刘二棍上，看见宋士杰，这边一让，宋拦。【撕边大锣一击】刘二混那边再一让，宋再拦。【撕边大锣一击】宋士杰站在那里，刘二混眼看过不去。（八 仓 0 ）

刘二混 （只得赔笑脸）我当是谁，原来是宋家爷爷！

宋士杰 哼！

刘二混 宋家爷爷您好哇！

「刘二混想借此溜走，宋士杰再拦住他。

宋士杰 清平世界，朗朗乾坤，你竟敢抢人家，该当何罪呀！

刘二混 （赔笑）嘿嘿嘿，嘿嘿嘿，嘿嘿哈哈哈……！宋爷爷！小孩子是穷出来的见识，您老人家还拦财路吗？

宋士杰 啊！（大）今日遇见你宋家爷爷，休想过去！

刘二混 （耍光棍）哈哈！好你个老头子！我开口一个宋家爷爷，闭口一个宋家爷爷，你竟然不知好歹！（扔下包袱，要动手）

宋士杰 你要怎样？

刘二混 我要……

「万氏从后面过来，用棒槌打刘二混。【撕边大锣一击】刘二混逃下。万氏欲追，宋士杰拦住。【撕边大锣一击】

宋士杰 让他去吧！

万　氏 便宜他了！

「【大锣水底鱼】三人走反圆场回家。宋士杰在前面，万氏牵驴领着杨素贞在后面。宋士杰进了门，自己搬椅子在近“下场门”台口坐下，没有看见万氏把杨素贞也领进来了。后面的人也要注意，不要让宋士杰看见。万氏拴驴，领杨素贞进来，搬椅子让她在近“上场门”台口坐下。万氏在二人中间。

万　氏 坐下歇会儿吧！

杨素贞 多谢妈妈！

万　氏 你受惊了。别客气，你就坐着吧！来到我们这儿，你就放心吧！

杨素贞 多谢妈妈！

万　氏 干吗那么客气呀！

「宋士杰拍拍手，暗示叫万氏过来。杨素贞要起身，万氏拦住她。

万　氏 你坐着，坐着！（走到宋士杰身边）什么事啊！

宋士杰 将她救下，叫她走哇！怎么领到家中来了？

万　氏 叫她走？

宋士杰 是啊。

万　氏 老头子！

宋士杰 啊？

万　氏 咱们开的是什么？

宋士杰 开的是店哪。

万　氏 这不结了吗？开的是店，有客人不往里头拉，还往外推人家吗？

宋士杰 妈妈讲得倒也有理。呃，妈妈，应当问问人家姓什么啊！

万　氏 嗳，我问问去。（走向杨素贞）我说这一小娘子，你姓什么，叫什么呀？

杨素贞 （起身）我姓杨，名叫杨素贞。

万　氏 你坐着，坐着啊！（走向宋士杰）问来了，她姓杨，叫杨素贞。

宋士杰 哪里人氏？

万　氏 我还没问呢。

宋士杰 问哪！

万　氏 我去问去。（走向杨素贞）我说这一小娘子，你是哪儿人氏啊？

杨素贞 河南上蔡县人氏。

万　氏 哦，河南上蔡县？好地方啊！（走向宋士杰）老头子，问来了。她是河南上蔡县人氏。

宋士杰 孤身女子，到此作甚？

万　氏 我哪儿知道啊！

宋士杰 问哪！

万　氏 嗳，我去问去！（走向杨素贞）我说这一小娘子，你孤身女子，到这儿干什么来了？

杨素贞 我越衙告状来了。

万　氏 哦，越衙告状来了？

杨素贞 正是。

万　氏 哎哟！你瞧好大的胆子！（走向宋士杰）我说老头子，问来了，敢情她是越衙告状来了！

宋士杰 哎呀！越衙告状，这个冤枉一定是大了啊！

万　氏 唔，冤枉不小啊！

宋士杰 妈妈，你问她有状无状？

万　氏 我去问去。（要走）

宋士杰 拿来我看哪！

万　氏 我说老头子，你有话一块儿说完了好不好？别那么来来回回的遛着我！

宋士杰 无有了。

万　氏 （走向杨素贞）我说小娘子，你越衙告状，可有状子？

杨素贞 有。

万　氏 哦，有状子。拿出来给我们瞧瞧！

杨素贞 这个……

万　氏 拿出来瞧瞧啊！

杨素贞 无有！

万　氏 这多干呐！（走向宋士杰）老头子，我问她有状无状？她说有。

宋士杰 拿来我看哪！

万　氏 （学杨素贞）这个……无有！

宋士杰 你这是怎么样啊？

万　氏 我是现趸来现卖的。

宋士杰 妈妈，你对她言讲，我在前任道台衙门，当过一名刑房书吏，这状子若有不到之处，与她更改更改，我们夫妻是好人哪！

万　氏 本来咱们是好人嘛！

宋士杰 对她言讲！

万　氏 对，我去跟她说去！（向杨素贞）我说这一小娘子，我们这位老头子，在前任道台衙门，当过一名刑房书吏，让你把状子拿出来，没有别的意思，若有不到的地方，好给你更改更改。告诉你说吧，我们这老两口子，可是好人哪！

杨素贞 如此妈妈请看！（取出状子给她）

万　氏 哟！瞧你这孩子真聪明啊！一说好人，状子也拿出来了。嗳哟，你可人小心不小啊！（右手在上，左手在下拿着状子看）这状写得可真不错啊！（一面往宋士杰这边走）

宋士杰 妈妈，你做什么啊？

万　氏 我这儿看状呢！

宋士杰 看状啊？倒了啊！

万　氏 倒了？（把右手翻下来，左手翻上去，把状子对着宋士杰）我这是给你瞧的呀！

宋士杰 哈哈哈！（**台 台 | 大大 台 | 台 大 | 台 – |**）

〔宋士杰收扇子，把它插在脑后衣领中。架起腿，把褶子稍稍折起一点平摊在腿上。

宋士杰 （看状、念状）“具告状人孀妇杨素贞，年二十八岁，河南汝宁府上蔡县四都八甲里姚家庄人氏。状告大伯庭椿、刁嫂田氏、胞兄杨青，为害夫霸产，典卖鲸吞事……”八个字，叫她记下了。

万　氏 （走向杨素贞）小娘子，这八个字可得记住了啊！

杨素贞 是。

〔万氏再走到宋士杰身边，听他念状。

宋士杰 “大伯庭椿，用药酒害死亲夫庭梅，刁嫂田氏，用钢刀杀死七岁宝童……”

杨素贞 喂呀！……（**大 大 大 大大 台**）

宋士杰 妈妈，她为什么哭？

万　氏 我哪儿知道啊？

宋士杰 问一问哪！

万　氏 我问问她去。（走近杨素贞）我说这个小娘子，你干吗哭啊？

杨素贞 妈妈有所不知，那宝童是我的儿子，倘若真个被田氏杀了，怎不教我痛哭！（**大大 大 大大 台**）

万　氏 （走向宋士杰）老头子，问来了，那个宝童是她亲生的儿子，要是被人杀了，她心里怎么不难过啊！别说她难过，就连我听了心里也怪难受的！

宋士杰 妈妈，这叫：“牛吃房上草”。

万　氏 哪有这么长的脖子？

宋士杰 “风吹千斤石”。

万　氏 也没有那么大的风啊！

宋士杰 “一纸入公衙，不赖不成词。”这是一句赖词，她的儿子不会死。对她言讲？

万　氏 她的儿子没有死？哎哟这可好啦！（走向杨素贞）我说小娘子，你的儿子没有死，你放心吧！

杨素贞 多谢妈妈！

万　氏 这一下你可放心啦！（再走向宋士杰身边）

宋士杰 （接念）：“胞兄杨青，推母有病，将我诓在柳林，卖与……卖……”

万　氏 你看不见了？我给你拿眼镜去！

宋士杰 用不着，用不着，……哦，这是改了，本来写的是卖与贩捎人杨春。按院大人有告示在外：有人提“贩捎”二字，四十大板，一面长枷。这一改，“异乡人杨春”，这一改不值紧要，免了杨春这个娃娃四十个板子，一面长枷。

万　氏　哟，这么一说，改得好啊！

宋士杰　改得好！

万　氏　改得好！

宋士杰　改得好！

万　氏　你倒是往下念哪！

宋士杰　（接念）“春见金镯不忍，身价银子不要，反将婚书扯碎，认为仁义兄妹，替小妇人伸冤。闻听大人，爱民如子，法不枉断，因此前来越衙告状。望祈青天大人，快拿凶恶到案，问明凶情，依律除奸，则亡夫瞑目泉下，小妇人草木得生。一纸上告，一纸上告！”

（按：状子上是空白的，但要当它有字来念。“具告状人杨素贞……状告”是第一行。从“大伯庭椿”起是第二行开始。“为害夫霸产、典卖鲸吞事”是第二行中段。再念时，就从这里开始。到“杀死七岁宝童”，是第二行末与第三行开头。“胞兄杨青，推母有病”，是第三行中间。“春见金镯不忍”是第三行末尾。第四行念得快了。“因此前来越衙告状”是第五行，也是最后一行。到“一纸上告”，正好是第五行末尾。

读状时，两手一上一下拿着状子。一面念，一面用手指移动状子，表示从上看到下，另一只手把状子轻轻扯下来，移行，再从上看到下，越念越快，手指捻动状子，以及扯下来，也越来越快。状子移到末尾，眼光看到末行，正好读完。）

万　氏　好！

宋士杰　好！妈妈，这做状子的老先生，有八台之位呀！

万　氏　怎么见得呢？

宋士杰　笔力上带着。

万　氏　看出来了？

宋士杰　可惜一样。

万　氏　哪一样？

宋士杰　他的时运不至。

万　氏　要是到了呢？

宋士杰　就是八台之位！

万　氏　哦，就是八台之位呀！

宋士杰　好是好，废物了！

万　氏　这么好，怎么废物了呢？

宋士杰　你想，公门之中，陋规甚多，孤身女子，呈递不上，也是枉然！把还与她。

万　氏　（接状子走近杨素贞）我说这一小娘子啊！这状子写得倒是不错啊！可惜废物了！

杨素贞　怎么废物了？

万　氏　想那衙门口里头，陋规很多，你是一个孤身女子，呈递不上，这不是废物了吗？

杨素贞　如此说来，我那满腹含冤，就无处申诉了哇！（哭）（**大 大 大 大大 台**）

万　氏　别哭，别哭！哎呀，多可怜哪！（向台口）嗨，可惜呀！她跟我是非亲非故呀，她要是跟我沾上这么一点点儿亲的话呀，这场官司，妈妈我就给她打啦！

杨素贞 干娘请上，受儿一拜！（跪）（**大 大 大 大大 台**）

万　氏 哎哟，快起来！好孩子！哈哈哈……哎哟，你可真聪明啊！

杨素贞 多谢干娘！

万　氏 别客气，别客气！坐着吧！（杨素贞坐下）哎呀，她可真爱人哪！（故意装腔）我说，来呀！……来呀！

宋士杰 （起身）你叫哪一个呀？

万　氏 我叫你呢！

宋士杰 你叫我做什么呀？

万　氏 （要把状子给他）去，告状去！

宋士杰 （不接）替哪个告状？

万　氏 给我干闺女告状去！

宋士杰 哪一个是你的干女儿？

万　氏 啊？你还不知道啊？

宋士杰 不晓得。

万　氏 杨素贞拜在我的名下，她就是我的干女儿，我就是她的干妈妈，这个状不该你去告吗？

宋士杰 哦，她是你的干女儿？

万　氏 是啊！

宋士杰 你是她的干妈妈？

万　氏 对啰！

宋士杰 嘿嘿！与我什么相干！（**大 台**）

万　氏 哎哟！这老头子吃醋了！（向杨素贞）快去给你干爹磕头去！

杨素贞 （过来）干父在上，女儿拜见！

〔素贞下跪行礼，宋士杰伸手要扶，连说：不敢当……。万氏正好把状子叩在他手上。**【小锣一击】**

宋士杰 （一愣）啊？

万　氏 告状去！

宋士杰 哈哈哈！……

〔宋士杰接了状子，放在袖子里，把方才坐过的椅子搬回去。万氏也把杨素贞坐的椅子搬回去。宋士杰从衣领处取出扇子准备出门。

宋士杰 告状去！

万　氏 老头子！

宋士杰 啊？

万　氏 告诉你说，你可别喝酒。

宋士杰 不吃酒。

万　氏 闺女的状子一定要递上！

宋士杰 是啊，一定要递上！

万　氏 要是递不上啊……

宋士杰 啊？

万　氏 我可不让你回来！

宋士杰 呃，我回来，你怎么样啊？
万　氏 要是回来呀，我拿脚丫子把你踹出去！
宋士杰 （笑）老厌气呀！
　　〔宋士杰下【**小锣下场**】。
万　氏 （小锣声中插白）干女儿，咱们到房内歇着去，跟我走吧！
　　〔二人从“上场门”下。

第　五　场

　　〔【**小锣打上**】丁旦上。
丁　旦 （念）身在公衙内，
　　　　官差不自由。
　　在下丁旦。只因衙中出了一桩疑难案件，不免去到宋家伯伯台前领教领教。
　　〔（**台，大台**）宋士杰上。
丁　旦 （迎过去）宋家伯伯！
宋士杰 丁旦，你好哇？
丁　旦 我好，伯伯可好？
宋士杰 好哇，改天再见！（要走）
丁　旦 （拦住宋）宋家伯伯，只因衙中出了一桩疑难案件，要在宋家伯伯台前领教。
宋士杰 哦，衙中出了疑难案件了？不妨事，明天再谈。（又要走）
丁　旦 （再去拦）宋家伯伯，我请你吃酒！
宋士杰 啊？
丁　旦 请你吃酒！
宋士杰 哦，吃酒啊？
丁　旦 就是现在，我的东道。
宋士杰 （兴致来了）好，走走走！
丁　旦 请！
　　〔【**小锣打下**】二人同下。

第　六　场

　　〔【**小锣五击**】卫辉、彰德、怀庆三府差人上。
三府差人 来此已是道台衙门，上前投文。（叩门）（**台**）
　　〔道台衙门门子上。
道台门子 何事？
三府差人 卫辉、彰德、怀庆三府前来投文。
道台门子 候着。（向内）启禀大人！
　　〔顾读内：“何事？”

道台门子 卫辉、彰德、怀庆三府前来投文。

〔顾读内："公文收下，三日后领回文。"

道台门子 是。（向差人）公文收下，三日后领回文。

三府差人 是。

〔**【小锣下场】**场上人同下。

第七场

〔**【小锣打上】**宋士杰与丁旦上。

宋士杰 娃娃，酒楼上的话，你要牢牢谨记。这桩案件，照这样办么，没有什么妨碍的。

丁　旦 是是是，多谢伯伯！

〔二人信步走着，宋士杰蓦然站住。

宋士杰 来到衙门了！

丁　旦 是啊，来到衙门了。

宋士杰 你去问问升过堂了无有？

丁　旦 是是是。

〔丁旦走向"下场门"台口。下面二人同时念。一边是丁旦问话，一边是宋士杰自言自语。

丁　旦 啊，列位！大人升过堂无有？

〔内应："升过堂了。"

宋士杰 （与丁旦同时念）酒楼之上，多吃了一杯，若是升过堂，如何是好？

〔丁旦问罢回过来。

丁　旦 啊，宋家伯伯！

宋士杰 啊？

丁　旦 大人已然升过堂了！

宋士杰 （一惊，右手把扇子往衣领里一插，左手一把抓住丁旦胸口衣襟）（ 仓> 0 ）怎么讲？

丁　旦 升过堂了！

〔宋士杰往外一甩胡子（ 八　大　仓 0 ）小酒头，（ 嘟 － ）就手打丁旦一个耳光。（ 仓 0 ）

丁　旦 （京白）吃了我的酒，还给我撒酒疯！（逃下）

宋士杰 呸！**【撕边】**

〔**【慢纽丝】**宋士杰慢慢随着锣鼓节奏往"下场门"走几步。切着"铙钹"右手摸扇，这是"交代"准备收锣鼓起唱，右手反取扇，把扇子颠正，往外转身，切最后一锣双手一摊。

〔二黄散板〕

宋士杰 サ（ 6̣ 5̣ 5̣ 5̣0 03 2 － 2 3 3 － 2.1 6̣ － 6̣ 5̣ － ）

3 3 1 5 3 32 （ 5̣ 6̣ 1 2 ）3 3 21 16̣

三　　杯　　酒　　　　　　　　把　我　　的

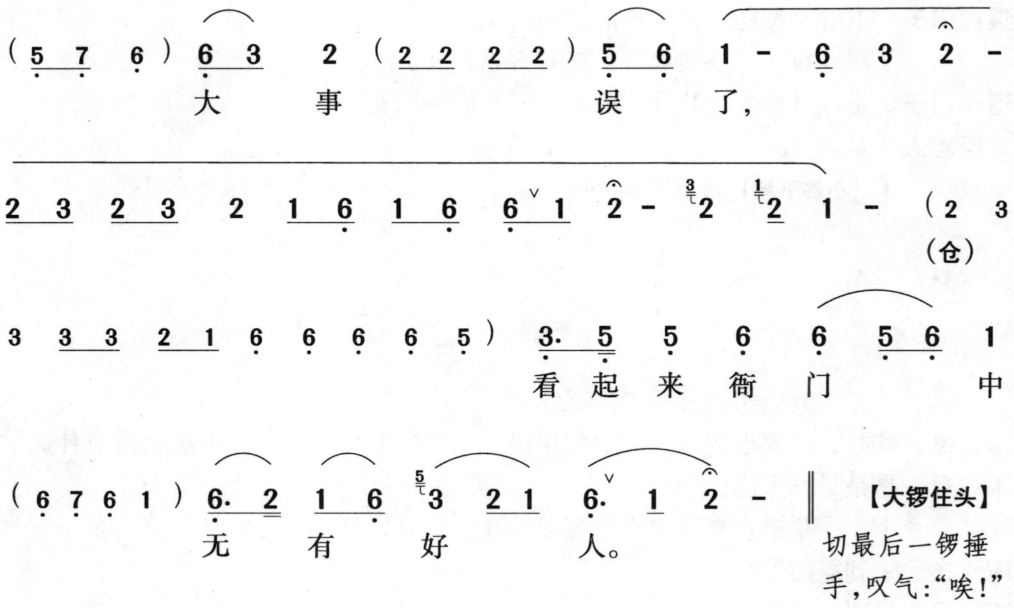

宋士杰 （叹气之后接念）酒楼之上，多吃了一杯，升过堂了，状子没有递上，嘿嘿！只好回去。吃酒的误事！（走圆场往回走）唉，回得家去，干女儿迎上前来，言道："干父，你回来了？"我言道："我回来了。"干女儿问道："状子可曾递上？"我言道："遇见了一个朋友，在酒楼之上，多吃了一杯，升过堂了，没有递上。"她必然言道："干父啊！我不是你的亲生女儿，若是你的亲生女儿，酒也不吃了，状子也递上了。"这两句言语，总是有的。……这两句言语，总是……

［可巧万氏上场，开门出来。杨素贞跟在后边。**【小锣一击】**宋士杰把话噎住，进门的时候，微微用扇子扇扇嘴边。原是怕她闻着酒味，哪知越扇酒味越大。

万　氏 哎哟，又喝酒啦！

［宋士杰进门，回身向外。

杨素贞 干父回来了。

宋士杰 回来了。

杨素贞 状子可曾递上？

宋士杰 遇见一个朋友，酒楼之上，多吃了一杯，升过堂了，没有递上啊。

杨素贞 我不是你的亲生女儿，……

宋士杰 （自语）来了！

杨素贞 若是你的亲生女儿，酒也不吃了，状子也递上了！

宋士杰 我早晓得你有这两句话呀！**【大锣叫头】**

（念）干女儿！我问你胆大胆小？

杨素贞 胆大怎说？胆小怎讲？

宋士杰 若是胆小，本县台前去告。

杨素贞 若是胆大呢？

宋士杰 随我击鼓鸣冤！**【大锣叫头】**

杨素贞 （念）干父啊！女儿若是胆小，也就来不到此地了！

| 四进士 |

宋士杰 （捋胡子）（八大 仓 0）好……哇！……【大锣五锤】既然胆大，随为父击鼓鸣冤！妈妈！（把扇子交给万氏）看守门户（万氏下场，宋士杰对杨素贞）随我来！（杨素贞左手贴着宋士杰胁下一托，宋士杰弯曲右臂用力一夹，（八 仓 0）宋士杰同时切锣踢袍，左手抓住袍角，两人亮相。【大锣水底鱼】（要打得有劲，有起伏，有节奏）二人走圆场，紧而有力，到“上场门”台口站定）

宋士杰 来此已是，待我向前。

杨素贞 是。

〔杨素贞退后一些，宋士杰走向台中。

宋士杰 看堂的！看堂的！看堂的呀！（无人应声）这个娃娃到哪里去了？（往近“下场门”处抽出鼓楗）待我照顾这个娃娃四十个板子吧！（正要击鼓）

〔看堂的急上，拦住宋士杰。

看堂的 宋家伯伯！这可不是闹着玩儿的！

宋士杰 娃娃，你好啊！

看堂的 我好，你老人家好啊！

宋士杰 娃娃，你往哪里去了？

看堂的 我出恭去了。

宋士杰 出恭去了？

看堂的 是啊。

宋士杰 来！

看堂的 啊？

宋士杰 （示以鼓楗）这是公事吧？

看堂的 我出恭也不见得是私事啊！

宋士杰 常言道得好：公门无有半时闲。

看堂的 话虽如此，可我也不能拉在裤子里啊！

宋士杰 今日幸亏遇见你宋家爷爷，

看堂的 你是老公事！

宋士杰 若遇见那些不知事务的，

看堂的 谅他们也不敢！

宋士杰 糊里糊途，大摇大摆，走上前来，他是……

〔宋士杰伸出拿鼓楗的右手，看堂的忙抓住他的右手。宋士杰一撤步，鼓楗子换到左手，击鼓：“咚咚咚”。看堂的急了，把宋士杰往“上场门”那边一带。宋士杰满不在乎地带着笑往前走了两步。【急急风】四衙役、丁旦、顾读急上。顾读到台口抖袖。【回头】【快冲头】顾读归“大座”。【冲头】收住。

顾　读 看堂的！

看堂的 来了，来了，来了！

〔看堂的进去跪下。

顾　读 你到哪里去了？

看堂的 我出恭去了！

顾　读 公门无有半时闲。打！（拍惊堂木）

〔【乱锤】看堂的趴下，衙役打看堂的。接转【冲头】

顾　读　传击鼓人！

看堂的　是啰！（仓）哎哟！哎哟！（喊着痛出来，看见宋士杰，更加装腔作势）哎哟哟哟！……

宋士杰　娃娃，你挨了吧？

看堂的　咦？你老人家又不是神仙，怎么知道我挨了呢？

宋士杰　四十个板子？

看堂的　不，不，不！四十个瘪子！

宋士杰　什么叫瘪子？

看堂的　您不知道吧？那些个伙计，怨我上次办案没给他们好处，把板子立起来，打了我四十个瘪子！

宋士杰　怎样传话下来？

看堂的　大人传话，带击鼓人呐！

宋士杰　哦。

看堂的　哦哟哟哟！……（下）

宋士杰　（取出状子，交给素贞）儿啊！状子在此，顶在头上，大胆向前！

杨素贞　是。

「**【回头】**杨素贞正要上堂。衙役喊堂威：哦！……**【回头放轻】**杨素贞缩回来，回脸看宋士杰。宋士杰对她摇摇手，指指自己，意思是：别害怕，有我呢！杨素贞上堂。**【回头】**转**【冲头】**

杨素贞　（跪）与大人叩头！

顾　读　嘟！（**嘟－仓**）本道放告，自有日期，擅击堂鼓，定是刁妇，来呀！扯下去打！

丁　旦　且慢！（**嘟－仓**）启禀大人，这一民女，擅击堂鼓，定有满腹含冤，请大人谅情！

顾　读　唔！（**嘟－仓**）免刑，呈状！

宋士杰　丁旦倒回答得好！

「**【大锣住头】**宋士杰"上场门"下，丁旦取状呈状。

顾　读　（看状）"具告状人孀妇杨素贞，年二十八岁，系河南汝宁府上蔡县四都八甲里姚家庄人氏。状告大伯庭椿、刁嫂田氏、胞兄杨青，为害夫霸产，典卖鲸吞事……"（**嘟－仓**）杨素贞，你越衙告状，住在哪里？

杨素贞　住在我干父家中。

顾　读　你干父是谁？

杨素贞　宋士杰

顾　读　宋士杰！（**嘟－仓**）哦，此人还在！传宋士杰！（拍惊堂木）（**仓**）

丁　旦　宋家伯伯！

「宋士杰上。他在出场前先将帽上的绳子解开。

宋士杰　啊？

丁　旦　大人传你！

宋士杰　传我啊？

丁　旦　大人传你，小心去见！

宋士杰　传我？嘿嘿，来了，来了。嘿嘿，传我啊！

「**【大锣五击】**宋士杰摘帽子，反转身，躬身。

宋士杰 报！（仓 0）宋士杰！（仓 0）
告…………进！……

「【阴回头】宋士杰抬左腿，右手撩袍，右腿迈一步，走“倒步”到“下场门”台口。

宋士杰 宋士杰与大人叩头！（念词的同时，宋士杰把帽子扔在身体左边，双手撩袍，一个急转身，斜身向里，双膝着地，毕恭毕敬地跪下）（仓 0）

顾　读 宋士杰，你还不曾死啊？

宋士杰 （往外一甩胡子，同时支好左腿，回身向外，两手一摊）【大锣一击】嘿嘿，阎王不要命，小鬼不来缠，我是怎样（两手一拍）得死啊？（两手一摊，斜视顾读，面犹带笑）（仓 0）

顾　读 你为何包揽词讼？

宋士杰 怎见得小人包揽词讼啊？

顾　读 杨素贞越衙告状，住在你的家中，岂不是你包揽词讼啊？

宋士杰 小人有下情回禀！

顾　读 讲！（拍惊堂木）

宋士杰 咋！【大锣归位】小人宋士杰，在前任道台衙门，当过一名刑房书吏。只因我办事傲上，才将我的刑房革掉。在西门以外，开了一座小小店房，不过是避嫌而已。

（这是第一段，叙述过程，可以念得平淡、流利一些。最后四字稍稍拖长一些，因为他还在想下面的话。）

曾记得（一顿）那年（再一顿）去往河南（微拖一拖）上蔡县（顿一顿）办差，（底下念得快一些）住在杨素贞她父家中。（渐渐地把话接上了）杨素贞那时节才这长这大（究竟多大，他也说不清楚，故意含混其辞却又故意说得十分肯定），拜在我的名下，以为义女。

（这是第二个段落。）

数载以来，书不来，信不去。杨素贞她父已死，她长大成人，许配姚庭梅为妻。她的亲夫被人害死，来到信阳州，越衙告状。

（这是第三个段落。这些事他都在状子上看到过，所以说得流利。）

常言道：是亲者不能不顾，不是亲者不能相顾。她是我的干女儿，我是她的干父，干女儿不住在干父家中，难道说叫她住在庵堂寺院？（仓 0）

（这是最后一段。全是他自己发挥出来的，振振有词，越说越快。“常言道”之后，抽空猛吸一口气，下面一口气喷出来，念得紧，气却要慢慢地放。“不能相顾”再很快偷一口气。“我是她的干父”再偷一口气。念到“庵堂”，扬声拖长，准备煞尾。“寺院”两字十分用力，有顿挫，收住。）

顾　读 你好一张利口！

宋士杰 （不动声色，有点带笑地回答）句句实言。

顾　读 （找台阶）杨素贞讨保！

宋士杰 小人愿保！

顾　读 啊？（意思是：你敢保她？）

宋士杰 啊？（意思是：我怎么不敢保？）

顾　读 你为何保她？

宋士杰　干父不保干女儿，他们哪……一个敢保？（仓　0）
顾　读　我原要你保！
宋士杰　保保何妨？
顾　读　下去！
宋士杰　走！
顾　读　下去！（拍惊堂木）
宋士杰　走哇！（双手顺便向外一挥，做一个俏皮的手势）
　　　　〔【大锣五击】宋士杰拿起帽子，戴好。在杨素贞搀扶下走出来。
宋士杰　走走走走走！（大大 大大大 台）
杨素贞　爹爹，方才几句话，回答得好啊！
宋士杰　这两句言语，回答不上，怎么称得起（两边看看，压低嗓门，带着笑音）包揽词讼的老先生！（提起精神，用力念）回得家去，叫你那妈妈，做些个面食馍馍，你我父女，吃得饱饱的，打这场热闹官司！走哇！走哇！嗳！（仓　0）走哇！
　　　　〔宋士杰切锣猛挟杨素贞扶他的手，亮相。【大锣五击】宋士杰、杨素贞下场。
顾　读　丁旦！
丁　旦　在！
顾　读　拿我公文，去至上蔡县，捉拿姚杨二家听审，不准卖放！退堂！
　　　　〔（退堂鼓）（冬冬冬）（台）衙役、顾读同下。
丁　旦　（出来）捉拿姚杨二家，这件苦差事，落在我的头上了。这真是：官差不自由，唉！只得走一遭。
　　　　〔宋士杰上（大大 大大大 台）。
宋士杰　丁旦！娃娃！
丁　旦　宋家伯伯！
宋士杰　娃娃，我与你打听一桩事。
丁　旦　什么事？
宋士杰　捉拿姚杨二家，何人前去？
丁　旦　这桩苦差事，落在我的头上了。
宋士杰　好了！……苦差事？
丁　旦　苦差事！
宋士杰　（取银子）喏，我这里有一茶之敬，带在身旁，买杯茶吃吧！
丁　旦　宋家伯伯的银子，我不敢要。
宋士杰　敢莫嫌轻？
丁　旦　如此说来，我只好愧领了。（接银子）
宋士杰　好，再会，再会！回来与你接风。
丁　旦　多谢，多谢！再会，再会！（走几步，又回身偷听）
宋士杰　（自言自语）好丁旦，好丁旦！这个娃娃吃红了眼了，连我宋士杰的银子，他也敢要哇！好！姚、杨二家，不少一名还则罢了；短少一名，我管教这个娃娃，挨四十个板子，不能挨三十九！
丁　旦　（连忙回来还银子）原银退回！
宋士杰　（笑）娃娃，你胆子小啊？

丁　旦　我本来胆子小。
宋士杰　好，吃衙门饭的，原要胆小。回来与你接风。
丁　旦　不敢当！
宋士杰　再会，再会！
丁　旦　再会，再会！
宋士杰　这银子嘿……回来再见吧！（从“上场门”下）
丁　旦　（京白）遇见他也就倒了霉了！

〔【小锣打下】丁旦下。

第八场

〔【小锣打上】四衙役、二差人引刘题上。

刘　题　（念）为官须清正，
王法不徇情。【小锣归位】

〔刘题归“大座”。

刘　题　本县刘题。二甲进士出身，出授河南上蔡县正堂。今乃三、六、九日，放告之期，侍候了！

〔【小锣五击】丁旦上，进内。

丁　旦　贵县请了！
刘　题　贵差有何公干？
丁　旦　公文一角，贵县请看。（递公文）
刘　题　（看）哦，原来上司命本县捉拿姚、杨二家到案。何人听差？
二差人　小人听差。
刘　题　有火签一支，前去捉拿姚杨二家到案，不得有误！
二差人　遵命！（接火签）
刘　题　掩门！（台，大台）

〔刘题、衙役同下。

二差人　上差，我们一同前去。
丁　旦　好，一同前去。

〔三人圆场。

二差人　来此已是。（叫门）开门！

〔（台，大台）杨青上。

杨　青　（念）为人不做亏心事，
半夜敲门不吃惊。
谁呀？（开门）
丁　旦　他是杨青？
二差人　就是他！
丁　旦　锁了！
杨　青　慢来！你们做什么？

二差人　有火签一支，拿去看来！

杨　青　（接）拿我？我是穷鬼，姚家是有钱的，你们跟我拿他去！走走走！

〔四人圆场。

杨　青　你们稍站。（叫门）姚兄，开门来！

〔姚庭椿上。

姚庭椿　是哪个？（开门）到此何事？

杨　青　杨素贞在信阳州，告下伸冤大状，今有差使，捉拿我们来了！

姚庭椿　待我叫老婆出来商议商议。老婆！

〔田氏上。

田　氏　什么事啊？

姚庭椿　杨素贞把我们告下了，今有差使捉拿我们来了！

田　氏　这可怎么办哪？

杨　青　快拿一百两银子，先送公差去，然后再想法子。

田　氏　（取出两封银子）银子在此。

〔姚庭椿把银子交给杨青。杨青自己暗藏起一封。

杨　青　啊，二位，这有五十两银子，拿去吃杯茶吧！

差　甲　好，伙计，有上差在此，我们先送他吧？

差　乙　对啦！

差　甲　上差，这有五十两银子，请收下吧！

丁　旦　这银子拿得的吗？

差　乙　拿得的！

丁　旦　若被你们太爷知道，如何是好？

差　甲　我们县太爷好酒贪杯，百事不问，你放心拿下吧！

丁　旦　（收银）如此我在前面等候你们。（下）

差　甲　伙计，银子交给上差了，咱们还是没有。

差　乙　再去锁人！

〔二人再回去。

差　甲　还是要锁人！

姚庭椿
田　氏　给你们银子了，怎么还要锁人？

二差人　我们三个人，就这五十两银子吗？

姚庭椿　杨大舅，我不是给你一百两吗？

杨　青　哦，我忘了，我还当是给我的呢！（拿出银子）喏，五十两银子拿去，我们随后就到。

二差人　（甲接银、甲乙对视）谅他们也跑不了！（向姚、杨）好吧，你们随后就来！

〔二差人下。

姚庭椿　哎呀老婆！杨素贞把我们告下了，怎么好哇？

田　氏　听说道台大人和我兄弟田伦乃是同年弟兄，待我去求我兄弟，修书一封，前去说情，也就是了。

杨　青　嗯，好主意！

姚庭椿　事不宜迟，就此去吧！车辆走上！

「车夫执车旗上。田氏出门，上车。杨青、姚庭椿下。

田　氏　【小锣凤点头】（过门同前）〔西皮摇板〕サ 3 3. 6 5 5 7 7 5 6（7 6 5 3 5 6）7 6 6 3 5 – 5 6 – ‖【小锣抽头】

田氏女坐车中心神不定，

「田氏与车夫、小二走向“下场门”台口。

田　氏　（过门同前）サ 5 i i 6 5 5 6 6（i 6 5 3 5 6）3 5 6 5 3 5 3 0 5 –（5 5 3 6 5 5）

回家去求兄弟怎样说明。

「【小锣打下】田氏、车夫同下。

第九场

「【小锣打上】田伦上、抖袖，整冠，走向中间台口。

田　伦　（念引子）读书藏满腹，（多多）
文章 サ 2 3 2 3 i 6 7 6 5 6 – ‖【小锣归位】
占高魁。

「田伦归“小座”。

田　伦　（念）早年登科喜临门，
江西赴任待另聘。
承欢膝前奉老母，
难学忠孝两全人。【小锣住头】

下官，田伦。二甲进士出身。蒙圣恩，颁放江西八府巡按，回乡祭祖。不想又遭先父之丧，丁忧三载。如今孝服虽满，尚未领凭上任。正是：（扎）
开年戴天巡狩去，
要与黎民平冤情。

「家院暗上。

「内白：“姑奶奶到！”

家　院　姑奶奶到！

田　伦　有请！

家　院　有请！

「奏京胡曲牌<反西皮小开门>

「牌子声中，田氏上。田伦出迎。

田　氏　兄弟！

田　伦　姐姐来了！

「家院将“小座”椅子移至桌子右边。下。

田　伦　请坐！

田　氏　有坐，坐着！

「田伦坐右边，田氏坐左边。

(牌子收住)

田　伦　为何神色慌张，独自回家？

田　氏　兄弟你可不知道，只因我们二房杨素贞，她私通奸夫，害死亲夫，如今在信阳州把姐姐我给告下来了！

田　伦　反把姐姐告下来了？

田　氏　可不是吗！如今我回来没有别的说的，求兄弟给我写一封求情的书信吧！

田　伦　姐姐，小弟闻听人言，你在姚家，吵闹不贤，如今被人告发，定是做下伤天害理之事，回家求救，哪个管你！

田　氏　哟！你是我的好兄弟！得了，得了！你管我这一次吧！

田　伦　小弟实实难管你的闲事！

〔西皮摇板〕

田　氏　**【小锣凤点头】**(过门同前)サ i i 5 7 7 5 6 (6 5 3 5 6) 7 6 3 5 - 5 6 - ‖

急忙　我把　　母亲　请，

(起身走向“上场门”台口，向内)

田　氏　有请母亲！

「**【小锣抽头】**田母上。

田　氏　(哭) 喂呀！……

〔西皮摇板〕

田　母　(过门同前)サ 6 1 1 3 2 1 3 21 6 1 - (1 1 7 2 i -) ‖

我 儿 为　何 回 家　门？

儿啊，不在婆家侍奉婆婆，回家作甚？

田　氏　妈，您不知道，只因二房杨素贞把女儿我给告下来了，我让兄弟给我写一封求情的书信，他都不肯写！

田　母　哼！为娘怎样嘱咐与你，叫你作一贤德的媳妇，如今不知做下什么无耻之事，回得家来，为娘不管！

田　氏　好妈！您就管我这一次吧！

田　母　嘿！哪个管你的闲事啊！不管！

田　氏　怎么着？你也不管？

田　母　不管！

田　氏　好啊！不管就不管！告诉你，我要是打了上风官司还则罢了，要是打了下风官司，我在公堂之上，就说田伦乃是我的兄弟，我是他的姐姐，你们看看，丢脸不丢脸，不管是不是？我走啦！（做出要走的样子）

田　母　（忙拦住）慢来，慢来！（**大大大大大台**）
为娘只管你这一次。

田　氏　对了，下不为例。好妈，您给我说说吧！

田　母　下次不可！

田　氏　嗳！我知道啦！

「田氏推田母进内。田伦起身，请田母坐原田氏的座位，自己仍坐在右边。田氏站在田母左侧。

田　母　儿啊！与你姐姐写封求情的书信吧！

田　伦　母亲有所不知，孩儿同年弟兄四人，曾在双塔寺盟过誓愿，若有密札求情，贪赃卖法者，准备棺木一口，仰面还乡！这封书信孩儿不能写！

田　母　是啊，不能写！

田　氏　写得的！

田　母　前程要紧！

田　氏　女儿的性命也要紧！妈呀！他要是不肯写，您就给他跪下！

田　母　使不得！

田　氏　这有什么使不得的！（推母下跪）哎唷！你看！妈给你跪下了！（**大台**）

田　伦　（忙扶）母亲！折煞孩儿了！

田　母　你就与她写吧！

田　伦　孩儿修书就是。只是这封书信，要纹银三百两押书。

田　母　是啊，（向田氏）儿啊，还要押书银三百两。

田　氏　妈呀，我今儿个没有带银子，您给我垫上吧！

田　母　为娘与她垫上吧！

田　伦　母亲请至后堂。

田　氏　哎呀！真是我的好兄弟！

田　母　后面歇息。

田　氏　妈，您走好啦！您看好啦！

「**【小锣下场】**田母、田氏从“上场门”下。

田　伦　来！

「家院上。

田　伦　溶墨伺候！

家　院　是。

「奏京胡曲牌<反西皮小开门>牌子声中，家院磨墨，铺纸。田伦思索。家院准备完毕以后，请田伦入座。

「牌子结束。

田　伦　（提笔）唉！这是哪里说起！

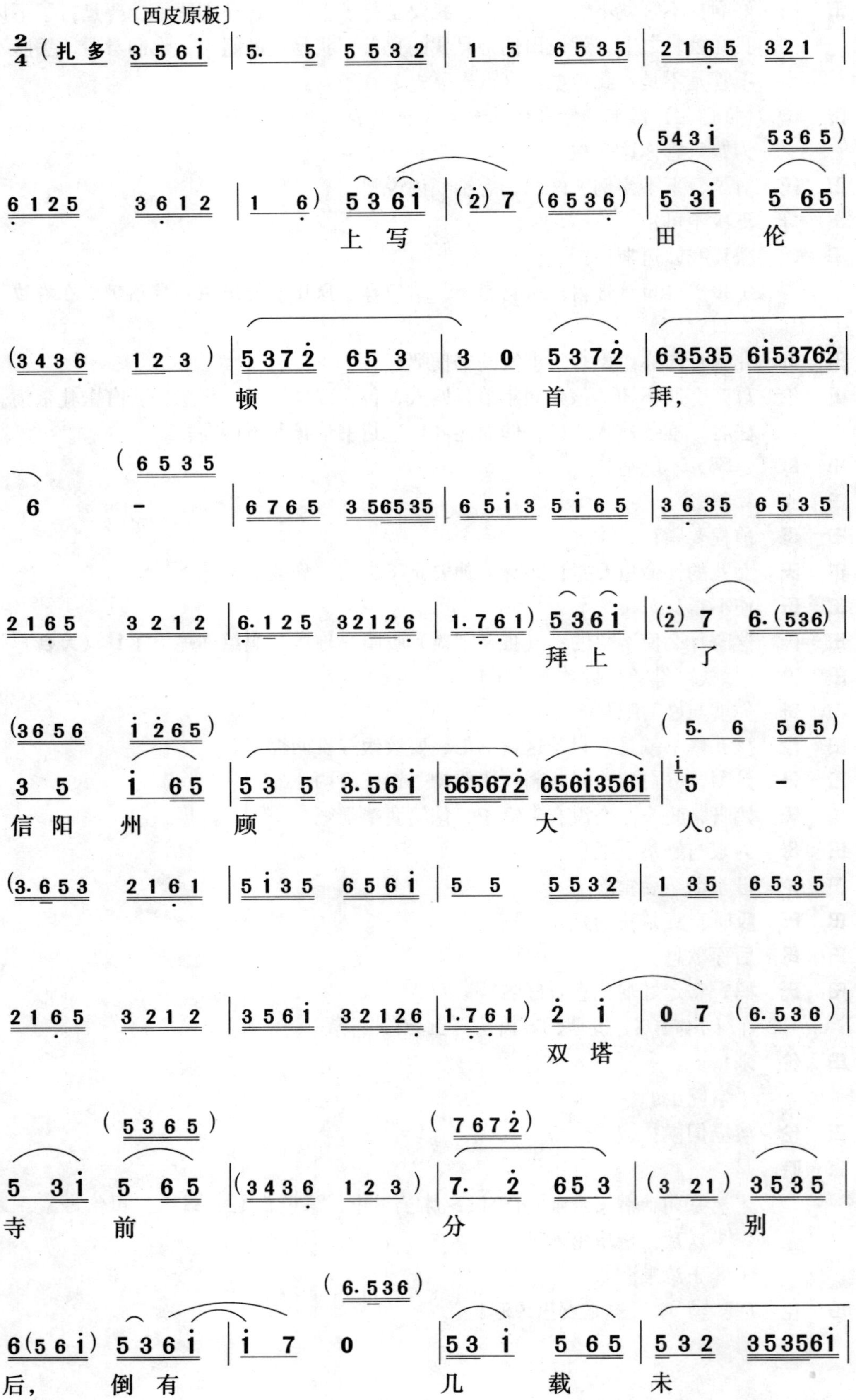
〔西皮原板〕
上写
田伦
顿首拜，
拜上了
信阳州顾大人。
双塔
寺前分别
后，倒有
几载未

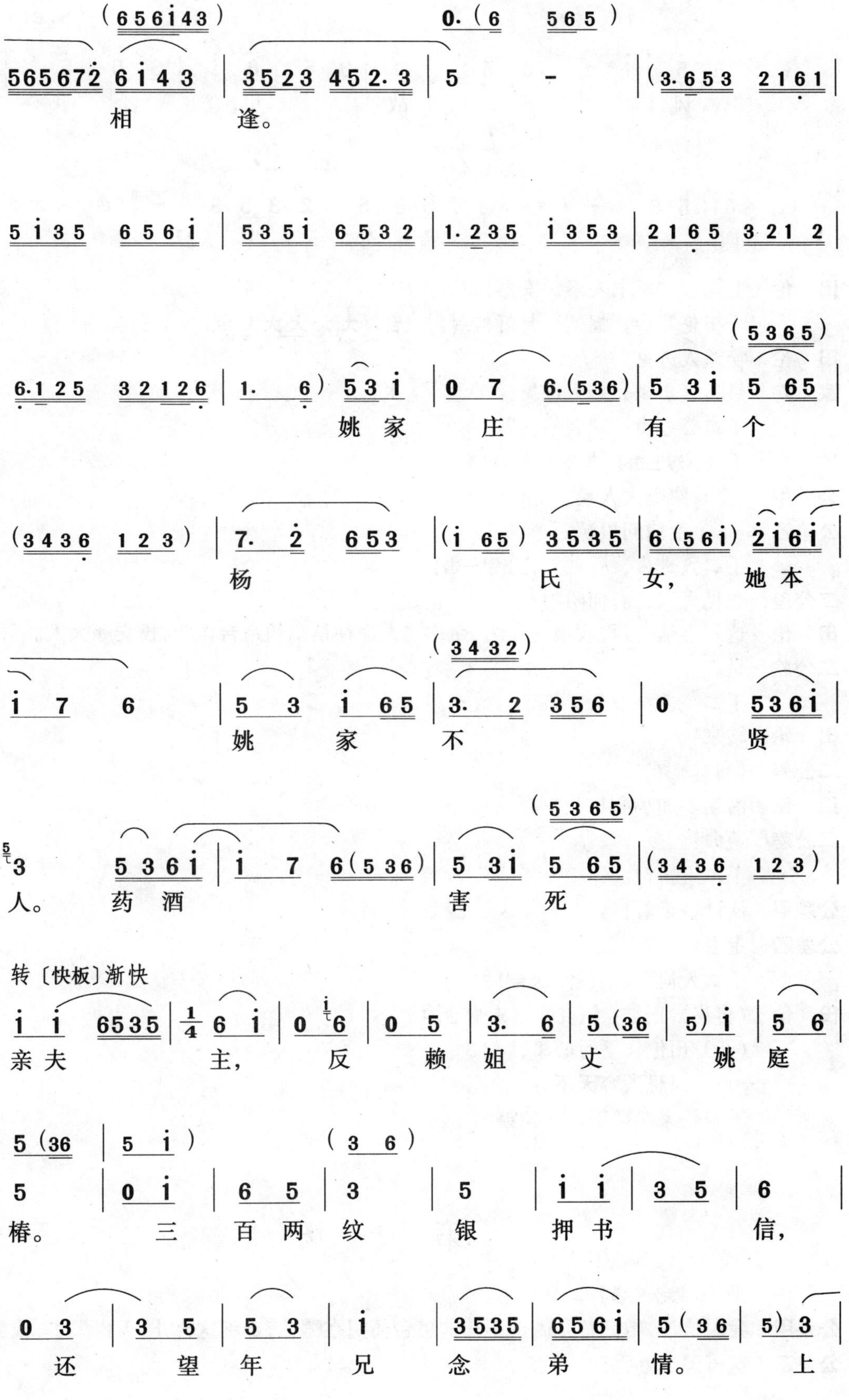
相逢。
姚家庄有个
杨氏女，她本
姚家不贤
人。药酒害死
转〔快板〕渐快
亲夫主，反赖姐丈姚庭
椿。三百两纹银押书信，
还望年兄念弟情。上

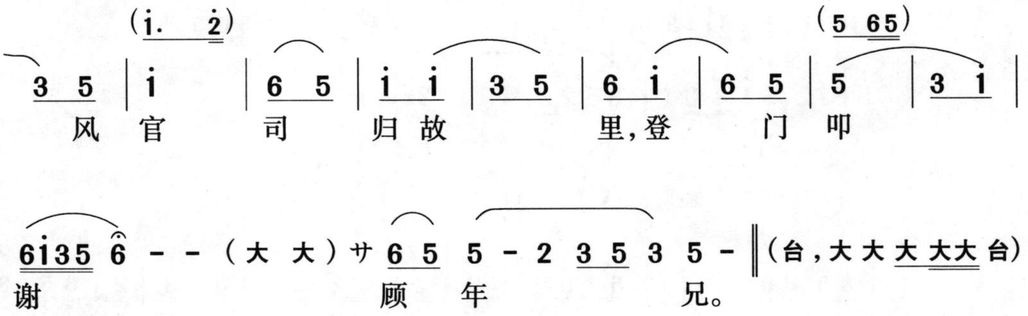

田　伦　上写："家书安泰，安泰！"

「田伦写毕，搁笔，封好信封。（**台，大大大大大台**）

田　伦　唤差人进见！

家　院　是。（出来）差人进见！

「二公差内："啊哈！"

「**【小锣五击】**二公差上。

公差甲　（念）忽听大人唤，

公差乙　　　上前问根源。

「二人进内，行礼。**【小锣一击】**

二公差　参见大人，有何吩咐？

田　伦　这有书信一封，纹银三百两，命你二人送往信阳州道台衙门，投交顾大人。不得有误！

二公差　是。

「二公差接书信、银子，欲走。

田　伦　转来！

二公差　（回身）在！

田　伦　沿途多加小心！

二公差　遵命！

「二人出门。

公差甲　伙计，走着！

公差乙　走着！

「二人同下。（**台，大台**）

田　伦　（出座）正是：（扎）（走向台口）

（念）田伦作下亏心事，

　　　只恐人容天不容。

「田伦家院同下。**【小锣打下】**

第　十　场

「**【小锣水底鱼】**二公差上。

公差甲　我说伙计，咱们哥儿俩也不知这道台衙门在哪儿，走到这会儿，天也黑了，城也关了。

公差乙　这可怎么办呢？

公差甲 咱们找个店房住下再说吧！

公差乙 找个店房住下来……这不是店吗？

公差甲 哎，这儿有个店。店家，店家！

「宋士杰内："来了！"

「宋士杰从"下场门"上。（**台，大大台**）

宋士杰 （念）孟尝君子店，

千里客来投。

二公差 店家！

「宋士杰开门。

宋士杰 哦，二位公差，住店的吗？

二公差 是啊！

宋士杰 请至里面。（**台，大台**）

「宋士杰领二人进内，让二人在桌子两边坐下。

宋士杰 二位，用些什么呀？

公差甲 明灯一盏，暖酒一壶。

宋士杰 二位还要什么？

公差甲 不用什么，天不早了，你请便吧！

宋士杰 哦，请请请！……

「宋士杰取灯、托盘（上有酒壶、酒杯）送上，他去取酒时，二公差解包袱，藏信。宋士杰送灯、酒进来时，看见包袱，有些注意，公差赶紧用手一按包袱，更引起他的注意。再出房门时，又回头看看。二公差又警觉地向宋士杰看着。

宋士杰 （支吾）小心火烛啊！

公差甲 我们知道了，知道了！伙计。

公差乙 嗳。

公差甲 把门关上喝两盅。

「公差乙关门，上闩，二人喝酒。

起（初更）（**咚咚咚咚，咚咚咚咚－仓**）

宋士杰 这二人来的尴尬，待我听他们说些什么。

公差甲 伙计！

公差乙 啊？

公差甲 你说说这田、顾、刘三位大人，哪个是忠？哪个是奸呢？

公差乙 嗨，伙计！管他谁忠谁奸呢！常言说得好：酒酒酒，终日有，有钱的在天堂，没钱的下地狱。咱们喝酒，不管闲事！

公差甲 少管闲事！来来来！喝着，喝着！（二人再斟酒、喝酒）嗳，伙计！天不早了，甭喝了，睡觉吧！

公差乙 睡觉，睡觉！

「二人吹灭烛火，倚桌睡去。（**大大 大大大 台**）

宋士杰 他们言讲：酒酒酒，终日有，有钱的在天堂，无钱的下地狱。口角带刺，其中必有缘故哇！嗳，他言道：田、顾、刘……这个田顾刘是个什么人呢？……哦，是了！

上蔡县刘题，信阳道顾读，但是这田……田，哦，莫非是未曾上任的江西巡按田伦不成？哎呀！【小锣一击】莫非他二人为了姚、杨二家的官司前来？【小锣一击】他们手中，有一包裹，甚是沉重，这里面必有要紧之物。也罢，等他们睡着，我将门…… （大 大 大大 大大 大大 乙 台）将门拨开，取将出来，看上一看，若有我干女儿之事，我也好做一个准备呀！（大大大大 大大乙 台）他睡着了没有？（走近去听）（大 大大大 大大 台）倒也睡熟了。待我行事便了！

「奏京胡曲牌<西皮小开门>在“下场门”台口，预先放一矮桌，算是宋士杰的柜台。后面横放一把椅子，算是座位。设想旁边有一虚拟的水缸。

「宋士杰往“下场门”下场，在里面先预备好簪子插在鬓边，上来时把点着的烛台带上来，放在矮桌上。宋士杰拿起碗虚拟地舀一碗水，先虚拟往两边门缝里倒上水，再在中间摸着门缝倒下去，以免簪子拨门有声响。然后用簪插入门缝往下拶，簪子碰到门闩，轻轻地拨，合着小锣，同时切小锣摇头晃动鸭尾巾，让观众看到老年人的神态和动作。门闩是两个方向，再往另一边拨，小锣再打一遍，同样切锣摇头，晃动鸭尾巾。手上虽轻，其实很用力，心情也很紧张。闩拨开以后，顿一顿，侧耳听听，没有动静，把簪插在鬓角，双手揿住门环（都是虚拟的）慢慢地推开门。里头漆黑，要迈门坎了，左手先撩袍，抬腿要高一点，以防绊倒。进了门，慢慢往里走。右手向前伸着，手背向外，提防碰倒东西。手背碰到桌子，再听一听（台）慢慢地往桌上摸，摸到包袱，包袱很沉，慢慢拖到桌边，挟在右肋下，仍是左手撩袍，左后转身，左手托一托包，倒步，身子随着一颤，表示包袱确是很沉。再侧耳一听，往外走，走了几步，将近门槛时，擦着脚步往前探。等脚下碰着门槛，倒一步，高抬左脚跨出去，紧跟着右脚很快地迈出去。右手把包裹夹紧，回过头用左手带上门。往左一甩胡子，就势托起包袱又一颤，转身时，一只手夹不住，脚步也有些不稳。这一段是把生活动作加以提炼，使之舞蹈化。但还要使人感到真实。出了房门，走得快一些。到了柜台旁，轻放包袱，小心翼翼地解开，为的是好还原。发现一封信，看信封，一愣，左手持信，右手一指，表示：这是赃证。不管银子了，把银子一包，挪到桌边，轻轻放在地上。坐下，拿着信封一看，想想：偷看人家的书信是犯法的。一转念头，还是要干！把信轻轻往桌上一扔，然后把信翻过来，再虚拟舀一碗水，含一口喷一喷，拭一拭，用簪子慢慢把信封挑开。放下簪子。<小开门>收住。

大 台	仓嘟 才台 | 仓 仓 | 才 0 ‖
宋士杰左手拿起信封一吹，右手抽出信纸一举(这是“交代”，信纸一举【导板头】起“大”)	宋士杰往左一甩胡子，右手把信纸放在左手的信封上，左手再把信交到右手，左手托胡子，身子稍向右侧，右手持信半举，看信。

〔西皮导板〕

宋士杰 サ（7 6 76 3.5 6 66 65 55 - i i i i 3 23 23

2 7 6 2 1 - ）1 5 3 3 3 - 2 1（7 2 1 - ）6 5

上（嗰）写 田 伦 …… 顿（呐）

3 2 1 1 - 1 6 3 - 2 6 1 - 1 2 1 2 1 2 1 2 - ‖
首 拜，

〔宋士杰唱的尾音将落时，万氏拿着点着的捻子上，在宋士杰肩上轻轻一拍。宋士杰隔着胡子吹灭蜡烛(但不能吹动胡子)，从桌后很快出来，双手把信一捂。(八 仓 0)

万　氏　(和他开玩笑)闷儿！(大大大大大台)

〔宋士杰也一笑置之。指一指蜡烛，让万氏用捻子再把蜡烛点着。

万　氏　老头子！夜半三更你在这儿干什么呢？

宋士杰　与干女儿办公事啊。

万　氏　给干女儿办公事啊？孤儿寡母的，咱们不管谁管呢？

宋士杰　是啊。

万　氏　我说老头子！

宋士杰　啊？

万　氏　你自个儿的身体要紧哪！

宋士杰　晓得，晓得。

万　氏　办完了事早点睡觉吧！

宋士杰　是，是，是。

万　氏　早点歇着吧！

〔万氏下。(大台)

宋士杰　妈妈是个好人哪！

〔【长锤】宋士杰坐下，把信拿起来看。

〔西皮原板〕

2/4 (2 1 6121 | 2 1 1 2 | 3 5 6535 | 2 5 5532 |

1 35 6535 | 2165 3212 | 6125 3612 | 1 6) 121 2 |
拜 上(哪)

(0 3 3436)
0 3 3 | 6 6 3 2 | (2 1 6 12) | 2 5 3 2 |
了 信 阳 州 顾

(1 2)
1 7 6 3 | 2. 6 1 | (4 3 2162 | 1 4 356i |
大 人。

5. 5 5532 | 1 35 6535 | 2345 3212 | 6125 3612 |

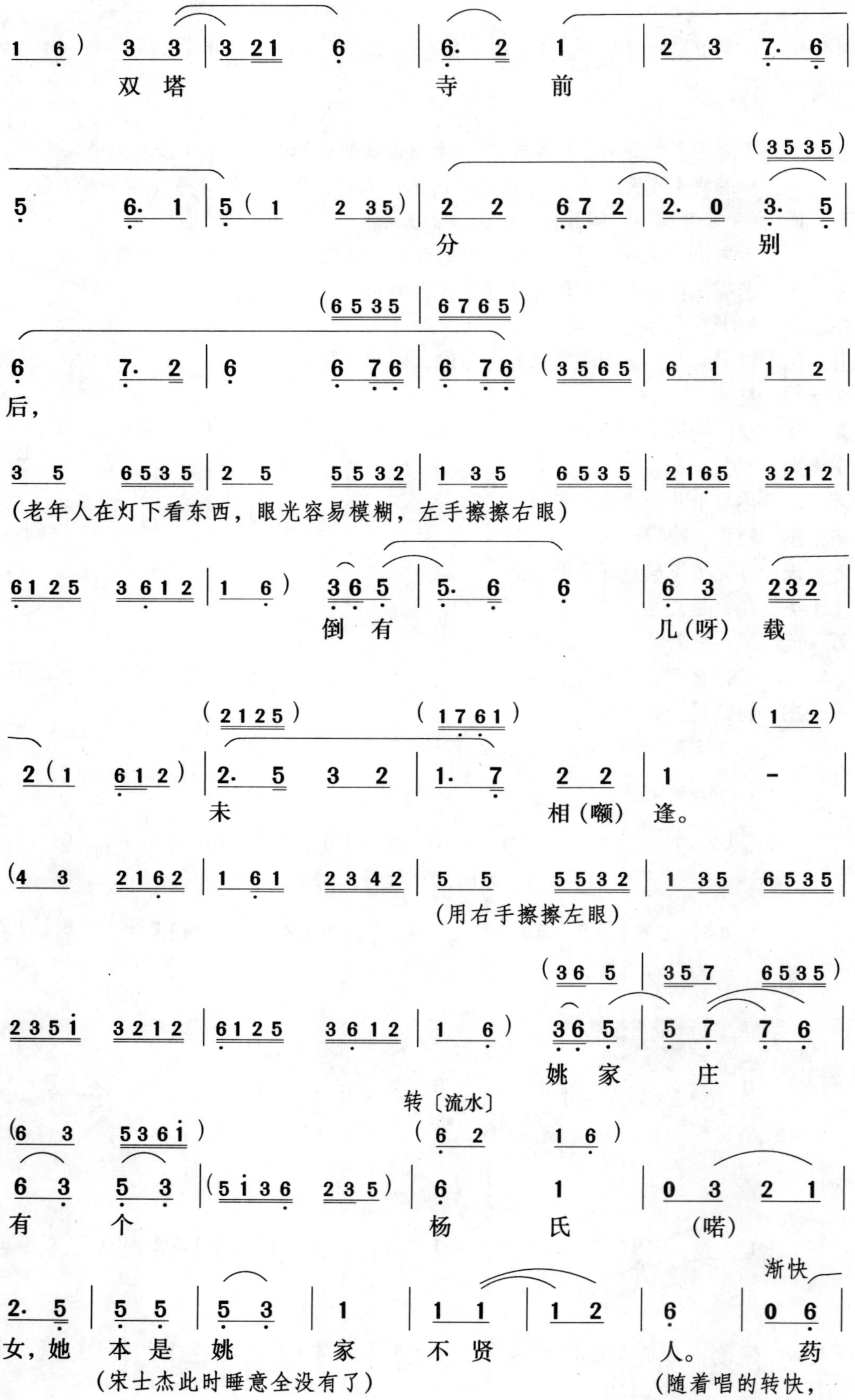
双塔 寺 前
分 别
后，
（老年人在灯下看东西，眼光容易模糊，左手擦擦右眼）
倒有 儿（呀）载
未 相（嘞） 逢。
（用右手擦擦左眼）
姚家 庄
转〔流水〕
有个 杨 氏 （喏）
女，她 本是 姚 家 不贤 人。药
（宋士杰此时睡意全没有了）
（随着唱的转快，
渐快

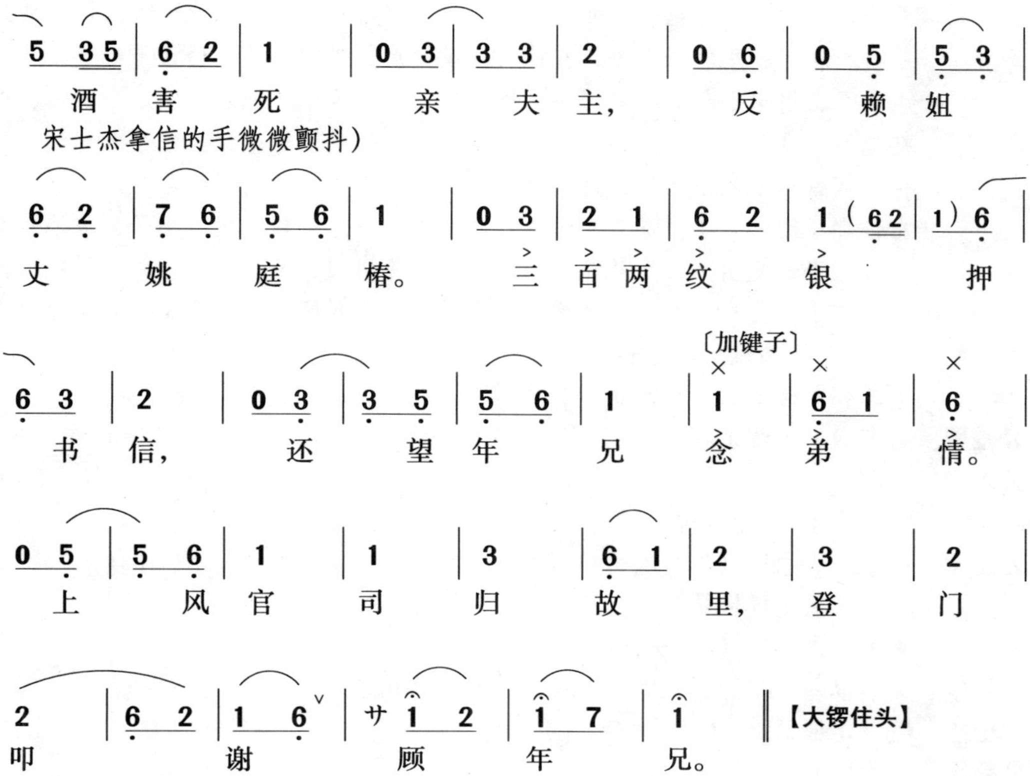

（加一锣）

（大大 乙 仓）

宋往桌上扔信（切锣）

宋士杰 原来是田伦与顾读密札求情。若是顾读贪赃卖法，我干女儿的官司，岂不是输了？（一摊手）（仓）（心想。怎么办？双手往桌上一按，眼看书信，一提神，忽然有了主意）（大 大 大 大大 台）有了，我不免将书信上的言词（指书信），誊写在衣襟之上（左手撩起衣襟，用右手一指）。那顾读按公而断，倒也罢了。他若贪赃卖法，（又撩衣）嘿嘿，我这领衣襟，就是他大大的对头！（右手用力往外一指，左手仍然撩着衣襟，好像顾读就在他面前一样。想想有理）唔，誊写下来！（最后一句，念得稍快些）

［奏京胡曲牌<西皮小开门>为了写字顺亮，宋士杰把蜡台移到左面，挪墨盘，腾出地方。砚台里倒点水，再舀一碗水放好，溶墨，合着牌子，越磨越快，牌子也越拉越紧。墨浓了，手慢下来，牌子也缓下来。放下墨，拿起笔掭墨，撣一撣，看浓淡是否适合，弹弹笔丝（笔上的脱毛），撩起衣襟，反过来平摊在桌上。拿起碗，含一口水喷在衣襟上，用布搌干。右手抄起笔，左手拿起信，刚要写，停住，先看信，嘴里默念着，一面掭笔，一面下意识地拉拉衣襟。越念越快，记住了，刚要落笔，又再看一看。有数了，就随着音乐写，设想写的是行草，写的时候，头微微摇动，胡子也随着微微飘动。既要有老年人的神态，又要有美感。越写越快，音乐也越来越快。写着写着，忽然一愣，忘了，音乐也一顿，看看信，再写。快写完的时候，渐渐慢下来，音乐也慢下来了，写完了，放下笔（虽是虚拟的写字，也要当实来做才有真实感），双手反提袍角把衣襟再翻回来，走到台中，迎风晾一晾，这动作也

要合着音乐加以舞蹈化。然后放下衣襟，双抖袖，回到桌边坐下，把信放进信封，用糨糊粘好，用簪子压平，在烛火上烘一烘。烘的时候，怕留下痕迹，要侧着烘。烘干了，用笔把封口的笔迹填一填，吹一吹，放下。把包袱拿起来，信放进去，原样包好，往外看看，把蜡台再移到右边，为的是照亮外边。左手拿起包袱，右手撩袍，把袍角给左手夹住，走到房门口听听，右手推开门，看看，没有动静，再推开左边那扇门，一步步探着走过去。还是先用手探一探，摸着桌子，放下包袱，右后转身，提着袍出来，还是探着门槛，左转身出门，带上房门，用簪子把门闩还原。办完了事，心里一松，人也感到疲倦了，伸个懒腰，走进柜房，拿了蜡台，下场。<小开门>收住。起〔五更〕

〔二公差醒来。（**大大 大大大台**）

公差甲 起来啦！走着走着！

公差乙 走着！

〔二公差开开房门。

公差甲 店家！店家！（越叫越响）店家！

〔宋士杰困倦地从“下场门”上。

宋士杰 来了！来了！（**台，大台**）二位起床甚早！

公差甲 天不早啦，我们哥儿俩要走啦，房钱搁这儿了。

宋士杰 哦，是是是。

公差甲 我跟你借样东西，可有没有？

宋士杰 什么东西？

公差甲 酒坛子。

宋士杰 酒坛子？

公差甲 有没有啊？

宋士杰 有啊。

公差甲 拿来一用。

宋士杰 好好好。

〔宋士杰进去取出来坛子放在台口地上。（**台，台，台，台，大台**）公差甲把信从包袱里取出来，放在身上。公差乙把银子放在坛子里。

公差甲 店家，我跟你打听个事儿。

宋士杰 什么事啊？

公差甲 往道台衙门怎么走啊？

宋士杰 进得城去，道台衙门，一问便知。

公差甲 一问便知？

宋士杰 一问便知。

公差甲 （让公差乙抱起坛子）我们走了！

宋士杰 慢走，慢走！

〔公差甲乙回身。

公差甲 店家，我跟你打听个人，你知道吧？

宋士杰 哪一个？

公差甲 有位宋士杰宋伯伯，他住在哪儿啊？

宋士杰 哦，宋士杰…… （微微一愣，心想，难道昨夜的事犯了？）

公差甲 不错。

宋士杰 小老儿便是啊。（决定说出来，看他怎样。不自然地笑一笑）

二公差 啊？您就是宋家伯伯？失敬失敬！

宋士杰 不敢、不敢。

二公差 宋家伯伯，我们哥儿俩办公事去，办完公事回来，还住您这儿。

宋士杰 （哪知人家竟是好意，于是敷衍他们两句）回来多住两天。

二公差 回来还要向您请教呢！

宋士杰 好说！好说！

二公差 回来见！

〔二公差下。（**大 大 大大大 台**）

宋士杰 哎呀，（不觉失笑）这两个娃娃年纪轻，不会办事。老汉若是将书信上面，“三百两”的“三”字，加上两道，改成个“五”字，叫这两个娃娃，交不了差呀！

〔宋士杰下。**【小锣打下】**

第十一场

〔**【小锣打上】**顾读上到中间台中。

顾　读 （念）大堂悬明镜，
方知法度尊。

〔顾读坐“小座”。

师　爷 （念）随我来！

〔**【小锣五击】**师爷、二公差上。师爷执书信进内。

师　爷 大人，田大人有书信到来，大人请看。

顾　读 哦，田年兄有书信到来，待我拆书一观。（拆信，看信）（**大 大 大大大 台**）杨素贞告的姚庭椿，原来是田年兄的姐丈啊！看在年兄年弟份上，还要担待，担待。

师　爷 是啊，大人，这个人情是要准的呀！

顾　读 还有三百两银子。

师　爷 现在外面。（出来向二公差）进来！

二公差 是是是！

〔二公差捧坛子进内。（**台，大台**）

二公差 参见大人！

顾　读 罢了。回复你家大人，照书行事。

二公差 是。

顾　读 去吧！

〔二公差行礼出来，下。（**台，大台**）

顾　读 人情准下，姚杨二家官司呢？

师　爷 大人必须从宽办理。

顾　读 那杨素贞？

师　爷　杨素贞？就要判她一个私通奸夫，谋害亲夫的罪名。

顾　读　唔。

师　爷　大人，这银子我替你收起来。（抱坛子）啊！真不轻啊！

〔师爷下。**【小锣五击】**

顾　读　（走到台口）哎呀且住！（**大 大 大 大大 台**）毛年兄也曾相约我等，在双塔寺神前盟誓，不许贪赃卖法，官吏过简。若有此事，棺木一口，仰面还乡。如今毛朋实授八府巡按，来到下五府一带巡查，不久到此，我还要提防一二…… **【撕边】**

〔丁旦上。

丁　旦　人犯带到！

〔顾读一惊，右手水袖一翻，背至身后，双肩一耸。（**啷 － 八 仓 0**）

顾　读　升……堂！……

〔奏唢呐曲牌<小傍妆台>（加大锣）

〔牌子声中，四衙役两边上。顾读双抖袖，归“大座”，丁旦站在左边，曲牌止。

顾　读　带人犯！

丁　旦　带人犯！

〔**【冲头】**姚庭椿、田氏、杨青上。

姚庭椿
田　氏　与大人叩头！
杨　青

丁　旦　（点名）杨青！

杨　青　有。

丁　旦　田氏！

田　氏　有。

丁　旦　姚庭椿！

姚庭椿　有。

丁　旦　人犯带齐。

顾　读　谁叫杨青？

杨　青　犯生名叫杨青。

顾　读　口称犯生，莫非在庠？

杨　青　在庠倒不在庠，我是个秀才。

顾　读　卖你胞妹，何人主婚？

杨　青　她婆婆陈氏主婚。

顾　读　何人代笔？

杨　青　是小人代笔。

顾　读　身价银子多少？

杨　青　三十两遮羞的银子，我还了酒账了。

顾　读　哽！（**大 大 大 大大 台**）卖屋又卖基，一树能剥几层皮？孔夫子门前，哪有你这样的狂生！低头！（拍惊堂木）姚庭椿！

姚庭椿　有。

顾　读　怎样谋害你胞弟，还不实讲！

〔宋士杰、杨素贞暗上。

姚庭椿 害人的事我不知道，我老婆她知道。

顾　读 哼！缩头的男子！

姚庭椿 缩头倒不缩头，我有点怕老婆。

顾　读 低头！田氏！

田　氏 有。

顾　读 怎样谋害你小叔？还不实讲！

田　氏 启禀大人，只因杨素贞私通奸夫，害死亲夫，小妇人是大大的好人哪！

顾　读 嗯，本道早知道你们是好人。下堂讨保！

杨　青
田　氏 多谢大人！
姚庭椿

〔**【小锣五击】**三人出来，杨青、姚庭椿下场。田氏看见杨素贞又回身。（**大大 大 大大** 台）

田　氏 杨素贞哪杨素贞，你今儿个打官司，明儿个打官司，打来打去，打到老太太手心上来了！哟哟哟，又得儿打官司了哟！（台）（下）

顾　读 带杨素贞！

丁　旦 带杨素贞！**【回头】**

宋士杰 （对杨素贞）大胆向前！

〔杨素贞进门。**【转冲头】**

杨素贞 （跪）与大人叩头。

（**嘟** －）

顾　读 （拍惊堂木）嘟！（仓 0）大胆杨素贞，你怎样私通奸夫，谋害亲夫，还不从实招来！（再拍惊堂木）

杨素贞 若有此事，不去逃生，反来送死么？

顾　读 哼！不动大刑，谅你不招。来呀！

众 有！（仓）

顾　读 拶！

众 啊！

〔**【阴锣（弱音）】**衙役对杨素贞用刑。宋士杰搓手着急，如同身受。

〔西皮散板〕

杨素贞 **【快纽丝】**（过门同前）サ i̇ 5 7 7 5 6（4 3 5 6）5 6 3 5 6
公 堂 之 上 受 拶 刑，

（i̇ 6 53 3. 5 6）3 5 6 6 5 i̇ 6 5 3 53 5 － ‖**【大锣住头】**
（仓）十 指 连 心 痛 煞 人！

顾　读 有招无招？

杨素贞 愿招。

顾　读 松刑！（衙役收刑具）画供上来！

〔【冲头】丁旦让杨素贞画供。

顾　读　传禁婆！

丁　旦　禁婆上堂！

〔【回头】禁婆上。

禁　婆　叩见大人。

顾　读　将杨素贞上了刑具，带去收监。

禁　婆　是。

〔【冲头】禁婆给杨素贞戴上锁镣，带她出来。杨素贞看见宋士杰，不禁悲从中来。

【脆头】转【快纽丝】

〔西皮散板〕

杨素贞　（过门同前）サ i 5 7 7 5 6（4 3 5 6）5 6 3 5
一 见 干 父　　泪 难

6（i 653 3. 5 6）3 5 6 6 5 i 6 5 353 5 － ‖
忍，　（仓）血 海 冤 仇 报 不 成……

宋士杰　（翻水袖）【大锣叫头】干女儿！暂受一时之苦，我定要与你鸣冤！

杨素贞　（哭）喂呀！……

〔【冲头】禁婆带杨素贞下。

〔 仓 0 | 嘟 － 仓 0　嘟 － 仓 0

宋士杰右手一翻水袖，转身向里一望。｜宋士杰左手一翻水袖，向外一望。

崩 登 仓 0

双抓袖切锣，用力往后一背，亮住。

宋士杰　冤……枉！（仓 0）

顾　读　何人喊冤？

丁　旦　宋士杰！

顾　读　（惊）宋士杰！（嘟 － 大 仓）

顾　读　传宋士杰！

（稍快一些）

宋士杰　来了！（摘下帽子拿在右手）报！宋士杰，告进！

〔【回头】宋士杰上堂比“头公堂”要急一些，锣鼓也快一些。

宋士杰　宋士杰与大人叩头！（跪下，帽子放在右手边地上）

顾　读　宋士杰！

宋士杰　有！

顾　读　你为何堂口喊冤？

宋士杰　大人，你……办事不公！

顾　读　哪些儿不公？
宋士杰　原告收监，被告讨保，哪些儿公道？
顾　读　杨素贞告的乃是谎状。
宋士杰　怎见得是谎状？
顾　读　她私通奸夫，谋害亲夫，岂不是谎状？
宋士杰　奸夫是谁？
顾　读　（一愣）……杨春！
宋士杰　哪里人氏？
顾　读　南京水西门。
宋士杰　杨素贞呢？
顾　读　河南上蔡县。
宋士杰　千里路程，怎样通奸？
（这一段对话要快）
顾　读　（又一愣）嗯！（**仓 0**）她是先奸而后娶！
宋士杰　既然如此，她不去逃命，到你这里送死来了？
（冷锤：**仓 0**）
顾　读　宋士杰！
宋士杰　有！
顾　读　你口口声声，护庇那杨素贞，莫非你受了贿了？
宋士杰　（想起田伦那封信和赃银，灵机一动）嘿嘿，受贿？
顾　读　受贿！
宋士杰　受贿，受贿，受贿不多！
顾　读　多少？
宋士杰　（出其不意地右手伸出三个手指，猛然指向顾读，声色俱厉地）三百两！（**嘟－仓 0**）
顾　读　（没有料到，无法下台，恼羞成怒）来呀！扯下去打！
宋士杰　且慢！（**仓 0**）打我不得！
顾　读　怎么打你不得？
宋士杰　（再微微一笑）我身无过犯。
顾　读　我打你，自有你的过犯！
宋士杰　什么过犯？
顾　读　我打你个……
宋士杰　大人！
顾　读　唔……
宋士杰　大人！大人！
顾　读　唔，唔……
宋士杰　大人！
顾　读　我打你个欺官（左手从右往左捋髯口）（**崩登 仓 0**）（**嘟 －**）（连拍惊堂木）傲上啊！（抽出竹签掷在桌前地上）（**大 仓 0**）
宋士杰　嘿嘿，今天不挨你几个板子，你也不好意思退堂，来来来，打呀！
〔宋士杰一咬呀，趴伏在地上。【**急急风**】衙役举起板子，“急急风”收住。衙役边打板子，边喊，边加锣。

衙　役　一十！（**嘟－仓**）二十！（**嘟－仓**）三十！（**嘟－仓**）四十！（**嘟－仓**）

〔**【冲头】**衙役向上举板子，表示行刑完毕，退开。宋士杰向外连甩胡子带翻身想站起来，刚撑起身子，站不住，一伸腿，一个软“屁股坐子”。**【软脆头】**转**【冲头】**宋士杰喘息一下，再起身跪下。**【冲头】**收住。

宋士杰　（说反话）谢大人的责！

顾　读　宋士杰！

宋士杰　有！

顾　读　本道打得你可公？

宋士杰　不公？

顾　读　可是？

宋士杰　不是！

顾　读　不公也要公！不是也要是！从今以后，你要少来见我！

宋士杰　见见何妨？

顾　读　再若见我，定要你的老命！（拍惊堂木）（**仓　0**）

宋士杰　嘿嘿，不定是谁要谁的命哪！（**仓　0**）

顾　读　下去！

宋士杰　走！

顾　读　轰了下去！

宋士杰　走哇！

〔**【纽丝】**宋士杰顺手抄起搁在地上的帽子，合着锣鼓点子的节奏，要起来，一起，腿上，疼得厉害，又跪下来，颤抖着，右手揿着膝盖，一点一点挣扎着站起来。锣鼓也随之加强加重，蒙住尾音，加以渲染。

〔行弦〕

サ（ 7̣　6̣　2　1　－ ）

宋士杰站起身来，踉跄不稳，
后退一两步。

〔**【纽丝】**宋士杰走出公堂，把帽子交到左手。

〔西皮散板〕

宋士杰　（过门同前）サ 4　3　3　3ˇ　1　6̣ 4　4　3　3（ 2　1
　　　　　　　　　　　　公　堂　打　我　四　（喏）　十　板，

2　3 ）　3　2　1 3　2（ 7 6̣.　6̣ 1 2 ）　3　2 1
（仓）　一　状　要（哇）　告　　　　　　三

1　3　2̂　－　2 3　2 3　2. 1　6̣ 1　1　－ ‖
个　官。

「【回头】宋士杰下意识地一跺脚，腿上又痛起来。拐着下场。【冲头】丁旦上。

丁 旦 启禀大人，按院大人即将在此下马。

顾 读 退堂准备迎接按院大人！

「【回头】顾读、众衙役、丁旦下。【冲头】

第 十 二 场

「接前场【冲头】杨春上，走到中间台口。

杨 春 （念）事不关心，

关心则乱。（大仓）

是我与义妹中途分散，包裹失落，又被一场寒病打倒。幸喜病体痊愈，不免寻找义妹，伸冤告状，就此走走！

「【冲头】杨春下。

第 十 三 场

「接上场【冲头】【撤锣】【小锣水底鱼】宋士杰上，左肩扛着包袱，左手在底端托着。走到中间台口。

宋士杰 （念）可恨汝光道，

贪赃又放刁。

打我四十板，咻！（大 大 大 大乙 台）

恶气何日消！（扎）

闻得按院大人在此下马，我连夜写了一张状子，预备去告他们一状，我不免前去打探打探。

「【小锣水底鱼】杨春上。杨春走外圈，宋士杰走里圈。杨春找不着路了，忽然停住，回身看看。再继续往前走。一停一走，正好和宋士杰撞个满怀，宋士杰扔包袱，同时软“屁股坐子”跌倒。（扔包袱与“屁股坐子”要“一功范儿”，不能分开来做）（嘟－仓 0）杨春还不知道自己撞了人，还自顾自往前走。

宋士杰 娃娃！回来！娃娃！回来！回来！

「杨春还不知自己撞倒了人，慢吞吞地回过来。宋士杰自己爬起来，并再扛起包袱。

杨 春 做什么？

宋士杰 常言说得好：“低头走路，抬头看人。”你将老汉，偌大年纪，撞倒尘埃，一言不发，扬长就走，你……这是个什么道理？

杨 春 啊？

宋士杰 呃？

杨 春 明明你撞了我，怎么说我撞了你？杨春有心事在怀，若无心事，岂能与你甘休！（欲走）

宋士杰 哎呀！这个娃娃不讲理呀！（忽然想到）他叫什么？……（忙又叫他）娃娃！娃

娃！回来！

杨　春　（只得回来）回来做什么？

宋士杰　娃娃！

杨　春　啊？

宋士杰　你方才言道，你叫什么？

杨　春　我叫杨春。

宋士杰　杨春哪？

杨　春　是啊。

宋士杰　嘿嘿，不是外人了。

杨　春　怎么？

宋士杰　你……是我的干儿子啊！

杨　春　（听了更没好气）我还是你的干老子呢！

宋士杰　呃，你这是怎么讲话？

杨　春　你这是怎么讲话？

宋士杰　我与你打听一个人。

杨　春　哪一个？

宋士杰　杨素贞。

杨　春　哦，乃是我的义妹。

宋士杰　她是你的干妹子，是我的干女儿，你岂不是我的干儿子啊？

杨　春　（背供）三十两银子，买出一个干老子来了！（向宋士杰）请问尊姓大名？

宋士杰　老汉宋士杰。

杨　春　义父请上，受儿大礼参拜！（行礼）

宋士杰　不必拜了。娃娃，我且问你，一向在哪里存身？

杨　春　义父，是我途中失散了义妹，包裹又被人骗去，被一场寒病打倒，如今身体痊愈，寻找义妹，伸冤告状，不知义妹今在何处？

宋士杰　嗨！可怜你义妹，越衙告状，又被信阳道顾读囚锁在监中。

［杨春转身就走。

宋士杰　娃娃，慌里慌张，到哪里去？

杨　春　告状去！

宋士杰　你要告哪一家？

杨　春　要告姚、杨二家。

宋士杰　如今不告姚、杨二家了。

杨　春　告哪一个？

宋士杰　要告的是田、顾、刘！

杨　春　告他们什么过犯？

宋士杰　呃，告他们自然有过犯哪！

杨　春　什么过犯？

宋士杰　田伦密札求情，官吏过简；顾读贪赃卖法，逆案准情；刘题好酒贪杯，不理民词。告得有理吧？

杨　春　有理。

宋士杰　有理就告得准。

〔鸣锣（仓̂）

宋士杰　哪里鸣锣开道？去打听打听！

杨　春　好，待我前去！【小锣五击】

宋士杰　想不到遇见了杨春，倒巧得很哪！呃！（大台）哎呀，我倒想起一桩事儿来了！按院大人有告示在外，有拦轿喊冤者，四十大板！年纪大了，挨不起了！呃，有了，我看杨春这个娃娃，倒精壮得很，嘿嘿，我把这四十个板子，照顾了这个娃娃吧！

〔【小锣五击】杨春从“下场门”上。

杨　春　干父！

宋士杰　啊？

杨　春　乃是按院大人，在此鸣锣开道。

宋士杰　（拿出状子）你前去告状吧！

杨　春　告状啊？拿过来！

〔杨春拿过状子，转身下场。

宋士杰　（大台）嘿嘿，到底是年纪轻，血气方刚，不问青红皂白，状子抢了就走。此番拦轿喊冤，定然是四十大板！这，就是认干父的见面礼呀！

〔宋士杰下。【小锣下场】

〔【冲头】奏唢呐曲牌<六幺令>前半段

〔牌子声中，四兵士、四刀斧手上，在“上场门”外分两边站成八字形夹弄。毛朋与门子上。毛朋至台中向“下场门”台中斜站。杨春“下场门”上，向毛朋跪下。牌子收住。

杨　春　冤枉！

毛　朋　扯下去打！

杨　春　异乡人好苦！（嘟－仓）

门　子　大人，念在异乡人好苦！

毛　朋　（听见“异乡人”三字，看见杨春，想起柳林写状）免去用刑，呈状！

〔【大锣五击头】门子将状子拿过，呈交毛朋。毛朋看状子。（嘟－仓）

毛　朋　你叫什么名字？

杨　春　小人名唤杨春。

毛　朋　唗！（嘟－仓）为何告此谎状？

杨　春　怎见得小人是谎状？

毛　朋　状子上面写的宋士杰，你口称杨春，岂不是谎状？

杨　春　小人有下情回禀：宋士杰是小人的义父，只因年纪大了，挨挤不上，故而命小人前来拦轿喊冤。

毛　朋　状子留下，命宋士杰察院听审。

杨　春　多谢大人！（下）

毛　朋　开道！

〔奏唢呐曲牌<六幺令·合头>

〔【回头】毛朋、兵士、刀斧手同下。【冲头】【撤锣】（大 大 大大乙 台）宋士杰扛包袱上。

宋士杰　这般时候，这娃娃不见回来，放心不下，迎上前去呀！

「【小锣五击】杨春上。

杨　春　参见干父。

宋士杰　罢了，娃娃，你回来了？

杨　春　回来了。

宋士杰　状子可曾递上？

杨　春　递上了。

宋士杰　啊？

杨　春　啊？

宋士杰　哦，递上了？

杨　春　递上了啊！

宋士杰　好好好，走过去，走过去！

「杨春莫名其妙地走向“上场门”台口。

宋士杰　走回去，走回去！

「杨春再走向“下场门”台口。

宋士杰　你这个娃娃撒谎啊！

杨　春　未曾撒谎啊。

宋士杰　我对你实讲了吧！

杨　春　实讲啊！

宋士杰　按院大人有告示在外，有人拦轿喊冤，四十大板，你两腿好好，没有递上吧？

杨　春　好啊！我幸亏只遇见你一个干老子，若是遇见十个八个，我这两条腿呀，都要打烂了！

宋士杰　你是怎样回答呀？

杨　春　是我言道：异乡人好苦！按院大人就免了四十大板。按院大人问道：你叫何名字？我言道：小人名叫杨春。按院大人言道：你为何告下谎状？

宋士杰　怎见得？

杨　春　状子上面写的是宋士杰，你口称杨春，岂不是谎状？

宋士杰　哎呀！这是我失于检点！这这这……便……

杨　春　干父，我回答得好！

宋士杰　哎哎哎哎哎……

杨　春　是我言道:我的义父,名唤宋士杰，年纪大了，挨挤不上，特命小人前来伸冤告状。

宋士杰　大人怎样传话下来？

杨　春　大人叫你察院听审，我就这样大摇大摆的（夸张）走——回——来——了！

宋士杰　哈哈！你这个娃娃会说话呀！

杨　春　本来会说话。

宋士杰　你看我们的官司，是赢了，还是输了？

杨　春　一定是赢了啊！

宋士杰　管它是输，管它是赢，回得家去，吃得饱饱的，打这场热闹官司！杨春！接包袱！

「宋士杰原来托着包袱的左手再往上一托，肩就势一垫，包裹就抛出去了。杨春接住，后退一步。（<u>仓　0</u>）宋士杰接念：走哇！抓袖撩袍，与杨春同下。【冲头】

第十四场

〖奏唢呐牌子<小傍妆台>

〖牌子声中，四兵士、四刀斧手、门子、毛朋上。四衙役、顾读、田伦"下场门"上。顾读、田伦向毛朋行礼，毛朋示意免礼坐下。毛朋坐中间"小座"。田伦坐"大边"，顾读坐"小边"。门子站在毛朋左侧。

田　伦
顾　读　大人一路而来，多受风霜之苦。

毛　朋　岂敢！为何不见刘年兄？

田　伦　官卑职小，

顾　读　不敢进见。

毛　朋　同年弟兄，讲什么官大官小？来，

门　子　有

毛　朋　请刘老爷！

门　子　请刘老爷！

〖刘题上。（台，匝匝匝匝）

刘　题　刘题告进！（台）（刘题低头进内）刘题参见大人。

门　子　起，免，打，躬！

〖刘题跟着门子的喊声行礼。

毛　朋　年兄请坐！

刘　题　大人在此，哪有小官的坐位？

毛　朋　有话叙谈，哪有不坐的道理？

刘　题　谢大人！（在顾读右边坐下）（大大台）

毛　朋　刘年兄！

刘　题　大人！

毛　朋　上蔡县民情如何？

刘　题　本县官清民顺哪！

毛　朋　既然官清民顺，为何有人拦轿喊冤？

刘　题　有道是："民不告，官不究"啊！

毛　朋　嘿嘿嘿嘿！（大大大大乙台）分明你好酒贪杯，不理民词，制度留下，回衙听参！

刘　题　（起身）是。（台）（刘题把纱帽取下，交给门子）咳！这是我的官星不旺啊！（下）

【小锣一击】

毛　朋　二位年兄！

田　伦
顾　读　大人！

毛　朋　小弟有一事不明，要在二位年兄台前领教。

田　伦　大人有话请讲！

顾　读　何言领教二字？

毛　朋　田年兄！有一家官长，官吏过简，密札求情，当问何罪啊？
田　伦　这……哦，论律当斩！
毛　朋　哦，论律当斩？
田　伦　正是。
毛　朋　承教了！顾年兄！
顾　读　大人！
毛　朋　有一家官长，贪赃卖法，逆案准情，当问他何罪？
顾　读　律当问斩。
毛　朋　哦，按律当斩？
顾　读　正是。
毛　朋　二位年兄！
田　伦
顾　读　大人！
毛　朋　如今有人，在小弟面前，将二位年兄告下来了哇！
田　伦
顾　读　有告必有证。
毛　朋　自然有证。来！
门　子　有！
毛　朋　带宋士杰！
门　子　宋士杰上堂！
〔宋士杰上。
宋士杰　来了！（**台，大台**）
〔顾读出来。
顾　读　宋士杰！
宋士杰　嘿嘿，大人！
顾　读　你来了？
宋士杰　是啊，按院大人传我，不敢不来呀！
顾　读　好，此番见了按院大人，当讲则讲，不当讲，不要胡言乱语！
宋士杰　是啊，当讲自然要讲，不当讲，嘿嘿，也要讲他几句！
顾　读　我看你讲些什么？
宋士杰　自然有讲的呀！
顾　读　随我进来！
宋士杰　来了！嘿嘿，这是按院大人的行辕，不是你道台衙门了！**【大锣五锤】**草民宋士杰，与大人叩头！（跪，叩头。位置在近“下场门”台口，便于腾出地方，下面毛朋调度需要）
毛　朋　宋士杰！
宋士杰　有。
毛　朋　你告的两家官长,俱已在此。你将状纸情由,一一诉来若有半句虚言,定要你的老命!
宋士杰　大人容禀！**【大锣归位】**小人宋士杰，在信阳州西门以外，开了一座小小店房。那日，来了两个公差，言道：“酒酒酒，终日有，有钱的在天堂，无钱的下地狱。”

见他们口角带刺，夜晚将门……（嘟 － 仓）

毛　朋　为何不讲？

宋士杰　剁手之罪！

顾　读　剁去双手！

毛　朋　慢来！（仓）免去此刑！讲！

宋士杰　谢大人！【大锣住头】

将门拨开，取出纹银三百两，书信一封，是小人将那书信……

毛　朋　啊？（嘟 － 仓）为何又不讲？

宋士杰　挖目之罪！

田　伦　挖去双目！

毛　朋　且慢！（仓）一概全免！往下讲来！

宋士杰　啊！【大锣五击】

小人拆开一看，原来是田大人与顾大人密札求情。（快念）小人见此事重大，故而一字套一字，一笔套一笔，誊写在衣襟之上，大人不信，（双手撩举起衣襟）（崩 登 仓 0）

毛　朋　（放高音，拖长）打……座！……（嘟 －）【回头】（门子摆斜座，毛朋斜坐，正好看宋士杰举起的衣襟）

【大锣归位】

毛　朋　（念）上写田伦顿首拜，
　　拜上信阳顾大人。【小锣二击】
　　双塔寺前分别后，
　　倒有几载未相逢。【小锣三击】
　　姚家庄有个杨氏女，
　　她本姚家不贤人。【小锣二击】
　　药酒害死亲夫主，
　　反赖姐丈姚庭椿。【小锣三击】
　　三百两纹银押书信，……（嘟 －）

撤座！（ 仓 0 ）

〔田伦、顾读起立。

毛　朋　（接念）还望年兄念弟情。【小锣二击】
　　上风官司归故里，
　　登门叩谢顾年兄。【大锣住头】

家书安泰，家书……

田　伦
顾　读　大人！……

（崩 登 仓 0 ）

毛　朋　安……泰！……

田　伦
顾　读　谅……情！……　（同时）

（嘟 －）

〔【大锣回头】【冲头】锣鼓声中，门子将椅子移至正中"小座"。毛朋再坐"小座"。坐定后，锣鼓收住。

毛　朋　将衣襟入库。

门　子　是。

〔宋士杰脱褶子，门子收后，送下，再上。【冲头】

毛　朋　宋士杰，堂下侍候！

宋士杰　谢大人！（仓）

〔宋士杰出门来。顾读跟出来。

顾　读　嗨！宋士杰！你好厉害的衣襟！

宋士杰　嘿嘿，大人，你好厉害的板子啊！

顾　读　回得衙去，我定要了你的老命！

宋士杰　嘿嘿，你还回得去吗？

〔宋士杰下。顾读回进去。【大锣五击】

毛　朋　二位年兄！

田　伦
顾　读　大人！

毛　朋　宋士杰的衣襟，就是你二人的铁板干证哪！

顾　读　田年兄请过来！

〔顾读把田伦叫到一边。

顾　读　你不该修书与我！

田　伦　你不该收我那三百两银子啊！这封书信，本当不写，怎奈老母跌跪堂前。有道是：父母恩情重，

毛　朋　（接念）朝廷法度严。【大锣二击】

顾　读　　　不听恩师语，（嘟 －）

毛　朋　　　王法（嘟.大　仓）大如……天！【大锣住头】

毛　朋　二位年兄！

田　伦
顾　读　大人！

毛　朋　想当年，你我弟兄进京求名，得中进士，不想被严嵩老贼一本参掉。多蒙海老恩师保奏，才得帝外为官。严嵩老贼又差了校尉四十名，安插在我等的里面。那时小弟约请众位年兄，到双塔寺前盟誓，哪家官长，贪赃卖法，逆案准情，准备棺木一口，仰面还乡。刘年兄身为河南上蔡县令，不该好酒贪杯，不理民词，已然提参，不要提起。田年兄！

田　伦　大人！

毛　朋　身为江西八府巡按，虽然不曾领凭上任，你不该官吏过简，密札求情。顾年兄身为河南汝光道，代管这信阳州，你不该贪赃卖法，逆案准情！【大锣住头】小弟不才，蒙圣恩，身受河南八府巡按。查得上三府，官是清官，民是顺民。唯有下五府，官是赃官，民是刁民。不想这赃官二字，就应在我们同年弟兄身上！叫小弟哪里去寻？哪里（仓 0）去……找？……（嘟 － 仓）

田伦
顾读　大人谅情！

毛朋　嘿嘿，……嘿嘿嘿嘿！（嘟－仓）讲什么谅情不谅情，圣上恩赐尚方宝剑，一同拜过！（八 仓 0 ）

「奏唢呐曲牌<小傍妆台>

「牌子声中，门子捧宝剑，毛朋、田伦、顾读同拜。三人拜罢，牌子收住。

毛朋　小弟要（压低嗓门，拖长音）得……罪……了！……

「再奏唢呐曲牌<小傍妆台>　（加大锣）

「吹打中，门子撤去桌外、桌边的椅子，毛朋至台中双抖袖，整冠、捋髯，归"大座"，曲牌止。**【大锣五击】**

毛朋　胆大田伦、顾读！竟敢贪赃枉法，逆案准情。将他二人制度留下，打入囚车监禁，解京任凭圣上发落！（拍惊堂木）押了下去！

「**【冲头】**田伦、顾读将纱帽取下，交给门子，刀斧手押二人下。

毛朋　带人犯！

门子　带人犯！

「**【冲头】**姚庭椿、田氏、杨青"上场门"上。杨素贞"下场门"上。众人犯同跪。

众人犯　与大人叩头！

门子　听点！田氏！

田氏　有！

门子　姚庭椿！

姚庭椿　有！

门子　杨青！

杨青　有。

门子　杨素贞！

杨素贞　有。

门子　人犯带齐。

毛朋　哪个叫杨青？

杨青　犯生名叫杨青。

毛朋　口称犯生，莫非在庠？

杨青　在庠倒不在庠，我是个秀才。

毛朋　卖你妹子，何人主婚？

杨青　是她婆婆陈氏主婚。

毛朋　何人代笔？

杨青　小人代笔。

毛朋　身价银多少？

杨青　三十两遮羞的银子，我还了酒账了！

毛朋　（拍惊堂木）卖屋又卖基，一树能剥几层皮？孔夫子门前，哪有你这样的狂生！低头！（拍惊堂木）姚庭椿！

姚庭椿　有。

毛朋　怎样害你兄弟一死？从实讲来！

姚庭椿 你问害人的事，我不知道。我老婆她知道。
毛　朋 缩头的男子！
姚庭椿 缩头倒不缩头，我有点怕老婆！
毛　朋 低头！（拍惊堂木）田氏！
田　氏 有。
毛　朋 怎样害你二叔一死？还不从实招来！
田　氏 只因杨素贞私通奸夫，害死亲夫，小妇人是大大的好人哪！
毛　朋 大刑侍候！（**嘟 - 仓**）
田　氏 我情愿招了！
毛　朋 叫他们画供！
「门子拿纸笔让他们画供。**【冲头】**
毛　朋 将杨青发往边外充军。将他二人押在死囚牢内，等候处决，押下去！
「二刀斧手押姚庭椿、田氏、杨青下。**【冲头】**
毛　朋 杨素贞！
杨素贞 有。
毛　朋 你冤情已明，当堂释放，下堂去吧！
杨素贞 遵命，谢大人！
「杨素贞出门。杨春迎上，接她同下。
【回头】
毛　朋 宋士杰上堂！
门　子 宋士杰上堂！
【回头】
「宋士杰上。
宋士杰 （正面向里跪下）草民与大人叩头。
毛　朋 宋士杰！
宋士杰 有。
毛　朋 你一状告倒两个封疆大吏，一个百里县令，当问你何罪呀？
宋士杰 （一愣）哦！（知道事情的严重性，语气很缓和）请大人格外施恩！
毛　朋 念你年纪大了,减轻一等,发往边外充军,当堂上了刑具！（拍惊堂木）（**八 仓 0**）
「门子给宋士杰上了刑具——手铐。
宋士杰 谢大……人！……
毛　朋 下堂去吧！
「**【纽丝】**宋士杰委屈极了，（打赢了官司，还要充军）慢慢地站起身，走出公堂。宋士杰走到外面**【纽丝】**截住。

〔行弦〕

サ（ $\underset{\cdot}{7}$ $\underset{\cdot}{6}$ 2 1 ）
（宋士杰看看手铐，不
觉感慨万千，叹一口气。）

四进士

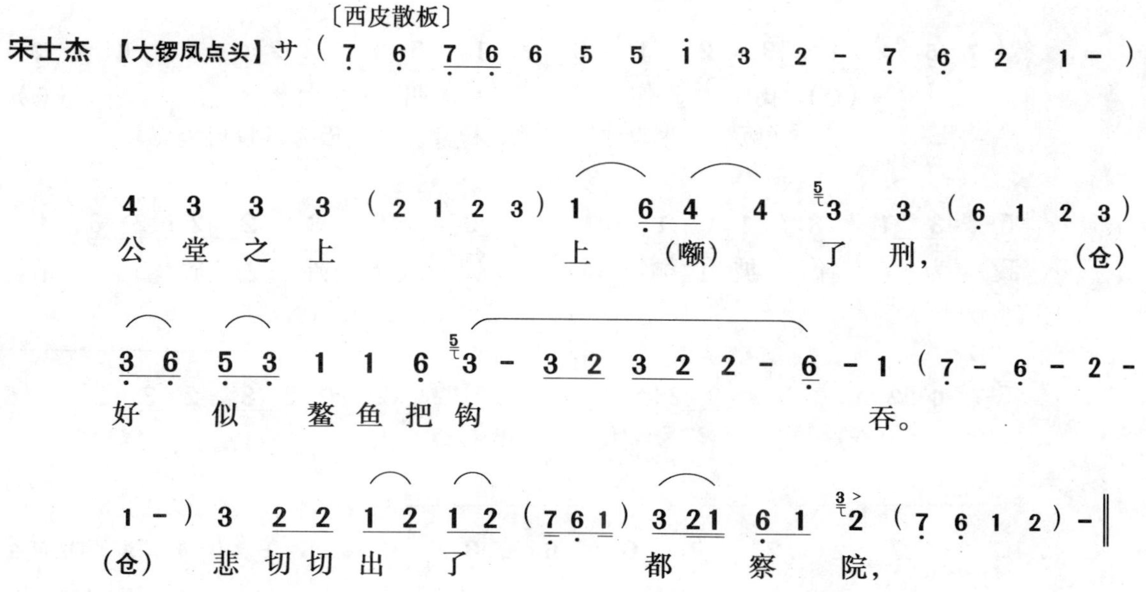

【大锣凤点头】

〔杨春“上场门”上，杨素贞“下场门”上，二人迎上来叫“干父！”宋士杰一见亲人来了，不禁悲从中来。

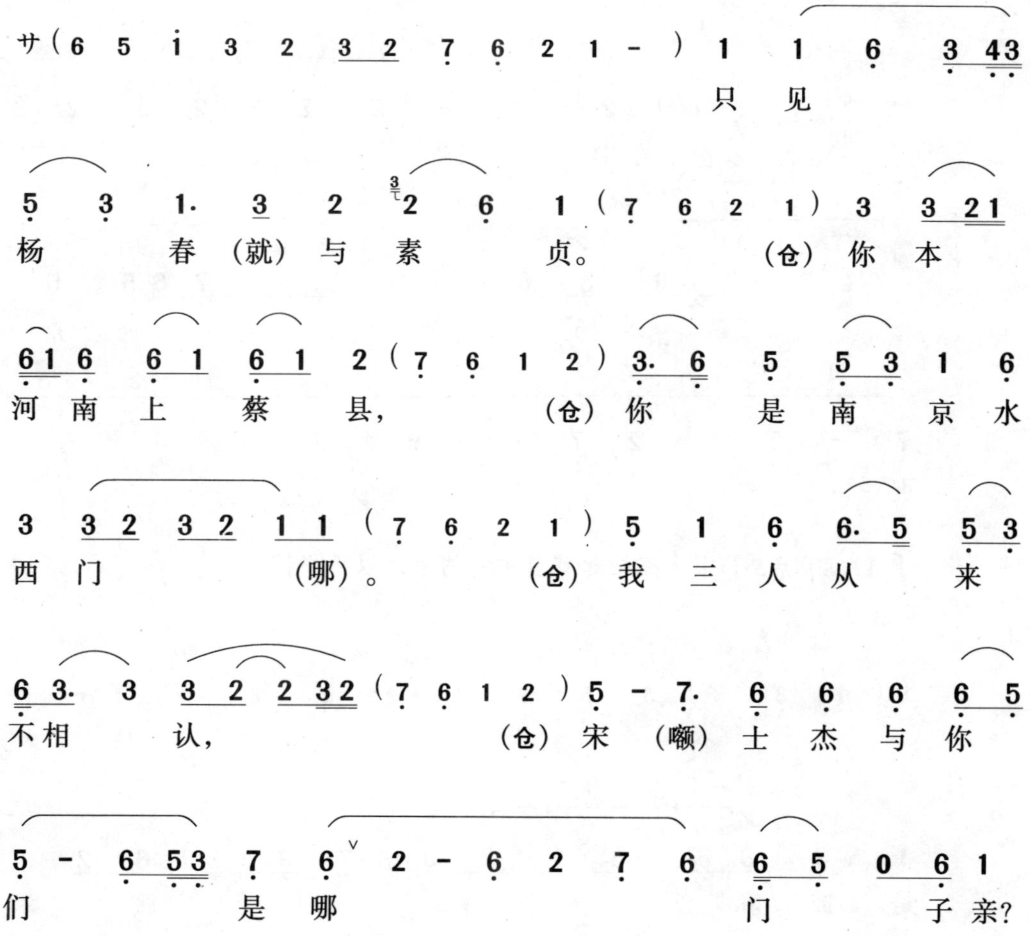

「【大锣凤点头】宋士杰抬起戴着手铐的手，以手指拭泪。

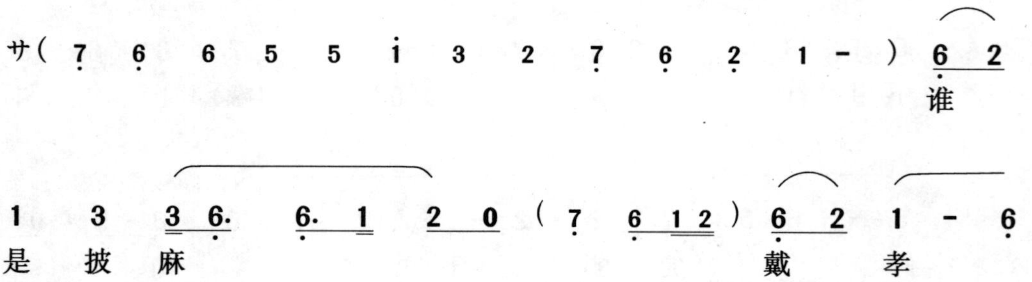

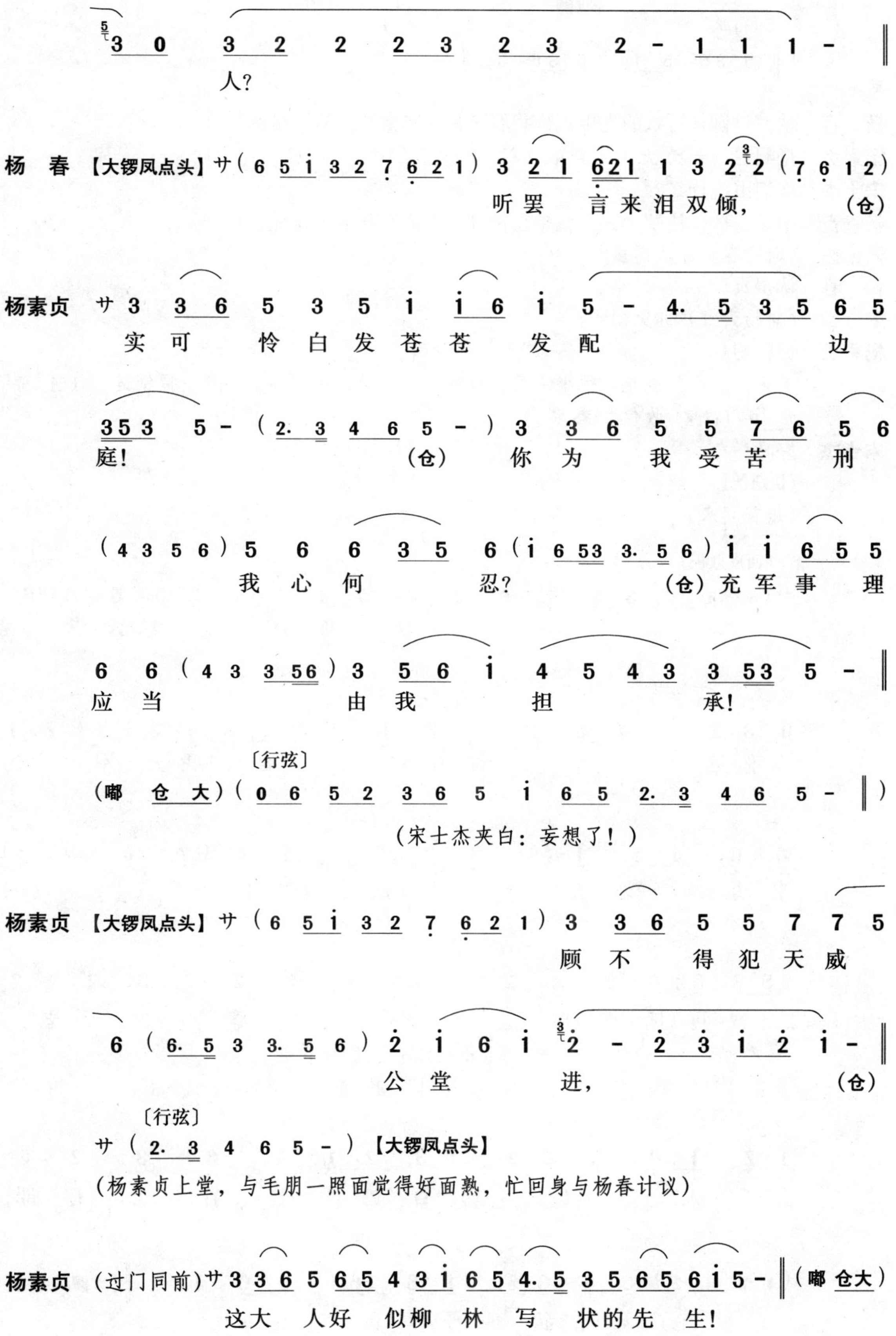
人？
杨 春 【大锣凤点头】
听罢 言来泪双倾，（仓）
杨素贞
实可 怜白发苍苍 发配 边
庭！ （仓） 你为 我受苦 刑
我心何 忍？ （仓）充军事 理
应当 由我 担 承！
〔行弦〕
（嘟 仓大）
（宋士杰夹白：妄想了！）
杨素贞 【大锣凤点头】
顾不 得犯天威
公堂 进，（仓）
〔行弦〕
【大锣凤点头】
（杨素贞上堂，与毛朋一照面觉得好面熟，忙回身与杨春计议）
杨素贞 （过门同前）
（嘟 仓大）
这大 人好 似柳 林 写 状的先 生！

〔行弦〕

（‖: 5 36 5 i | 6536 5 :‖）

杨　春　哦？是柳林写状的先生？待我看来！（在堂口一望）是啊！

杨素贞　是啊！（**大 大 大大大 台**）

宋士杰　你们讲说什么？

杨素贞　干父，这位按院大人，就是在柳林与我们写状的那位先生！

宋士杰　（向杨春）你认得真？

杨　春　认得真！

宋士杰　（向杨素贞）你见得明？

杨素贞　见得明！

「宋士杰绝处逢生，往里一看，再往两边一看，一甩胡子，双手搓锁链。（**崩 登 仓 0**〔行弦〕收住。**嘟 －**）

宋士杰　好哇！

【快纽丝】

（振奋起来）

〔西皮散板〕

サ（6 5 i 3 2 7 6 2 1）0 3 2 3 2 3 5 5 6

你 认 得 真 来

0 3 2 － 1 5 3. 2 2 6. 1 2 0 0 1 3 3 2 1

你 见 得 明，（仓 0）我 充 军 的

616 0 1 1 6 3 2 2 1 1 0（7 6 2 1）

事 儿 就 去 不 成（哪）！（仓）

253 621 2 2 2（7 6 1 2）2 1 3 2 32

二 次 再 把 察 院 进，（仓）尊 声 青 天 老

（宋士杰进公堂，站在近“下场门”一边，侧身向里）

1 2 1 6（7 6 2 1）3 2 1 1 3 3 2 2

大 人！（仓）百 姓 告 官 当 有 罪，

（4 3 1 2）3 3 3 62 1 6 161 6 6 1 － ‖【大锣凤点头】

（仓）无 有 状 子 告 不 成！

四进士

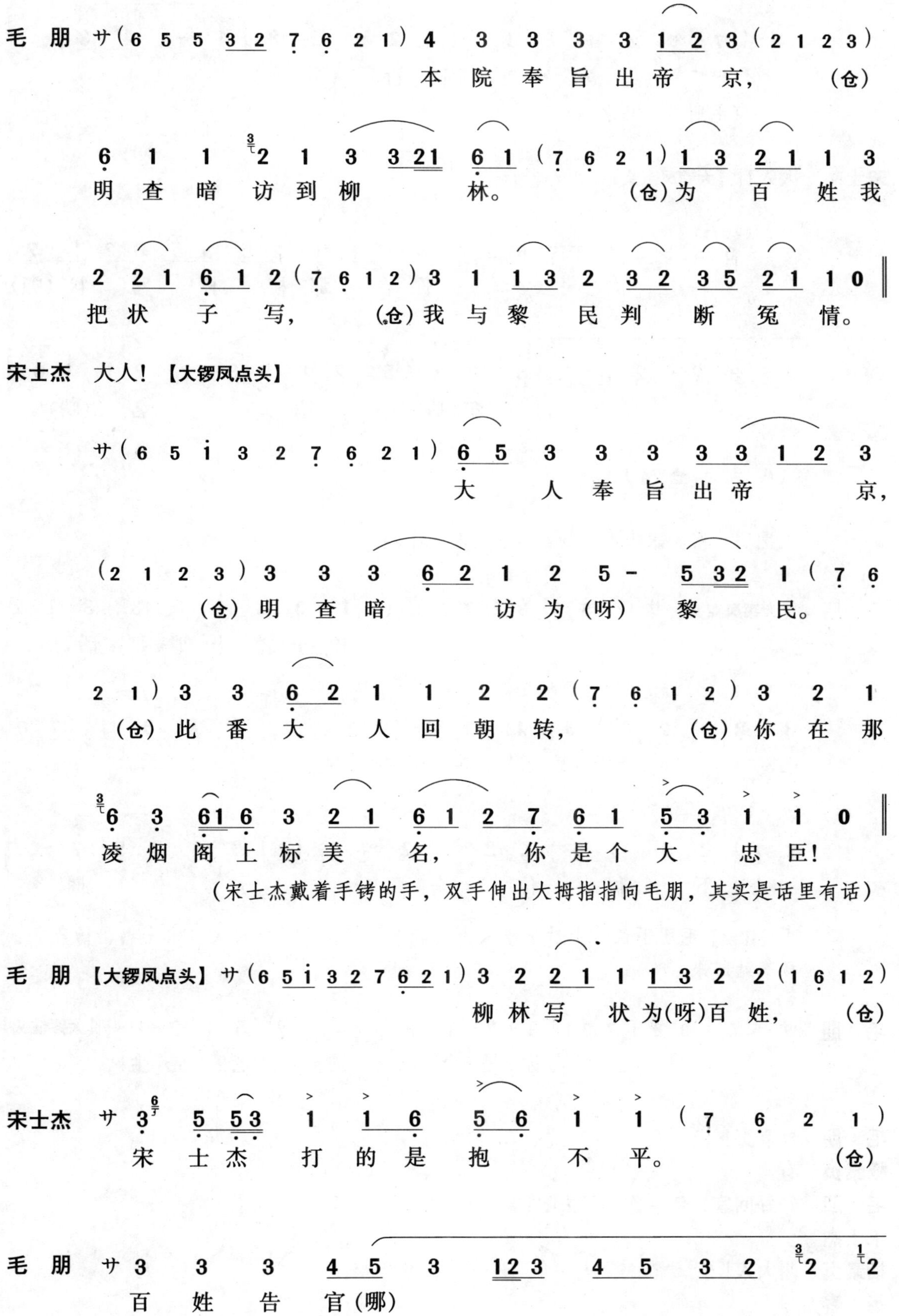
毛 朋
本院奉旨出帝京，（仓）
明查暗访到柳林。（仓）为百姓我
把状子写，（仓）我与黎民判断冤情。
宋士杰 大人！【大锣凤点头】
大人奉旨出帝京，
（仓）明查暗访为（呀）黎民。
（仓）此番大人回朝转，（仓）你在那
凌烟阁上标美名，你是个大忠臣！
（宋士杰戴着手铐的手，双手伸出大拇指指向毛朋，其实是话里有话）
毛 朋 【大锣凤点头】
柳林写状为(呀)百姓，（仓）
宋士杰
宋士杰打的是抱不平。（仓）
毛 朋
百姓告官(哪)

1（7 6 2 1）3 1 2 - 2 3 4 - 4 3 - ‖
（顷　　仓）当 问 斩，（哪 呃）
（毛朋右手翻水袖）

宋士杰　大人！【大锣凤点头】

サ（6 5 5 3 2 3 2 7 6 2 1）3 2 1 1 2 5 3 5 6 2 1. 2
你 在 那 柳 林 写 状（嗬）

3 - 3 2 - 2 3 2 1 6 6 1 5 2 1 6 3 2 2 1 1 0 ‖
犯（呐）法 你 是 头 一 名（呐）！

（八 大大 仓 0）

〔毛朋一愣。宋士杰、杨素贞、杨春跪下。

毛　朋　【大锣凤点头】サ（6 5 6 3 2 7 6 2 1）1 3 3 4 3 3 3 1 2
宋 士 杰 当 堂 把 话

3（2 1 2 3）3 1 1 3 2 1 1 6 5 6 1（7 6
论，（仓）说 得 本 院 无 话 云。

2 1）2 5 3 5 1 2 1 2（7 6 1 2）6 1 3 5 2 - ‖
（仓）下 得 位 来 忙 松 捆，

〔【纽丝】毛朋下位，走过来给宋士杰取下手铐，门子接过去。宋士杰、杨素贞、杨春站起来。

毛　朋　サ（6 5 i 3 2 1 7 2 1）3 2 1 3 1 1 3 2 5 1 2 1 - ‖【大锣住头】
你 是 个 说 不 倒 的 老 先 生！

毛　朋　杨素贞！
杨素贞　有。
毛　朋　好好回家，侍奉你义父去吧！
宋士杰
杨素贞　谢大人！
杨　春

「毛朋与兵士、刀斧手、门子等暗退。
「杨素贞、杨春在左右扶着宋士杰走向台口。
「奏唢呐曲牌<尾声>后半段。

—剧 终